風雲時代

獅王退位以後

The Sorrow of Lion King

朱新望◎著

【編者薦言】

獅界老兵不死，只是逐漸凋零

劉宇青

在叢林裏，在南非茂密的叢林裏，獅王在今晚已沈睡。
動物們不必再擔心害怕，今晚將是個寧靜和平的夜晚。
因為，獅王在今晚已沈睡……

——「The Lion Sleeps Tonight」中文歌詞大意

這首充斥濃濃原始氣息，伴隨強而有力節奏的英文歌曲，重覆宣告著「獅王今晚沈睡」，只要雄偉的獅王休息了，全森林的動物就擁有警報解除般的歡快。

在那片非洲最茂盛的草原上，原本也有一隻無上權威的獅王梅爾波森。每當夕陽斜照，梅爾波森帶領獅群揚天一吼，那震耳欲聾、驚心動魄的獅吼，足以令叢林裏、草原上的動物們瑟瑟發抖。

只是，獅王總有年老力衰的一天，終有一天，牠會被年輕力盛的公獅取代。

「獅群只接受力量，接受強者！」

因戰敗而被迫讓出王位的梅爾波森，落寞地離開自己的獅群隻身流浪，年老及無用感，深深刺激著牠的神經。牠饑餓，卻捕不到獵物；牠疲憊，卻沒有自己的歸屬。直到，牠遇見了一隻剛成年的小公獅，梅爾波森很快地成爲了小公獅的師傅，一老一少結伴而行。

天生領袖的梅爾波森，又陸續地收容了老獅子疤痢臉、呼嚕嚕及病獅子，組成了五隻獅子的獅群。結合梅爾波森的智慧、老獅子們的經驗，使這支狀似老弱殘兵的獅群，戰無不勝。

然而，梅爾波森與老獅子們終究是一天天地老了。當病獅子爲救獅群而壯烈犧牲後，其餘的老獅子們也看到了自己的歸宿。天地間，從來沒有誰能違背大自然的定律。

小公獅無疑是知恩圖報的，面對日漸衰老的師傅，小公獅所能做的，就是奮力掙回當初梅爾波森遭奪走的王位，成爲新一代的獅王。以往，師傅照顧牠；以後，換牠來照顧師傅。

出乎意料的，梅爾波森並沒有留在年輕獅王的獅群裏安享天年，牠選擇離去，年老的牠仍保有獅王的至高尊嚴，牠揚起已稀疏的鬃毛，堅強且無悔地獨自迎向牠生命的下一樂章。

「梅爾波森大步走了過去，夜色吞噬了牠。當年輕的獅王再也分不清哪是灌木哪是師傅的時候，牠聽到了一陣蒼老的吼聲。那聲音還是那樣雄壯。」

最終梅爾波森離去的傲然身影，應是令年輕獅王永誌難忘的。因爲，那雖是一隻行將就木的老獅王，卻也是一段無法磨滅的英雄典範。

【作者序】

為禽獸立言

朱新望

一

有位書法界的朋友贈我一幀條幅：「爲禽獸立言」。我以爲，這位朋友是知己。

我寫動物小說，的確是想爲世界上的另一部分生靈說話。

這部分生靈腦袋不如人發達，在生物分類學中處於較低級的地位。但我們沒有理由鄙視牠們——牠們和我們一起，構成了這個五彩繽紛的世界。

「老吾老以及人之老，幼吾幼以及人之幼」，我愛人類。然而，我們尊爲大成至聖先師的這位老爺子，實際上是在教我們愛也不要自私。人類如果只愛自己，這不是自私嗎？

眼界放寬一些。

在喜馬拉雅山脈的另一面，釋迦牟尼走遍印度國土，苦口婆心勸誡人們信奉佛教。這佛教教義的核心，實際上也是一個「愛」字。愛人愛物，切戒殺生。「掃地恐傷螻蟻命，爲惜飛蛾紗罩燈」，這位放著王位不坐的佛祖，正是因爲這種慈愛，走進了人們心中。

在死海之濱，另一位人類敬仰的長者——上帝之子耶穌，也是見不得殘酷、見不得欺凌。以一顆仁愛之心，行醫佈道，爲世人解除身體和心靈的痛苦。在記述這位聖人言行的經書中，我們不是也看到頁頁都有「博愛」閃光嗎？

聖人不朽。反映人類美好品性，讓人心靈更純淨的文學也不朽。這樣的文學是寬闊的，不自私的。

二

動物曾經威脅過人類生存。

那是洪水猛獸的時代，人類剛誕生不久。

但人畢竟是人，這位萬物之靈，走過拿石器木棒的幼年，走過張弓搭箭、馳馬驅狗的少年，終於成長爲一個力大無比、法力無邊的巨人，睥睨著山川草木中的一切！

他有槍，連發的，並且是炸子兒。他能挖陷阱，磨井底插滿尖刀般的竹樁。他還能撒毒藥，這毒藥不僅可以使猛獸鷙鳥立刻一命嗚呼，還可以溶進水裏、土裏、草葉裏，讓野獸們慢慢中毒，斷子絕孫。於是，世界上動物們的哀鳴愈來愈多，愈來愈慘。許多雄壯美麗的動物在陽光下匆匆消失，連根毛也再難看到。

作者序

人啊，我們長大了，我們要幹什麼呢？

要報仇？那已是相當遙遠的事情。而且，半斤對八兩，不也顯得我們胸懷太狹小嗎？要使世界更純美？那就更錯了。沒有動物，且莫說地球會單調寂寞，生態平衡一旦破壞，我們連立腳之地也會喪失。是爲了吃，爲了發財？這可能是一些劊子手們的真正目的。但這是要遭世人唾罵、要犯法的。世上美味很多，發財的路也有千條萬條，我們爲什麼非要幹這種佛祖不喜歡、上帝難饒恕、缺德缺到家的事兒呢？

住手吧，愚昧的屠夫們！

動物們在顫抖，在呻吟……昔日強大無比的牠們，今天在人們腳下已是很細微很弱小的了。除了直接的獵殺，環境污染，砍伐森林，也嚴重威脅著這些可憐的生命。地球曾經是牠們的伊甸園，但現在已經在折磨牠們……

牠們，曾經是人類進化的夥伴。而牠們中絕大多數，現在仍然是我們的朋友啊！

「十年磨一劍，霜刃未曾試，今日把示君，誰有不平事？」自古燕趙多俠士，我生在這兒，就要爲動物呼籲。我要寫動物的生活，我要寫動物小說。

三

也許我先天和動物有緣分。

小時候我就很喜歡貓狗金魚兔子。讀大學，專業是地理，地理就包括動物。於是，我又經常看到大山中出沒的虎豹狼狐，冰天雪地裏蹣跚行走的白熊，還有熱帶大草原上的獅群……也許正是這一份深厚的愛，也許正是所學專業是地理，我寫動物小說便多是爲動物呼喊，希望人們注意愛護動物，保護牠們的生存環境。這便是評論家們審視我的作品時都不忘說的一句話：「真切，知識性科學性強。」這也便是我的作品可劃入文學也可劃入科學的基本原因。

其實，在寫作時，我並沒有爲作品姓文姓科傷過腦筋，倒是常常爲我的主人公先灑下一把又一把的清淚。

動物的處境委實太可憐了，這不是我要寫什麼，是我的心靈逼迫我必須寫。

姓文姓科，何必分得那樣清呢？

遠古的時候，文學與科學自難分野——一部《山海經》，誰能說清它是文學著作還是科學著作？將來的世紀，文學與科學更難分界。人人都受過高等教育，作品中再不會出現愚昧和迷信。——大文豪巴爾扎克先生早就斷言：「文學與科學在基底分手，在頂端結合。」

動物小說，既然是寫動物、反映動物的生活，那作者就應當熟悉動物、了解動物，知道

作者序

動物吃什麼，怎樣吃；知道動物叫聲是怎樣的，什麼時候叫。換句話說，動物小說較之其他小說，更注重知識性、科學性。很難想像一位不熟悉動物在自然界中如何度過一天的動物小說作家，他能塑造好一匹有血有肉、逼真到讓人叫絕的駱駝。

如果說作家寫人還可以合理推度的話，那是因爲作家也是人，他自己也在過人的生活。他的主人公們可能因爲他的想像貧乏而顯得蒼白，顯得不生動，但無論如何，他們也是人，而不會被讀者看成別的什麼。寫動物小說的作家就不同了，他不是駱駝，也不是狼和狗。如果他不去熟悉動物，千方百計地了解動物，他是根本無法創作的。動物有動物的生活規律，動物的智慧和能力也都有其進化水平的局限，勉強去寫，是會把動物「畫虎不成反類犬」的。這樣的小說，立刻會讓讀者感到虛假。而虛假的小說，無論如何調動寫作手法，無論如何寫得含蓄、深沈、新潮，都是失敗的。

我們常常可以看到這樣的作品：作家和編輯都費了很多心血，曲折的遭遇使作品顯得意蘊深厚。但讀者一捧起來卻大叫：「這是什麼?動物還會有這麼複雜的思想嗎？」這種把人的思維和意識強加於動物，讓動物去做牠不可能做到的事——換句話說，這種徒具動物外形，靈魂卻是人的怪物的小說，是不能叫做動物小說的。充其量，也只能看作童話、神話或外星球動物小說。

我這樣說，並不是主張動物小說不能誇張不能虛構不能合理想像。也並不是主張動物小說只追求科學性，忽視藝術性。我主張動物小說作家必須去了解動物生活，寫出來的動物像動物，是動物，讓人覺得確實是那麼一回事。這應該是創作動物小說要遵循的第一條原則。有此原則，才能再論其他。

四

動物小說也是藝術品。

這種藝術品有獨特的美。

這是一種野性的美。

人已進化到高級階段，行爲受到道德倫理的規範，許多欲望都受到理性的制約，不能爲所欲爲。這是一種進步。這種進步有利於人類社會秩序的穩定，有利於大腦的發達，有利於人類進入更興旺更文明的明天。

動物還處於相對低級的階段，牠們的行爲多受生理需求的支配。即使是能夠合群生活的動物，如狼、羊、鹿、猴等等，也沒有羞恥、善惡、公私等意識——牠們不講究「個人修養」。這樣，動物的生活便帶有濃烈的野性味道。

作者序

人當然不會去崇拜野獸，泯滅人性，恢復獸性。那是退化。但人畢竟也是一種動物，再怎樣進化也帶動物的印跡。他的骨子裏也有獸性。一方面，他理性地希望人更高級、更完美；另一方面，他也有宣泄獸性的要求。舉個最簡單的例子：憤怒時他恨不得高聲吼叫，興奮時他也恨不得高聲吼叫，只不過，有時候這種吼叫變成了歌唱。反映動物生活的小說，實際上就是在描繪這種獸性。這恰恰貼合了人的獸性的一面，給人以舒適愜意。

動物小說的美也是質樸的。

在野性的動物世界裏，沒有矯情，沒有虛飾，沒有謊言，一切都進行得赤裸裸。愛的，熱烈奔放，從不羞羞答答。貪的，公開爽朗，絕不遮遮蓋蓋。要殺要砍，也只管撲上去，施展獠牙利爪，大撕大抓，不會有宣言照會……動物世界的喜怒哀樂、七情六欲，表現得痛快淋漓、純淨透明。

這反而給人一種純真質樸的美感。

人類進化了，思維愈來愈發達。但人的思想品德並沒有相應高尚起來，起碼現在還遠沒有達到「不貪不嗔，六根清淨」的境地。有些人性差一些的同類，利用發達的思維損人利己、損公肥私，讓人覺得他們反而不如野獸可愛。在人的社會中看多了虛偽，聽多了謊言，再看動物小說，立刻會感覺到巨大的反差。能在純淨自然、令人耳目一新的動物生活中逗留片刻，這是一種撫慰，也是一種享受。

動物小說的美還是神秘的。

人是一種好奇的動物，總是喜歡了解未知的世界。

如果猿人就算人了的話，人類已經誕生幾十萬年了。生產力愈提高，他離開其他動物就愈遠。因此，動物在野外的生活，對他就充滿神秘感。

今天的人，從很小就學習了生物的構造。可他看到的，只是浸泡在防腐液中沒了生命的肉體，並沒有看到在野外森林草原中活蹦亂跳的動物如何生活。因此，動物小說也就先天具有一種滿足人們求知的誘惑力。

創作動物小說，應該強化、突出這種獨特的美。

當然，動物小說也同其他藝術作品一樣，除了審美價值，還應考慮社會教育作用。我們不是唯美主義者，不希望我們的作品誨淫誨盜、刺激人們毀滅理智、恢復獸性，走向沒有倫理道德的邪惡。西方純自然主義的動物小說創作理論，是不足取的。

換句話說，我創作動物小說，是希望人們在審美之餘，也能了解動物生活的艱辛，領略大自然的壯闊，受到力量、毅力和陽剛之氣的熏染。

我「爲禽獸立言」，當謹記這些。

Contents

事情再明白不過，這三個傢伙是來奪取梅爾波森「王位」的。勝了，牠們將統率這個獅群；敗了，牠們或被接納做個順民，或重做「流浪漢」……

鳥王 — 103

翎翎看到了蛇的小眼，看到了蛇吐出的黑火苗般的信子。
牠下了決心，要麼啄死蛇，要麼和蛇同歸於盡。
牠是堂堂的鳥王，要活得壯烈，死得壯烈！

小狗汪汪 — 229

小汪汪沒有家了，牠的主人扔下牠回城了。
汪汪想牠的主人，主人在哪兒呢？
汪汪不怕千里萬里，關山重重，只要有一口氣，牠就要尋找他。

黃鼠狼P先生 — 273

P先生嗖嗖攀上雞籠架，瞄準一隻又肥又大的母雞，就要從雞籠眼擠進去。這時候，牠被後面的什麼東西銜住了。
P先生回頭一看，「喳」，驚叫一聲，霎時瞪圓了眼睛……

獅王退位以後

事情再明白不過，這三個傢伙是來奪取梅爾波森「王位」的。

在獅子社會中，雄獅一旦成年，就必須離開獅群。在流浪生活中，孱弱的會死去，活下來的會更強壯。這時候，牠們將闖進某一個獅群，爭奪首領的地位。勝了，牠們將統率這個獅群；敗了，牠們或被接納做個順民，或重做「流浪漢」……

野獅子本來沒有名字，不過在這個故事裏，不給這頭勇敢而又頑強的老獅子起個名字，就無法把牠和其他獅子分開。

這是一頭外國獅子，牠從小在遙遠的非洲大草原上跑來跑去。這樣，牠的名字就應該帶點兒外國味兒。讓我們叫牠梅爾波森吧，梅爾波森，用英國人的話講，就是「男子漢」。

梅爾波森年輕的時候確實像個男子漢。還很小，牠就領著一幫小獅子殺死過一隻羚羊。那羚羊是個大個子，一角抵在梅爾波森肚子上，把牠撞得飛了起來。梅爾波森忍著痛，三躥兩跳，終於又撲到羚羊身上……後來，梅爾波森大了，成了一群獅子的首領，領著獅群佔據了一片大草原——這是非洲最茂盛、最富有的一片草原，足有青海湖那麼大。在這片草原上，牠和牠的獅群圍獵斑馬、長頸鹿、大象和野牛。大象和野牛，個兒大力氣也大，發起脾氣來能把汽車抵壞踩扁，一般獅子是不敢招惹牠們的……

可是現在，梅爾波森老了。身上金黃色的毛不鮮亮了，變得像一蓬蓬枯乾的茅草。脖子上長長的鬃毛，曾經給牠增添了許多威風的鬃毛，也愈來愈稀疏，使牠有的時候——特別是雨後，毛兒貼在身上看起來簡直像是一頭母獅子。

更可怕的是，牠的門牙掉了，四枚長長的、錐子般的犬齒，變鈍了，變黃了，吃點兒牛肉什麼的，很慢很慢……牙齒，這可是野獸們賴以生存的武器！

梅爾波森一開始並不認爲這就是老。牠仍然是獅群的首領，而獅子們——那些溫馴的母獅和未成年的小獅子，仍然對牠很尊敬，整日在牠面前轉來轉去，希望得到牠的愛撫和關注。可是昨天，在青海湖那麼大的一塊屬於牠的領地上，天塌了，地陷了，牠一下子從首領的寶座上摔了下來。

來了三個入侵者。

當時，太陽已經落到地平線上，暮靄從草叢中緩緩升起，一切都變得朦朦朧朧。梅爾波森從樹蔭下站起來，使勁抖掉沾在皮毛上的草葉和塵土，拉開嗓子，開始吼叫。

這是獅子們每天傍晚都少不了的「功課」。一時間，母獅子，小獅子，還有其他的公獅子紛紛從藏身的草叢灌木中鑽出來，收緊肚子，發出吼聲——這一點很像狼。狼群往往也要在這個時候紛紛把尖嘴指向天空，大嗥一氣。

獅子和狼爲什麼要在這個時候這樣吼叫呢？是在歡呼烈日西沈，一個生氣勃勃的夜晚就要開始？還是在發出警告，顯示威力，免得有其他同類誤入自己的疆界？誰也不知道，誰也說不清。反正，千年百代，所有的獅群和狼群，一到這個時候，便自然而然地大叫起來。

獅子的吼聲驚天動地，像成百上千艘大輪船一齊拉響了汽笛。遼闊的大草原沈寂了，所有的動物——包括鳥兒和昆蟲，都緊緊地閉上了嘴。就是茅草和灌木葉兒，彷彿也都驚慌地諦聽著，瑟瑟地發抖。

梅爾波森搖搖脖子上的鬃毛，甩了甩鋼纜似的粗尾巴，停止了吼叫。剛才，牠足足吼了五分鐘。牠對自己的吼叫很滿意，覺得中氣十足，威風凜凜，很像個樣子。牠邁開腿，要去看看母獅子和小獅子，卻忽然又站住了。牠昂起頭，耳朵在傍晚的小風中轉了幾轉。牠聽見，在牠的獅群吼叫聲中，似乎摻雜了幾種陌生的聲音。

在這同時，獅群也停止了吼叫。

天！來了三頭公獅子，就站在獅群的外圍。

梅爾波森緊張起來。

這是三個流浪漢，不知怎麼摸到了這兒。

這些傢伙正當盛年，一頭比一頭強壯。瞧那鬃毛，一根根像打了上光蠟，亮得耀眼；瞧那肌肉，無論腿上的還是胸脯上的，一塊塊都鼓起來，簡直像要把皮膚脹破！而這些傢伙中最強壯的一頭，現在正在打量梅爾波森。這傢伙目光炯炯，大嘴咧著，兩對寒光閃爍的獠牙幾乎就是四把匕首！——梅爾波森的個子已經遠遠超過一般雄獅了，而這傢伙比梅爾波森還高半頭！這是一頭巨獅！牠的兩個夥伴正惡狠狠地監視著整個獅群。

「怎麼，要打架？」梅爾波森緊張地想。

事情再明白不過，這三個傢伙是來奪取梅爾波森「王位」的。在獅子社會中，有這樣的規矩：雄獅子一旦成年，就必須離開獅群，過幾年流浪生活。在這幾年流浪生活中，牠們會遇到許多危險和困難。孱弱的會死去，活下來的會更強壯。這時候，牠們將闖進某一個獅群，爭奪首領的地位。勝了，牠們將統率這個獅群；敗了，牠們或者被獅群接納老老實實做個順民，或者重做「流浪漢」，再到險惡的大自然中闖蕩摔打……獅子社會的這個規矩，有利於獅群永遠保持強大。

面對強大的敵人，梅爾波森並不畏懼。在牠的經歷上只有趕跑入侵者的記錄，還從來沒有屈服於誰的先例！牠大吼一聲，撒開四蹄，向巨獅衝去。

巨獅怔了怔，跳開來，接著，舉起了爪子。

大戰開始了。

兩頭雄獅怒吼著，撲跳著，一綹綹獅毛被抓下，拋在地上。塵土升騰起來，折斷的草葉四處飛揚。獅群震驚了，另兩名入侵者，也一齊地注視著這場搏鬥。牠們忘了一切，只是當搏鬥者衝到自己身邊，險些撞到自己那一瞬，才驚駭地吼一聲，急忙跳開去。

梅爾波森不愧是員老將，利爪不斷地拍打在入侵的巨獅身上。牠東躲西閃的假動作，常使那巨獅上當。而每當巨獅痛悔不已、義憤填膺的時候，也就是牠身上出現新的傷痕的時候。

……大片的茅草倒伏了，巨獅的血滴滴答答地灑在茅草葉上，又隨著茅草葉被踏進土裏，變成泥巴。可惜的是，巨獅的傷只是抓傷、撓傷，沒有一處是致命傷。梅爾波森的大爪也有拍在巨獅頭頂和後頸的時候，可每一次，牠都很沮喪——牠發現，牠拍不斷巨獅的頸椎骨，也拍不碎巨獅的頭蓋骨。這是怎麼了?過去，牠曾一掌把一頭野牛拍翻在地，就像「轟隆」推倒一座山……

梅爾波森氣喘吁吁，瘋了似的圍著巨獅轉。牠使用著多年積累的經驗和智慧，卻也有些焦急。牠的吼聲愈來愈喑啞，呼吸愈來愈急促，簡直有點兒上氣不接下氣！巨獅到底是個小夥子，年輕力壯，儘管受了那麼多傷，依然神采奕奕。這傢伙不會耍滑頭，牠每一掌打過來都很實在、很沈重。「這不行，得趕快結束戰鬥。」梅爾波森想。牠的腿有些軟了，身上也汗流浹背。這樣拖下去，牠的危險會愈來愈大。終於牠來了一手辣的：趁巨獅舉掌拍來之際，牠向前一躥，一口咬住了巨獅的肩胛骨。

巨獅吃驚了，慌忙間摔了一跤。牠沒想到老獅子面臨著腦袋被拍碎的危險，竟不躲避。牠更沒想到，自己的肩胛，還會被對方一下子咬住——這可能使牠終生殘廢！牠驚天動地地吼了一聲，猛一下跳起來。梅爾波森被掀翻了，並且被死死壓在巨獅身下。牠沒能咬碎巨獅的肩胛骨，只是撕下一大塊皮肉。而巨獅的勁更足了，兩隻前爪左右開弓，拍在梅爾波森耳朵根部。梅爾波森喘不過氣來，眼前一黑，暈過去了。

不知過了多久，梅爾波森重又睜開了眼睛。這時候，草原上已經安靜下來。夜風送來陣陣清爽，一輪圓月灑下明亮的光輝。巨獅臥在離牠不遠的地方，伸出帶刺的大舌頭，正一下一下地舔肩上的傷口。梅爾波森眨眨眼睛，轉轉腦袋。牠看到，獅子們有臥的，有站的，小獅子們在追逐戲耍，一頭母獅靦腆地扭頭看著其中一頭入侵者，顯然正在向牠獻殷勤。

梅爾波森呼地跳了起來。牠看不下去了，牠受不了這個！這獅群曾經是屬於牠的，牠一直在保護著牠們……巨獅也戒備地跳了起來，警惕地盯著老獅子。而群獅紛紛聚攏到年輕的巨獅身後——這就是說，牠們已接受了這位新的「國王」——剛來的入侵者。

梅爾波森默默地低下了頭。但是稍過片刻，牠又昂起腦袋，大吼一聲。這吼聲十分蒼涼，也十分悲壯，草原被深深地震撼了……

梅爾波森完了。今後該怎麼辦呢？

梅爾波森昏昏沈沈走了一夜。

牠不知道自己要到哪兒去，耷拉著大腦袋，瞪著眼，只是一個勁兒向前走，走……

牠心裏很亂。

牠本來還想和巨獅打一架，拚個你死我活。但當牠看到獅群已接受了巨獅，便咽下一口唾沫，忍了——巨獅是個身強力壯的好小子，而牠梅爾波森，也確實是被打敗了。獅子社會裏沒有耍無賴這一說，獅群只接受力量，接受強者！

怎麼會輸給巨獅呢？要知道，梅爾波森已經咬住了巨獅的肩胛骨呀！只要牠上下頜一齊用力，「咔吧」，那傢伙就應該悲慘地叫起來，一下子翻倒在地。可是，牠白咬住了。

僅僅一年以前，牠還咬碎過一頭野牛的肩胛骨。野牛的皮多厚，骨頭多粗！……現在，這是怎麼了？是巨獅的骨頭比野牛的還結實呢？還是自己老了，不中用了？

梅爾波森心裏掠過一道陰影。牠咬了咬牙，聽聽牙齒在嘴裏相碰，「咯嗒咯嗒」，覺得聲音很響也很清脆。牠搖搖頭，樂了，「我的牙這不還很結實？」牠想。

那麼，爪子呢？如果爪子有力，也應該把對方拍翻呀！梅爾波森想到昨天傍晚搏鬥時的情景，心裏又掠過一道陰影——牠幾次拍在對手腦門上，而巨獅似乎只是取笑似的眨了眨眼。難道，真是自己力氣不足，身體不行了？

梅爾波森走著走著，看到旁邊草棵下有一具羚羊骷髏，忽然抖起神威，大吼一聲，一爪拍了下去。「喀嚓」，羚羊頭骨碎了，草棵下騰起一股煙塵。梅爾波森高興極了，甩甩尾巴，快樂地跑起來。

「沒有老，沒有老！……哼，有一天，我還要奪回獅群！」牠心裏輕鬆了一些。

可是，眼下該怎麼生活呢？。

牠的腳步又放慢了。

按老規矩，被趕下「王位」的獅子，還可以留在獅群裏。牠年紀大了，身體差了，打獵時不必再身先士卒，衝鋒陷陣。獅群捕獲了獵物，總會給牠留一口的。可梅爾波森不願這樣，牠不願意向別的獅子低頭，更不願意依賴別的獅子，接受牠們的恩賜──牠可是一頭剛強的雄獅，一頭曾經做過首領的雄獅！

天漸漸亮了，梅爾波森腿上和肚子上的毛不知什麼時候被露水打濕了。牠站住腳，抖抖身子，回頭望了望。火紅色的太陽，已從天邊的草叢裏露出了腦袋。

「啊，獅群該休息了。」梅爾波森想。

每天這個時候，打了一夜獵的獅群，就要返回宿營地了。熱帶大草原的白天，熾熱的太陽光直射下來，烤得大地騰騰地冒熱氣。這時野獸們大都躲起來，獅群也要休息了。

梅爾波森回頭怔怔地站了一會兒，長長地歎了口氣。現在，獅群休息不休息，跟牠還有什麼關係呢？牠再不是獅群首領，獅群已經拋棄了牠呀！

梅爾波森有些疲憊，有些饑餓。看看前方，前方蒼蒼茫茫，草和灌木一片青灰色。夜色還沒有褪盡。牠想找一棵樹，躲到樹蔭下睡一覺。忽然，牠的耳朵轉了轉，眼睜圓了：在左前

方，一公里開外，有一群角馬。

梅爾波森來了精神，悄悄伏下身子，借著草和灌木的遮掩，向角馬跑過去。

角馬是非洲草原上的一種食草獸，名爲角馬，其實跟羚羊是一個家族。只是個子比較高大，長臉和尾巴也多少有點兒像馬。這種動物脖子上也有鬃毛，不過，鬃毛不是聳立在脖頸上，而是耷拉在脖頸下，就像長長的鬍子從嘴巴下一直長到胸脯上。角馬是一種大動物，可牠們沒有什麼本領，猛獸便常常捉牠們充饑。

早晨，草原上的草和灌木吸飽了露水。梅爾波森在草木叢裏跑著，它們很柔韌，也很凝重，擺動很小，就是被踩倒了，踩折了，響聲也很輕微。

傻乎乎的角馬們悠閒地啃著鮮嫩的青草，一直沒有發現跑過來的老獅子。離角馬還有五六十米，梅爾波森站住了。牠躲在一叢灌木後，偷偷地窺伺著不遠處的角馬。牠不再往前走了，再往前就會驚動牠們。可是不往前走，又怎麼能捉住獵物呢？

梅爾波森躊躇起來。

獅群圍獵的時候，常常是幾隻獅子故意暴露自己，大張旗鼓地撲向獵物。獵物驚慌起來，紛紛向沒有獅子的方向跑。誰知，在那邊的草叢灌木後面，早有幾隻獅子埋伏著。屏息等待的獅子們張開爪子，等待時機。……現在，誰跟梅爾波森配合呢？牠是個孤獨的流浪漢。

梅爾波森當過流浪漢，那時候牠剛成年。多少年過去了，那段生活早淡忘了。現在，牠還能適應流浪生涯嗎？梅爾波森站了一會兒，背後的太陽愈升愈高。牠煩躁起來：「遲疑什麼呢？路已經走到這兒了，我一定得活下去，而且得活得很好，讓牠們看看！」牠準備獨個兒向角馬群襲擊。只要捉住一匹，就夠牠飽飽地吃上三天！

「哼，誰也別想跟我分食！」牠瞄準了一匹皮毛不大光亮的角馬。這樣的角馬往往是有病或者有傷的，跑不快，肉的味道卻不一定比健康的角馬差。牠肚皮貼著草根，一點兒一點兒悄悄地向前挪動起來。

角馬的臊氣味兒愈來愈大……還有三十米……梅爾波森想笑：呆頭呆腦的角馬們還沒有發現牠。一匹雄角馬高高地翹起尾巴，噗噗嗒嗒地拉出許多屎……還有二十米。再近一點兒，牠就可以一下子躥出去，按倒那個病傢伙了。

就在這時候，對，就是這個時候，那匹拉屎的雄角馬忽然向這邊轉過腦袋。牠只看了一眼，便飛快地扭過身，狂奔起來。天！牠的屎還沒拉完，尾巴還撅著，不斷拉出的屎掉在牠的後腿上……「要壞事！」梅爾波森心裏一驚，大吼一聲，像一個繃緊的彈簧，「呼」地跳了出去。

角馬群亂了，像一群無頭蒼蠅，還沒有看清發生了什麼事，便亂七八糟地跟著雄角馬逃起來。一時間，蹄聲的的，塵土和草葉四處飛濺。

風在耳邊呼嘯。梅爾波森微瞇著眼睛，箭一般地緊追著已瞄準的身影。那身影慌慌張張地跟在角馬群後面，但是漸漸地被角馬群甩下了。這傢伙的腿似乎有點兒毛病，擺動起來有些僵硬。角馬們顧不上牠，像一陣風暴，急驟地掠過一片片窪地、稀樹林，爭相逃命，雜遝的蹄子下揚起黑灰色的煙塵。而那匹被梅爾波森緊緊追逐的瘸角馬，和這股滾滾煙塵的塵頭距離愈來愈大。

梅爾波森興奮起來。牠的判斷是對的，牠不愧是頭老獅子。牠在腿上又加了把勁兒，這樣，牠跑得更快了。

角馬跟羚羊是一個家族，這個家族是以善跑出名的。

要不然，這個家族早就被猛獸吃光了。

梅爾波森追趕的角馬，腿雖然有點兒毛病，跑得還是相當快的。高高的一片灌木叢，牠一跳就過去了；寬寬的一道溝塹，牠一縱身便踏上了對岸的土地。不過，牠能跳過的灌叢和溝塹，對梅爾波森來說，也是小意思。只是，獅子在短跑方面雖不比角馬遜色，但角馬在長跑專案上卻勝獅子一籌。經過長途的快速奔馳，梅爾波森出氣愈來愈急促、愈來愈粗了。

梅爾波森漸漸接近了角馬，角馬後蹄踐踏起來的小土塊和草莖，雨點兒般地打在牠的臉上。是時候了！梅爾波森屏住呼吸，一下子跳了起來……怎麼回事？怎麼讓牠重重地跌在地上，並且向前翻了個滾兒？牠急忙站起來，回頭看了看。天！那個瘸傢伙拐彎了——在牠跳起來的時候猛然拐彎了。現在，正在三十米開外處奔竄！

這就是說，剛才白費了一番力氣。

梅爾波森不在乎這個。打獵嘛，一擊就中的時候是不多的。牠吼一聲，又撒開了四蹄。由於剛才的撲跳和憋氣，牠的呼吸更不均勻了。這一回，牠花了很長時間才追上角馬。就在牠剛剛舉起爪來，準備在角馬屁股上猛拍一掌的時候，角馬又一拐彎兒，躲開了牠。

「這傢伙很會逃命！」梅爾波森氣憤地想。牠擡頭向周圍望了望，太陽已升起很高，草原上開始熱起來。那一大群角馬不知跑到哪兒去了，揚起的漫天灰塵早已落下去了。「看來，只有拿這匹角馬做早餐了。」梅爾波森看看瘸角馬，咬咬牙，又奔馳起來。

這一回，牠覺得鼻孔實在有點兒太小了，似乎出不來氣，於是張開了嘴。可是嗓子眼兒好像也不大……最難受的是心臟，「咚咚咚咚」跳得又歡又急，彷彿就要蹦出胸腔。牠使勁在腿上用力，腿有些軟，總像是踩在流沙上。看看前面的角馬，那傢伙一撅一顛的，跑得雖不平穩，卻彷彿還很有力。

「完了，完了，追不上了。」梅爾波森一下子失去了信心，站住了。

就在追逐角馬以前，牠還想一定要活得更好，讓獅群看看。可現在……牠打量了一下跑過的路，一種傷感之情油然而生：若在過去，牠根本不在乎跑這麼幾個回合，而今天，牠連一匹瘸角馬也逮不住了。

「莫非，我真的老了，再沒資格做獅王了？」

梅爾波森低下了頭。

但這只是一刻。過了會兒，牠又昂起腦袋——這頭可憐而又頑強的老獅子，可從來沒有向命運低頭的習慣。

牠的眼角有些濕潤。這也沒有什麼，英雄有時也流淚。牠就這樣眼角濕濕地又踏上了流浪的路。

太陽在天空悄悄地移動，梅爾波森在熾熱的陽光下默默地趕路。太陽不需要喝水吃飯，梅爾波森卻需要填填肚子。終於，在太陽落到地平線上的時候，梅爾波森堅持不住了。

牠看到三隻長頸鹿。

牠的肚子咕咕嚕嚕地響，像在叫嚷：「快抓住牠們，快抓住牠們，不然，你會餓死。」

長頸鹿是一種龐然大物，梅爾波森知道捉牠們很危險。可肚子的警告也很可怕：「捉不住牠們，你會餓死！」

餓死，那怎麼能行呢？

梅爾波森殺死過長頸鹿。當這種動物轟然倒下的時候，牠們的血像高壓水龍頭中的水，倏的一下噴出老遠——沒有一種動物的血能夠像長頸鹿這樣噴射的。僅僅這麼點兒血，也夠牠飽飽地喝一頓的。不過，那次殺死長頸鹿，是獅群的群體活動，有同伴的配合。

梅爾波森盯住了一隻長頸鹿。這隻鹿個子小一點兒，大概是那兩隻長頸鹿的孩子。當梅爾波森衝上去的時候，鹿群開始跑動。

梅爾波森加快腳步，很快衝到小鹿身邊。牠正在考慮怎樣把小鹿拖倒，忽然覺得眼前一暗，急忙擡頭，呵！高大的公鹿靠了過來，正一面跑一面低頭甩動腦袋。梅爾波森不得不急忙刹住腳。

長頸鹿沒有犬齒，不會咬別的動物。但牠們一旦發了怒，那腦袋卻不好對付。牠們把腦袋低下來，像大錘子似的甩來撞去。據說，就是皮膚粗厚的犀牛挨那麼一下子，胸部也會被砸出個血肉模糊的大洞。梅爾波森是頭獅子，牠的骨頭架子當然更經不住那大錘子的狠擊。

公長頸鹿也站住了，扭過身，眼睛裏像在冒火。

小鹿跟著母鹿落荒而逃。

梅爾波森有點兒怵。可牠實在太餓了，牠的肚子在給牠擂鼓，給牠唱戰歌！再說，牠怕過誰呀？牠扭過頭，向一側跑去。牠想繞過公長頸鹿。

公長頸鹿緊緊地跟著牠。牠就是死也不會放這頭老獅子過去的。

梅爾波森火了，齜出牙，從喉嚨裏發出可怕的恐嚇聲。公長頸鹿愣了愣，又跟著梅爾波森跑起來，並且依然要用「大錘子」砸牠。梅爾波森無奈，只好扭轉頭，大吼一聲，向公長頸鹿撲去。

牠想：「沒辦法，真煩……那就吃牠吧。」

公長頸鹿膽怯了，掉頭就跑。牠被老獅子的大嘴和驚天動地的吼聲嚇破了膽。牠跑得很快，僅僅在片刻之間就追上了小長頸鹿和母長頸鹿。小長頸鹿驚慌地回頭看了看，眼光裏閃爍著孩子般的恐懼和悲哀。公長頸鹿的心被深深刺傷了，可牠又鼓不起勇氣扭回身和老獅子決一死戰。於是，當老獅子迫近的時候，牠採取了很妙的一招：不用回頭，也不用停住腳，既是防禦，又是進攻——牠向後尥了一蹶子。

梅爾波森被嚇了一跳。牠沒想到，長頸鹿給牠來了這麼一手。長頸鹿個兒大蹄子也大，那蹄子很像一塊大石礅或大鐵夯，碰到臉上可不是鬧著玩兒的——實際上，牠已經碰上了。只是牠還算機靈，見大蹄子飛來，急忙借勢向後一翻。於是，頭蓋骨保全了。

梅爾波森的鼻子流了血，但還能出氣。牠覺得很幸運。牠見過被長頸鹿踢傷的獅子，那傢伙的臉頰骨碎了，眼睛腫得什麼也看不到，整整哼哼了兩天兩夜，最後死了……梅爾波森停下腳，沒敢再去追長頸鹿。

從這兒，梅爾波森接受了教訓。牠孤身一個，沒有把握的事，做起來是很危險的。

可是，食物總還是要吃的。

怎麼辦呢？

梅爾波森耷拉著腦袋，有氣無力地在草原上走……

夜幕降了下來，接著又拉了上去。在這漫長的一夜裏，梅爾波森喝了一肚子水，吃了一隻青蛙——在一個水坑邊喝水時偶然捉到的。那個水坑裏青蛙很多，離著很遠，就能聽到牠們震耳欲聾的大合唱。……可是，一頭龐大的獅子，一隻猛獸，怎麼能靠青蛙養活呢？

天亮了，太陽又從東方的草叢裏擡起頭，露出了紅彤彤的笑臉。梅爾波森臥在一片灌木叢中，慢慢閉上了眼睛。牠想休息一會兒，睡一覺——睡著了是會忘掉饑餓的。有兩隻蒼蠅在牠頭上飛舞，這倆傢伙很討厭，一會兒落在牠的眼瞼上爬來爬去，一會兒鑽進牠的鼻孔裏又刨又鑽，趕了幾次也趕不走。梅爾波森煩躁起來，重重地在自己頭上拍了一掌。蒼蠅沒打死，牠的覺卻睡不成了。

梅爾波森惱怒地齜出牙，「呼」地從灌叢裏站起……「咦，那是什麼？」牠沒找到蒼蠅，卻看到遠處的藍天上有幾隻兀鷹在盤旋。

「那就是說，兀鷹看到了食物！」梅爾波森「咕」地咽下一口口水，興奮起來。僅僅站了

兩秒鐘，便迫不及待地跳出灌木叢，撒腿向兀鷹盤旋的地方跑去。

兀鷹是「討飯的」。這種吃肉的鳥兒雖然也是鷹，但牠跟牠的那些同族兄弟不一樣。牠們是懶漢，很少自己打獵。牠們在藍天上飛，看到地面哪兒有其他動物吃剩下的殘骨剩肉，便一擁而下。而當其他動物還沒吃飽走開的時候，牠們便在其他動物正在大吃人喝的「宴席」上空盤旋，等待著，很有耐心。

梅爾波森是頭老獅子，牠很了解這種鳥兒。現在，牠要奔過去，和這種「討飯吃」的鳥兒爭奪殘湯剩飯。

唉，饑餓，真是可怕！唉，獅王，曾爲首領的老獅子！

梅爾波森從來沒有討過飯，但是現在，牠要活。

大自然是很冷酷的。它不會給高貴者發勳章，卻也從來不嘲笑卑賤者。它對所有的動物植物——所有的生命都是一律對待，這就是：適者生存。

梅爾波森剛開始流浪，牠注定要過幾天苦日子——至於今後會怎麼樣，這就要看牠的本領了。

梅爾波森跑得很快，牠也不知道這一刻從哪兒來了那麼大力氣。

兀鷹在天上發出恐嚇的鳴叫，牠們不歡迎這頭老獅子前來搶奪「殘湯剩飯」。梅爾波森假裝沒聽見，照樣跑得很快。

跑過一叢灌木，鑽過一片高高的雜草，一股小風送來了濃烈的血腥味兒，梅爾波森跑得更快了。忽然，在一片小窪地裏，出現了一群鬣狗。

鬣狗是一種很醜陋又很兇惡的動物。這些傢伙的個子比狼和狗都大。頭很笨重，肩膀又寬又高，因爲常常咬碎骨頭吞下，連拉出來的屎都硬得像石頭。牠們常常成群活動，甚至敢圍攻未成年的獅子。

可是，梅爾波森是頭老獅子了，牠們怕嗎？

這群鬣狗正在吃一匹死斑馬，一邊吃一邊發出「嗤嗤」的叫聲，好像在得意地悶笑——黎明，牠們圍獵一群斑馬，沒費勁兒就把一匹斑馬撂倒了。牠們看到突然闖來的梅爾波森，全都吃了一驚，幾乎是在同時，一下子跳了開去。

斑馬只剩半邊，內臟也沒有了。

「這也很好。」梅爾波森很激動，看也沒看鬣狗一眼，大搖大擺地走了過去。

天上的兀鷹不叫了，一隻隻氣憤地睜大了眼。有一隻「噗」地落了下來，落在離斑馬幾米遠的地方，生氣地扭著脖子走來走去……但這沒有關係，梅爾波森吃得照樣津津有味兒。「牠喜歡扭著脖子，就讓牠扭吧！」

鬣狗們沒有走，牠們就站在梅爾波森周圍，驚訝地看著牠。牠們誰也沒有叫，沒有咆哮，只是默默地交換眼光。過了一刻，幾隻鬣狗開始走動，牠們想抄到梅爾波森的後面。

梅爾波森並不傻，牠的眼睛的餘光一直在監視牠們。這時候，牠猛一下擡起頭，衝著要包抄牠的鬣狗怒吼了一聲。這一聲像打雷，鬣狗們全呆了，開始走動的鬣狗中有一隻「啪」地摔了一跤……那隻扭著脖子的兀鷹迅速扭過脖子，「嗖」的一下躥上了藍天。

梅爾波森想笑——但牠只是想笑，不能像人那樣哈哈大笑，獅子不會。牠現在只是心裏高興罷了。牠想不到，牠一叫，竟把鬣狗們嚇成這個樣子。「好了，還是趕快吃斑馬吧。」牠脖子上的毛平順下來。牠叼著斑馬，把斑馬翻了個身，又愉快地吃起來。

鬣狗們實在生氣，蹲了一會兒，怎麼也看不下去了。一隻個子最大的鬣狗低下頭，發出長長的、哭泣似的長嚎。

梅爾波森愣了愣，不由得緊張起來。

牠知道，這是鬣狗在招呼同伴。

鬣狗招呼同伴跟狼和狗不一樣，既不是把嘴指向天空，也不是向著強敵汪汪大叫。牠們把嘴伏向地面，借助地面把聲波傳播出去，傳向四面八方。這種傳播方式很獨特，卻也傳得很遠。再過片刻，大批的鬣狗就要蜂擁而至了。

「真小氣。」梅爾波森在心裏咒罵，「你們沒有吃過我們剩的食物？現在我吃你們一點兒，瞧你們那樣子！」牠不敢遲疑，急忙又埋頭吃起來。牠吃得很快，也不細嚼。牠不怕噎著，也不怕消化不了。牠要在大批鬣狗到來之前；盡可能多吞下一點兒。

在非洲大草原上，假若成百上千隻鬣狗狂叫著圍上來，連大象也要被嚇得狂奔亂竄的。

梅爾波森恰當地掌握著時間，終於沒有和大群鬣狗打照面。牠吃得很滿意，並且還有禮貌地給鬣狗們留下了一個斑馬頭，一條斑馬尾巴。

「唉，群體，群體真偉大！」梅爾波森邊跑邊舔著嘴邊沾著的血跡和肉渣，牠感觸很深，「像鬣狗這麼一種醜陋不堪的東西，聯合起來，竟也能稱霸草原。」

牠有些後悔，牠不該失去牠那個群體。牠是頭老獅子了，沒有群體連吃飯都很困難。爲什麼要跑出來呢？爲了爭一口氣？爲了像年輕獅子一樣磨煉一番再回去爭奪「王位」？牠已經不年輕了，而且已做了那麼長時間的首領……牠搖了搖頭。

但是牠再也不會回到那個群體中去了。

兩天以後，梅爾波森才又吃到另一頓食物。

這是一隻豪豬。

梅爾波森先是美美地睡了一大覺，足足睡了一天一夜。醒來後，牠感到又餓了。牠在大草原

上轉來轉去，看夠了熱帶草原的風光，卻沒有吃到一口像樣的食物。牠看到了大象，也看到了犀牛，但牠不敢惹牠們，牠是孤身一個。牠追過一群鴕鳥。牠抓不住牠們。鴕鳥雖然不會飛，兩隻翅膀卻能張得像兩片帆，借助風力跑得飛快。牠又去過遇到鬣狗的那片小窪地，牠記得牠在那兒留下了一個斑馬腦袋和一條斑馬尾巴。牠趕到那兒，什麼都沒有了，連兀鷹也飛走了。

就這樣，牠又奔走了一天一夜。

天近中午，太陽火辣辣地照著，梅爾波森跑得又累又渴。牠想喝點水，休息休息，然後再去找食物。

牠向一片高高的灌木林走去。

牠知道那兒有一個大水窪。

非洲大草原一望無際，但並不是絕對平的。這兒那兒，常常有一片片的窪地。淺的窪地存不住水——至多存個一兩個星期就乾了。深的窪地卻能在一場大雨中接納周圍很遠地方流來的水，一直存到下一次大雨到來。

於是，植物便都很願意在這樣的窪地周圍落戶，野獸們也都樂意到這兒觀光。

梅爾波森嗅著灌木發出的涼爽氣息，搖搖晃晃地沿著一條小道走著——說是小道，其實並沒有人整修過，只不過這兒的灌木較稀疏，野獸們都愛在這兒鑽過來鑽過去罷了。在這片灌木林中，有許多條這樣的小道。

拐過一個彎兒，透過稀疏的灌木枝葉，梅爾波森忽然看到一個同類——一頭雄獅子。那獅子不知在幹什麼，蹲在路上，揚著一隻前爪，想拍又不敢拍，只是一下一下地在空中比劃。雄獅子脖子上的毛豎起來，鼻子裏不時發出呼呼的低吼。「這是怎麼回事？」梅爾波森很好奇。看看周圍，再沒有第二頭獅子，牠決定過去看一看。

雄獅看到梅爾波森，沒有示威，也沒有表示歡迎，只是警惕地跳開了——梅爾波森明白了，這是一頭剛成年的小獅子，到大自然中磨煉來了。瞧牠那沒有傷疤的臉，瞧牠那沒有一點兒狡黠的眼睛，這一切都能證明。

小路旁有一隻豪豬，這傢伙見敵人跳開了，正笨拙地向草叢裏鑽去……梅爾波森眼瞪圓了。

豪豬的肉很嫩，也很香。

並且，豪豬的個子不大，不會尥蹶子，跑得也不快。

可獅子們一般不敢惹豪豬。

豪豬渾身長滿長刺，就像圍著身體挺出無數長矛。這是豪豬防禦敵人的唯一武器，卻厲害得讓獅子們頭皮發麻：這些刺很堅硬。平日裏，它們倒伏著，一律向後倒伏；一有敵情，它們

便倏地豎起來，使豪豬的身體變成了一個大刺球。

豪豬的這一手，使饞涎欲滴的猛獸們不能不望「肉」興歎。

有一頭母獅子，嘴饞得很。饞得實在受不了了，吃了一隻豪豬，以致這頭母獅的腳掌、嘴巴和舌頭，都被豪豬的刺扎爛了。牠有很多天不敢走路，也不敢再吃東西。當這個饞鬼活活餓死之後，梅爾波森發現，牠的臉腮上還插著幾根花白的豪豬刺。

這事兒就發生在梅爾波森的獅群裏。

現在，這個年輕的流浪漢是怎麼了？要自殺？還是餓得實在支持不住了？

梅爾波森不能看著不管。

梅爾波森用腳掌拍了拍地；「咚」，「咚」，濺起一團灰塵。豪豬倏地豎起刺兒，同時迅速伏下身子，縮回小腦袋。梅爾波森走過去，用嘴叼住幾根長刺，把大刺球拖了過來。

灌木林中靜悄悄的，年輕的雄獅屏住呼吸看著這一幕。牠也知道吃豪豬很危險，牠想看看毛色枯乾的老獅子到底怎麼樣對付刺球。

梅爾波森瞥了年輕的雄獅一眼，很得意。牠要露一手讓傻小子看看。牠早就研究過豪豬，對付豪豬可不能蠻幹。

豪豬被拖到小路上，惱了，剛能站穩便把頭掉向老獅子，把又粗又硬的長刺搖得嘩嘩響。

梅爾波森不在乎這個，這個牠見多了。豪豬更生氣了，嘴裏發出「呼呼」的恐嚇聲。見老獅子態度依然很平靜，目光炯炯地看著牠，一振刺兒，「嘩嘩啦啦」地衝了過去。

梅爾波森跳到一旁，沒容豪豬扭回身，「咚」，「咚」，又在地上拍了兩下子。豪豬哆嗦了一下，站住了，並且立刻又縮回腦袋伏在地上。……過了許久，豪豬沒聽見動靜，悄悄地探出腦袋，眨了眨眼。老獅子就蹲在牠旁邊。耐心守著牠。豪豬一驚，急忙縮腦袋……老獅子的爪子拍到了。

豪豬暈了過去。

梅爾波森把牠翻過身，一爪按住脖子，一爪在牠肚皮上一劃——豪豬的肚子跟其他動物的一樣，沒長刺，軟塌塌的。

「嗤」，豪豬肚子破了，五顏六色的內臟流了出來。

梅爾波森的爪子可是厲害非常的，每一根趾甲都像閃亮的鋼鈎。雖說這「鋼鈎」已不如年輕獅子的了，對付肚皮還是不費事的。

梅爾波森歡歡喜喜地伏下身，大口吞吃起來。

豪豬死了。年輕的流浪漢急了。想跳過去，又有些膽怯，不安地在老獅子身旁走動起來。

吃完內臟，梅爾波森仍然用一隻前爪按住豪豬，又歪過腦袋，叼住長刺一根根向上拔，拔

出一根，吐掉，再歪過腦袋……年輕的流浪漢又蹲下了。牠看呆了

牠沒見過這樣吃豪豬的。

刺兒拔得很快，不一會兒，又鮮又嫩的豪豬肉便擺在面前。梅爾波森的口水滴滴答答淌下來，忍不住吞吃了兩口。但牠很快住了嘴，看看年輕的雄獅，咽下唾沫走開了。

這樣，梅爾波森收了一個徒弟。

年輕的雄獅緊緊跟在梅爾波森後面，老獅子走到哪兒牠跟到哪兒；老獅子幹什麼，牠幹什麼。牠對老獅子一百個服氣。……牠也有些怕老獅子，主要是怕老獅子不讓牠跟著。離開獅群，牠感到孤獨得要命。從小到大，牠還沒離開過母親和親族。牠曾想闖進別的獅群，可牠是雄獅，在牠這個歲數，哪兒都不歡迎。牠又小，還沒有打獵經驗，常常餓得頭發昏……只要一站下來，牠就向老獅子獻殷勤。牠圍著老爺子轉來轉去，嗅老爺子嘴巴，甚至舔老爺子屁股——這可是獅群中表示友好的見面禮。

梅爾波森感到很舒服。不過，這不是因爲年輕的雄獅給牠舔屁股。牠也願意有一個伴兒，不然，打獵都很難。……傻小子還有些笨。比如在灌木林中休息的時候，這小子給牠打一隻叮在額頭上的蒼蠅，蒼蠅沒打著，卻一掌把牠差點兒打昏過去。可這算不了什麼，小傢伙畢竟是很討牠喜歡的。

梅爾波森沒有趕走年輕的雄獅。相反，牠還處處照顧牠。於是，兩頭獅子，一老一少，開始相依爲命，結伴流浪。

這一天傍晚，牠們看到一群羚羊。

羚羊，羚羊，那身子可真夠輕靈的：小腦袋，細身子，角不粗，分量不重；腿瘦長，像四根竹竿，把身體高高架起來。單看那小尾巴，這「輕靈」二字也是不虛的：尾巴不長，剛剛能遮住屁股眼兒，整天翹著，擺來擺去。高興起來，「噗噗噗噗」，一秒鐘能擺動好幾十下……這種輕盈靈巧的羊兒，只有獵豹才配追牠——有時候，就是疾步如風的獵豹，也很難追上牠。

梅爾波森肯定是不行了，牠老胳膊老腿的，跑不動了。可牠仍然決定捉一隻羚羊吃——一隻豪豬，不過五六千克重，兩頭餓獅子吃還不夠塞牙縫的。特別是牠的徒弟，牠年輕，正是肚大能吃，發育身體的時候。怎麼能讓牠餓著肚子流浪呢？

梅爾波森要採用攆羊入網的辦法，這是用不著跟羚羊賽跑的。牠看了年輕的雄獅一眼，小夥伴愣了愣。但這只有一瞬，隨後，牠悄悄地離開老獅子，向下風頭走去。

梅爾波森很滿意：行，小夥伴不傻——獅子不會說話，交流思想主要靠眼睛，靠意會。

草原上靜悄悄的。羚羊們一邊吃草，一邊悠閒地搖動小尾巴。遠方，又圓又大的太陽慢慢向地平線滑落，把草和灌木照耀得又紅又亮。梅爾波森真擔心草原會燃燒起來。

梅爾波森耐心等待著……太陽落到地平線上，估計小夥伴埋伏好了，於是，牠猛一下跳出草叢，連吼帶叫地向羚羊群衝去。

「啊哈，你們這些香嫩的小寶貝，你們這些跑得比風還快的小東西，瞧我一隻隻抓住你們！」

這就是梅爾波森吼叫的內容。

羚羊們嚇了一跳，擡頭看到吼叫著撲過來的老獅子，紛紛玩命地狂奔起來——草原上像刮起一陣風，像射出許多支箭！……不過梅爾波森並不著急，牠盯住羚羊跑的方向，盼著奇蹟到來。

可是，怎麼回事？就在羚羊應該撲倒的地方，跑在前面的羚羊忽然拐彎了！

梅爾波森疑惑地擡起頭……牠的鼻子都氣歪了：原來牠那個小夥伴沉不住氣，過早地露出了腦袋！

唁，真……，等羚羊們跑到跟前，甚至跑過去幾隻，再攻擊也不遲嘛！這個傻東西，怎麼這麼冒失！

「網」白張了，梅爾波森只好拚老命追起來。可這不像是烏龜追兔子嗎？

年輕的雄獅發現自己的過失，也賣命似的猛追一氣。牠腿腳靈活，跑得比梅爾波森利索，可也只配捉個羚羊屁嘗嘗。……天愈來愈黑，年輕獅子汗淋淋地回到老獅子身旁。

梅爾波森沒有責怪牠。

下一回，牠必須自己去打埋伏了，牠要做個樣子給徒弟看看。這小老弟，實在是沒有一點兒經驗。

月亮不聲不響地升起來。

兩頭獅子，一老一少，踏著如水的月光默默地向遠方走去。

梅爾波森與徒弟餓著肚子周遊世界。

牠們的情緒很好。

過去，牠們流浪。現在，牠們仍然在流浪。可牠們彼此成了夥伴，再也不是孤零零的了。

獅子不會說話，不能像人那樣說許多動聽的、甜蜜蜜的話。可感情這玩意兒，不全是以語言爲基礎的。它首先需要彼此信賴，互相信任，誰也不挖空心思算計對方。梅爾波森和牠的小夥伴現在就是這樣。牠們默默地走，誰也不跟誰說話。但牠們的眼睛裏都是真誠，這使牠們彼此都很輕鬆，很愉快。

瞧那月亮，潔白如玉；瞧那星星，燦如寶石；就是那鬣狗的叫聲，彷彿也不那麼刺耳、那麼恐怖了。世界真美好。雖然世界上有饑餓，可還是美好的。

天亮的時候，牠們聽到一陣咆哮。

這是另一頭雄獅的咆哮。

牠們站住了，不安地在晨風中搖起耳朵。特別是年輕的雄獅，牠的頸毛也豎了起來。牠有些怕——在牠結識梅爾波森以前，牠被許多怒吼的大獅子追逐過。

片刻之後，牠們放下心來。那頭雄獅的咆哮似乎對著另一個方向。而咆哮之後，也沒有緊跟著出現張牙舞爪的身影。

梅爾波森還聽出，那頭雄獅是孤零零的一個！

牠看了看徒弟，徒弟看了看牠。於是，意思交流了，徒弟跟著牠跑起來。

梅爾波森要去看看，那頭雄獅爲什麼發怒。

牠們小跑了一陣兒，估計距離差不多了，便改作躡手躡腳地潛行……但只潛行了幾步就站住了，天！就在前面，靠左一點兒，有兩隻大眼睛正惡狠狠地盯著牠們。

年輕的小夥伴驚叫一聲，掉頭就要跑。這兩隻大眼睛是牠先發現的。看看老獅子沒動，這才哆哆嗦嗦地站住了。梅爾波森也有些緊張，對面那張臉實在是太可怕了：臉上有一個疤，這疤把眼睛和上嘴唇向一起牽引；使一隻眼睛向下耷拉，半邊嘴唇向上翻起。疤上泛著紅光，疤旁的鼻子撕豁了，露出一個深深的黑洞！牠的頸毛也不由得豎了起來。

看得出，這疤癩臉是頭出生入死、生死不怕的老獅子。

六隻眼睛默默地對視了一會兒，疤癩臉煩躁地搖搖尾巴，把眼光移開了。梅爾波森順著牠的視線看過去，又吃了一驚：那邊，站著兩頭野牛！野牛腳前，是一隻大羚羊的屍體。

梅爾波森疑惑地看看疤癩臉，那老傢伙的鬃毛和胸脯上沾了許多血跡。牠明白了，這隻大羚羊是疤癩臉殺死的。大概疤癩臉殺死大羚羊的時候，驚動了附近的野牛。野牛跑過來，耍了一通牛脾氣，把老獅子趕開了。

草原上常有這樣的事：誰也不能妨礙野牛，哪怕是無意的，哪怕是一點兒！否則，牠們就大發雷霆，和你沒完沒了。……可是捕到了獵物，眼睜睜地看著，卻不能去吃，這不能不使獵者氣惱！

梅爾波森卻興奮起來：今天的早餐有了。

牠看看年輕的雄獅，徒弟已經鎮靜下來。牠又看看疤癩臉，那老傢伙本來對牠們就沒有什麼敵意。於是，牠大吼一聲，向野牛撲去。

野牛也是草原上的一霸，仗著有些蠻勁，誰也不放在眼裏。這些傢伙的力氣也確實驚人。梅爾波森親眼見過，一頭母野牛因爲丟了小牛，一氣之下，一個猛衝，一連撞折了三棵碗口粗的金合歡樹。……野牛們見一頭老獅子膽敢挑釁，勃然大怒，一齊咆哮著撲上來，低下頭，向

敵人抵去。

梅爾波森閃身跳到一旁，趁野牛一下子轉不過身，在一頭野牛的肚腹上順勢抓了一把。……野牛皮厚，又愛在污泥中打滾，毛間便藏有許多髒東西。梅爾波森沒有抓破野牛肚皮，只抓下來一綹牛毛和許多泥沙。這頭野牛氣壞了，扭回頭，揚角又是一頂——牠要和老獅子拚命了。

另一頭野牛也兜了過來，見同伴受到羞辱，便咚咚地跑著跳著，對梅爾波森又是頂又是踩，就像一個打足氣的大皮球。

不提防，牠的同伴氣昏了頭，「咚」，混戰中擠了牠一下，使牠翻了個滾兒。這頭野牛惱羞成怒，發瘋了一般，爬起來，哞哞怪叫，非要和梅爾波森見個高低不可。

兩頭野牛紅著眼睛，呼呼地噴氣，團團轉著和老獅子廝殺。梅爾波森左躲右閃，大聲吼著，也不甘示弱……漸漸地，牠覺得燥熱難當，胸悶氣短。天彷彿昏了，地好像暗了，滿眼都是狂抵猛撞的牛頭，滿耳都是又粗又重的喘息。牠知道再也不能周旋了，咬咬牙，「嗖」地跳出重圍，夾起尾巴就跑。

兩頭野牛愣了一愣，緊跟著追了過去。激戰方酣，殺得性起，怎麼能放老獅子跑掉呢？兩個戰勝者四蹄翻天，高高揚起尾巴，就像在屁股上插上勝利的小旗……可是，牠們上當了。

片刻之後，梅爾波森轉了回來。

兩個勝利者不知被牠騙到哪兒去了。

梅爾波森得意洋洋，剛才那場戲演得不錯，牠假打真打，竟把野牛哄得暈頭轉向。

大羚羊不見了，梅爾波森不著急，肯定是疤癩臉和徒弟拖走了牠——大約，牠們怕野牛再跑回來。梅爾波森嗅了嗅地面，找到了羚羊的氣息。順便說說，人們常說狗鼻子靈敏，其實，獅子的鼻子比狗的還靈。於是，梅爾波森顛顛兒地跑起來。牠相信疤癩臉和年輕的雄獅此刻正在分食大羚羊，但牠們不會不想到牠。而且，大羚羊雖也是羚羊，卻是軀體較大的一種。這麼一會兒工夫，牠們也絕對吃不完牠……

天漸漸熱起來。

獅子們吃完羚羊，就散臥在羚羊骨架的附近休息。一隻兀鷹飛過來，只盤旋了一圈兒，便興奮地大叫著，一頭扎了下來。梅爾波森慢慢閉上眼睛，想睡一會兒。牠累了。

牠的肚子還癟著，另外兩頭獅子也沒吃飽。一隻羚羊，三頭大獅子吃，肯定不夠。但這並沒有讓梅爾波森掃興，牠依然很激動：疤癩臉吃完食，竟然沒有走！

這意味著，這個群體要擴大，而今後打獵，顯然會比現在容易一些。

梅爾波森的思緒在飛翔……牠早就看出，疤癩臉也是個流浪漢，也需要群體。這傢伙雖然比牠年輕一點兒，可是歲數也不小了。

「來吧，朋友，群體愈大，力量愈強。讓我們一塊兒流浪，走完生命的最後一段路。」梅爾波森閉著眼睛，默默地念叨……

年輕雄獅並不理解師傅此時的心情，當獅子們睡醒覺爬起來的時候，牠差點兒要玩命和疤癩臉打一架。

這是因爲，疤癩臉走到了牠前面。

在獅子社會裏，是有等級的。獅子們過的是群體生活，沒有一個核心，沒有一個統一號令，「十八口子亂當家」，日子是過不好的。比如打獵，大家都按自己的意見打，亂七八糟地竄來竄去，群體的優勢就發揮不出來，獵也就打不成。獅子們都知道這一點，從小就養成了尊重獅王、服從獅王的習慣。一般情況下，獅群行動，獅王走在最前面。而緊跟在獅王後面的，是獅群中的「第二號人物」。這是爲了一旦有什麼意外，牠能馬上代替獅王指揮。

可是，疤癩臉算什麼呢？當三頭獅子站起來，踏上流浪路途的時候，牠大模大樣地插在梅爾波森和牠——梅爾波森徒弟的中間！而牠的禿尾巴，還在梅爾波森徒弟的臉上掃了一下。

這不能不使年輕的雄獅憤憤不平。

獅群剛走出幾步，牠就走上去，撞了疤癩臉一下。

疤癩臉側了側身子，沒當一碼事，只是齜齜牙，又走起來。

年輕的雄獅認爲這是疤癩臉心虛，不敢聲張，於是趕上去，又撞了牠一下。

疤癩臉險些被撞倒，跑了好幾步才站穩。牠火了，扭回頭，咆哮起來。

年輕的雄獅才不怕這一套呢！牠也瞪起眼睛，大吼一聲，豎起了鬃毛——牠以爲，牠那偉大的師傅是不會讓牠吃虧的。

兩頭雄獅你瞪著我，我瞪著你，劍拔弩張，就要打起來了。

梅爾波森不知後面發生了什麼事，扭過頭，吼了一聲。當看清是兩個夥伴要打架，牠蹲下了。牠的臉色很平靜。

年輕的雄獅膽怯了，抖抖身子，像是要抖掉身上的塵土和草屑，悄悄地使脖子上的鬃毛平順下去。

牠原本就意識到自己不是疤癩臉的對手。只要瞧瞧那傢伙的那張臉，就知道準是個好勇好鬥、打架不要命的亡命之徒。牠敢撞疤癩臉，只是憑仗師傅的威風罷了。可師傅似乎並不支持牠。

「罷了，罷了，就讓這老東西走在前面吧。」年輕的雄獅使勁甩了甩尾巴。

三個流浪漢又晃晃悠悠地上了路。

年輕的雄獅一直不高興，看著眼前搖擺的屁股，恨不得咬牠一口。如果不是後來在一次打

獵中的啓示，不知要把疤瘌臉恨到什麼時候。

這一天傍晚，牠們看到一群角馬。

角馬大約有五六十隻，正散佈在一片狹長的淺草地上，啃著剛長出的嫩草芽。這兒失過火，深深的荒草被燒沒了，青青的嫩草芽間偶爾還能看到枯黃的草梗和黑色的灰燼。

獅群悄悄站住了。

年輕的雄獅瞪大眼睛，搖著尾巴，全身激動得發抖。疤瘌臉態度閒適，一副無所謂的樣子，只是不時瞟梅爾波森一眼。梅爾波森看看角馬，看看兩個夥計，決定在這兒打一次獵。

三頭獅子行動起來。

梅爾波森是這樣部署的：年輕的雄獅繞到南面，大張旗鼓地出擊，向北轟趕角馬群；疤瘌臉在北面的淺草地邊緣，埋伏截擊；牠自己跟疤瘌臉一道行動，待到達疤瘌臉的埋伏位置，牠再向西走一段，也埋伏下來，預備給逃竄的角馬群第二次打擊——淺草地西北沒有高大的灌木，很適宜角馬群奔逃。

這一仗，疤瘌臉是主力，牠的埋伏和截擊是關鍵。梅爾波森原想自己承擔這一任務，考慮再三，還是把這個任務交給了疤瘌臉。

牠想讓疤瘌臉露一手，使那個不知天高地厚的小夥子收斂一下傲氣。

從一見面，梅爾波森就覺得疤瘌臉是個好樣兒的。這頭老獅子傷疤累累，肯定吃過不少苦頭，肯定很能幹。梅爾波森就喜歡能吃苦又能幹的，牠覺得牠有責任把這樣的老傢伙們團結到一起，共同開創新的生活道路。

角馬群轟轟隆隆地跑起來，淺草地裏騰起高高的灰塵。年輕的雄獅一邊大聲吼叫，一邊緊緊追趕。橙紅色的夕陽失去了光輝，黃昏的風兒彷彿在顫慄。

到了，應該出擊了！可是北面動靜全無，淺草地邊的灌木叢沈默著，似乎睡著了。有兩匹角馬逃竄出了淺草地，大批角馬緊跟著，頃刻也會急驟跑過。年輕的雄獅急起來，牠不知道疤瘌臉在幹什麼！

突然間，一聲大吼響起，就像爆發了二個霹靂。一條黑影倏地彈了出來，就像一道讓人來不及眨眼的閃電！灌木叢活了，彷彿轉瞬間成了一道牆，一道不可逾越的障礙……角馬群亂了，你擠我撞，哞哞亂叫，有幾匹還撲撲通通地摔倒了。黑影左撲右打，又一跳，躥上一匹雄壯的大角馬脊背，一探頭，咬住了角馬喉嚨，發力一甩……大角馬倒下了，黑影嗖地跳了下去。

這一切都發生在一眨眼的時間裏。年輕的雄獅愣了，呆了，興奮得發狂了。牠又蹦又跳，幾乎想喊「疤瘌臉萬歲！」牠不理解，那個看來醜陋的老傢伙怎麼能那麼沈得住氣，又怎麼能那樣利索：沈靜的時候，靜如泰山，行動起來，快得如同風，如同電，如同兔子！牠跑過去，

一邊好奇地打量疤癩臉，一邊幫助收拾角馬。

狩獵結束了。那邊，梅爾波森也擊斃了一匹。

淺草地上的灰塵開始散去，一隻兀鷹尖叫著飛過來，在夜幕低垂的空中盤旋。幾隻鬣狗跑過來，遠遠地在草叢中徘徊……

疤癩臉舒適地臥在一匹角馬旁，閉著眼睛細嚼慢咽。牠很高興，流浪以來，還從來沒能這樣開懷大吃過。「唉，就這樣吧，就留在這兒過吧。」牠想。

牠喜歡上了梅爾波森。

牠是獅子，當然想過群體生活。但是，在牠們這三條光棍中，誰來做首領呢？年輕的雄獅當然不行，牠還小；梅爾波森相貌堂堂，可年歲太大了。……獅子們願意有首領，但這首領必須是真正有本領的強者！

疤癩臉原來有心加入這個群體，可牠還要看看梅爾波森到底如何。牠緊跟著老獅子，不前不後，不露聲色……現在，牠服氣了。牠不僅看到老獅子出色的指揮和搏擊，還特別爲老獅子的寬厚胸懷所感動——是的，做一個首領，僅僅有力量是不夠的。

年輕的雄獅吃得舒心可意，身邊有兩匹角馬，牠一會兒啃這一個一口，一會兒啃那一個一塊……今天，大家的食物都很多。牠的肚子已圓滾滾地脹起，可牠還不肯停嘴。牠不僅對疤癩臉走在前面沒意見了，還明白了梅爾波森不支持牠的原因：

牠還小，不應該計較「地位名分」，應該好好學習。

三個流浪漢親密無間了，又開始愉快地流浪。

牠們漫無目的地在大草原上轉。有的地方，牠們去了好幾次，還去；有的地方，牠們從來沒去過，這回也去了。餓了，就地打點兒食；睏了，臥下睡一覺。牠們不再想家，牠們現在是一個熱熱乎乎的群體。牠們不要領地，牠們都是光棍。只有有母獅子的獅群才要領地，那是爲了照顧小獅子……這樣，天亮了又黑，黑了又亮。一天中午，牠們轉到一條鐵道旁邊。

這兒牠們沒來過。梅爾波森站住了。牠嗅嗅空氣，搖搖腦袋，對眼前兩條長長的、發出鐵銹味兒的東西很是奇怪。「這是什麼？是大蟒？大蟒也是長長的。」梅爾波森吃過蟒，那東西很有力量，咬傷過一頭小象，……牠回頭看看疤瘌臉和年輕雄獅，牠們也在看牠，眼光裏也打著問號。

三頭雄獅跑到鐵道上。

梅爾波森小心翼翼地審視著「大蟒」，見它們不動，用爪子輕輕撥了撥。牠聽到旁邊咯吱咯吱響，一看，年輕的雄獅膽大，正張開大嘴啃呢。疤瘌臉研究得最專心，一會兒用大爪子拍拍，只聽「錚錚錚」地響；一會兒又用大爪子拍拍，還是「錚錚錚」地響……

忽然，鐵軌震動起來。

三頭獅子嚇了一跳，急忙跳下鐵道。「怎麼，大蟒活了？」牠們遠遠地注視著鐵軌。年輕雄獅不耐煩了，想再衝上去……驀地，牠豎起鬃毛，向著遠方咆哮起來。

遠方，一個綠色的怪物，正踩著大蟒脊背飛快跑過來。

「噢，噢——」怪物叫了。那叫聲像大象，可比大象的叫聲更雄渾，更響亮，可以說聲震八方。

三頭獅子如臨大敵，一齊衝著怪物咆哮起來。牠們沒有逃跑——梅爾波森不跑，另外兩頭獅子便也不跑。牠們收緊肚子，齜出長牙，威風凜凜地向著怪物狂叫。

這是在警告怪物，讓牠放明白些，不要過來。

怪物不理牠們，照樣踩著大蟒脊背躥過來。大地在震動，天地之間像山呼海嘯、暴雨大作……年輕雄獅支持不住了，緊緊靠著梅爾波森，不停地尿尿。疤瘌臉也不行了，這頭勇猛的雄獅也靠上梅爾波森，像發冷似的抖個不停。梅爾波森也很怕，但牠不敢抖也不敢尿，不然兩個夥伴會軟得趴到地上。……怪物過來了，卻又過去了，像挾雷帶電的一股狂風。怪物肚子上有許多洞，每個洞裏都有人向三頭獅子招手。

三頭獅子看得目瞪口呆。

怪物，嘻！真怪！

當怪物的最後一節身軀跑過時，有一條黑影露一露頭，從怪物身上跳下，向獅子們撲來。

三頭獅子再一次嚇壞了。

梅爾波森真高興。

牠高興得不停地甩尾巴，走路也輕飄飄的。

牠的流浪隊伍又擴大了，來了一個呼嚕嚕。

呼嚕嚕從怪物背上跳下來，在空中翻了個跟頭，爬起來就加入了牠們的隊伍。

呼嚕嚕也是個流浪漢。牠不怕怪物，牠見怪物見得多了：在牠的故鄉——那是個自然保護區，怪物多得很，總是跑過來跑過去。牠還帶著牠的獅群到怪物臥著的地方閒逛過。那兒有一片房子，有許多人。人們看見獅群，嚇壞了，又喊又跑，霎時沒了蹤影。呼嚕嚕覺得可笑，人比獅子還膽小。今天上午，牠獨自一個闖到那片房子前——牠很煩悶。一個星期前牠就不當首領了。當時，正好有一個怪物剛剛啓動。於是，牠跳了上去。牠要旅行。

三個流浪漢很喜歡呼嚕嚕，牠們圍著牠左嗅右看，覺得牠很了不起：這老傢伙竟然敢騎怪物！呼嚕嚕很謙虛，沒挺胸脯也沒翹尾巴。牠覺得怪物就那麼回事，其實沒什麼。牠對三頭雄

獅的熱情歡迎很高興，便也伸出舌頭一個個舔牠們。

但是中午休息時，疤瘌臉和年輕雄獅遠遠地躲開了這頭剛來的老獅子。

老獅子睡覺一般都打鼾，可誰也沒有剛來的這位打得出色：呼嚕嚕，呼嚕嚕，響得驚天動地，把附近的鳥兒都嚇飛了。年輕雄獅睡不著覺，疤瘌臉也煩躁得翻來滾去。後來，牠們躲到一旁去了——這個老傢伙，這個呼嚕嚕，要是不睡覺該多好！呼嚕嚕睜開眼，難爲情地眨了眨，看到梅爾波森還臥在身旁，又高興地睡了。

傍晚，四頭獅子從草叢中站起來，全都精神飽滿，興致勃勃。梅爾波森看看就要落地的太陽，抖了抖身子。牠想帶獅子們走開，忽然又覺得還有一件什麼事沒做。什麼事呢？牠轉了轉耳朵。牠感到喉嚨裏有點兒癢……對，已經有很多日子沒做這個「功課」了。瞧，牠又有了一個群體；瞧，涼爽的、神秘的夜就要開始了！

牠牢牢抓緊地面，叉開腿，微微地低下頭，吼起來。

牠吼得那樣雄壯，那樣歡快！

疤瘌臉、呼嚕嚕、年輕雄獅，全都愣了，接著便不由自主地把腹部收緊，張開大嘴，從身體深處發出隆隆的吼聲——牠們也都有很長時間不做這個「功課」了。梅爾波森的吼聲喚醒了牠們：牠們又是一個獅群，一個群體，牠們的新生活就要開始……牠們爲什麼不吼呢！

牠們的吼聲充滿了信心！

四頭雄獅的吼聲在暮靄四起的草原上滾動，像大海漲起潮汐，像狂風掀動松濤，像沈雷轟鳴在天際……

梅爾波森唱完最後一個雄渾的音符，閉上嘴。聽聽身旁夥伴們的合奏，心裏湧起一股激昂慷慨的豪情：是的，牠曾經被趕下臺來，但是現在，牠又成了一群雄獅的首領！瞧瞧這群雄獅吧，雖然只有四頭，卻都曾或者將要叱吒風雲！下臺的時候，牠感到威風去盡，可現在，牠又感到擔子沈重：牠流浪過，知道孤單一個的艱辛。牠必須把流浪漢們團結在一起，依靠群體的力量，讓大家生活得更好，更像一頭雄獅！而牠，作爲大家尊重的頭領，只能耗費更多的心血，付出更大的力氣，甘冒更多的危險。除此而外，牠一無所求——在這兒也根本無好處可求！

獅群不吼了，草原上靜靜的，一時聲息全無。梅爾波森穩穩心緒，邁開腿。忽然，牠發現前面的灌木叢下，蹲著一條黑影。仔細看看，又是一頭雄獅！「這是誰？幹什麼的？」梅爾波森站住了。牠扭頭看看牠的部下，牠們正在看牠。

灌木叢下的雄獅靜靜地坐著，彷彿一尊龐大的青灰石雕。

梅爾波森走過去，友好地嗅了嗅石雕似的獅子。那獅子沒站起來，只是低下頭，也嗅了嗅梅爾波森。

天！這是頭什麼樣的獅子！梅爾波森驚訝了。石雕似的獅子有氣無力，整個身體彷彿都是一張皮繃在一副骨頭架子上。這獅子的鬃毛長長的，可是稀稀拉拉，沒有一點兒光澤，像隨便插在皮板上的幾把枯草，一團亂麻。疤瘌臉一夥過來了，眼神中也透著驚訝。那頭獅子挨個嗅嗅牠們，算是見面禮，然後長長地歎了口氣，軟軟地耷拉下腦袋。

梅爾波森搖了搖頭。牠看出，這是一頭虛弱不堪的病獅子。

天色愈來愈黑，星星愈來愈稠密。遠處，幾隻鬣狗在長嚎。梅爾波森打了個冷顫。牠拱了拱病獅子，幫助牠站起來。

「走吧，朋友，跟我們走吧。不然，鬣狗會吃掉你的。」梅爾波森的眼睛說。

於是，這個流浪漢的隊伍裏有了五頭雄獅。

五頭獅子晃晃悠悠走了一夜。天快亮的時候，牠們看到了一群長頸鹿。

這是一片金合歡樹林。樹林不大，金合歡樹也很稀疏——在熱帶大草原上，經常可以看到這種耐旱的、綠色小島似的群生植物。長頸鹿有五六隻，都是成年鹿，正分散在樹林間摘吃樹葉。從樹林外看去，只能看見樹幹間不斷走動的、高高的鹿腿，佈滿花斑的、船一樣的鹿肚子，以及垂下來的、搖來蕩去的長尾巴。長頸鹿的腦袋隱沒在綠色雲朵一樣的樹枝間，外面看不到。偶爾，從高高的樹冠上傳來折斷細樹枝的「嘎巴」聲。

捉長頸鹿可是很危險的。

梅爾波森躊躇了一刻，還是決定捉一隻。

病獅子太虛弱了，牠急需補養。

可是，怎麼打呢？

梅爾波森領教過長頸鹿的大蹄子。窮追長頸鹿，且莫說追不上，沒準兒還得挨牠一下子。再說，自己這個群體又都是老弱病殘。……梅爾波森以爲，只能圍殲，只能集中力量打一隻。

獅群開始悄悄行動。

朝陽升了起來，雲雀在藍天和草叢間飛上飛下。稀樹林附近有一窩鷓鴣，不時發出「咕咕——」「咕咕——」的鳴叫。長頸鹿們隱在綠雲一樣的樹冠間吃樹葉，悠悠地甩動長尾巴……

疤瘌臉出擊了。

疤瘌臉擔任主攻。

牠大聲吼叫，極力散佈恐怖氣氛；在稀樹林前撲來跳去，張牙舞爪，造成緊張局勢；……必須把長頸鹿趕出樹林，獅子們才好進攻。

長頸鹿們吃了一驚，紛紛從綠雲般的樹冠中探出頭。牠們看到，一頭兇惡的老獅子，齜出獠牙，正虎視眈眈地打量牠們。牠們的心咚咚地急跳起來，很快就魂飛魄散了。

長頸鹿的力量不一定比老獅子小，可牠們的腦袋裏只想著獅子的大嘴，那可是吃肉的。於是，這些生性怯懦的龐大動物轟轟隆隆地奔跑起來。

金合歡樹的羽狀小葉被碰掉撞折，紛紛落下，稀樹林裏像在下雨……

跑出稀樹林，長頸鹿們加快了腳步。突然，前方出現兩個截道的——兩頭雄獅。這兩頭獅子咆哮如雷，牙如匕首……長頸鹿們的膽嚇破了，一窩蜂扭身拐向一側。

才跑出幾步，前面灌木叢中又躥出一頭獅子……天！被包圍了！長頸鹿們你擠我撞，急得頭昏眼黑：有的要往東跑，有的要往西奔，誰也不知哪兒沒獅子，哪兒是生路。忽然，牠們掉轉頭，一齊撲向西北角，從埋伏著的獅子中間躥了出去。

長頸鹿們狗急跳牆，玩命了！

梅爾波森愣了愣，隨即放下心來：牠們跑不了，牠們已失去了時間！而牠的老夥伴，個個久經沙場，經驗豐富……「好啊，拚鬥開始了。」牠抿起耳朵，從斜刺裏衝了上去。

疤瘌臉趕到了，牠緊緊攆著一隻細腿長脖的高個子。牠知道，牠選擇的目標很重要，一經選定，大家都要向這個目標攻擊。……距離在迅速縮短，疤瘌臉正要跳起，長頸鹿猛彈了一下大蹄子，疤瘌臉吸一口涼氣，急忙翻了個滾——牠早防著長頸鹿這一手。

一頭獅子從斜刺裏衝來，趁長頸鹿尥蹶子的時機，突然跳起，騎到高高的鹿背上。長頸鹿嚇傻了，嚇瘋了，昏天黑地地上下跳起來，顛得趴在牠背上的那個恐怖分子，像是遇到驚濤駭浪的小船。終於，獅子被拋了下來。

這頭獅子在空中翻個滾兒，沒事，爬起來又參加了戰鬥——這是呼嚕嚕。

梅爾波森急了，見長頸鹿撒蹄要逃，吼一聲，也跳到了長頸鹿背上。牠張開葵扇般大的爪子，牢牢抓緊長頸鹿的皮膚——牠的一隻後爪，甚至抓進了長頸鹿的肋骨縫。長頸鹿疼得猛烈地跳，猛烈地顛，一跳跳起幾米高。梅爾波森緊緊貼在鹿身上，就像一個優秀的騎手，隨著長頸鹿顛簸起伏。……長頸鹿勁兒小了，嘴裏噴吐著白沫，喘不過氣來。梅爾波森揚起一隻前爪，「啪」的一聲，狠命拍在鹿頸上。不料長頸鹿脖根粗壯，不像羚羊角馬。梅爾波森見拍不折，急忙張開嘴，在鹿頸上亂啃亂咬起來。

獅子們焦躁地圍著長頸鹿轉。看看長頸鹿氣喘吁吁，跳不動了，疤瘌臉猛一下躥起，一口咬住長頸鹿脖子。長頸鹿個子高大，有些趔趄，卻沒有倒。疤瘌臉不撒嘴，全身硬是在鹿脖子前吊著。長頸鹿又要蹦起來，並且彎下脖子，想用鍘刀似的大牙齒啃疤瘌臉的腦袋。呼嚕嚕見疤瘌臉危險，一下子躥上鹿屁股。幾乎在同時，年輕雄獅也撲過來。長頸鹿再也站不穩，「撲通！」一聲，倒了下去，濺起高高的塵埃……

哈，群體，真是一個偉大的組合！

病獅子趕來了。牠沒有力氣，跑不動，沒有參加戰鬥，但牠目睹了這個勇敢的群體這次狩獵的全過程。牠很激動，熱血沸騰：這幫老傢伙，這麼一把年紀了，還老當益壯，衝鋒陷陣……而且，還敢獵長頸鹿！牠們活得可真痛快。自己也是一頭雄獅，爲什麼就不能像牠們一樣呢？

昨天，若不是聽到這幫老傢伙豪情滿懷的大合唱，牠幾乎沒信心活下去了。

半年前，牠開始流浪。一直到昨天，心情始終沒好過。三個星期前，牠患了病，更覺得生活糟糕透了。

此刻，牠覺得心裏輕鬆了些，皮包骨頭的身軀裏又湧動起一股熱流，股力量。

四頭雄獅按著長頸鹿，按得牠一動不能動。梅爾波森見病獅子走過來，「啊嗚」一口，一下子咬斷了長頸鹿的頸動脈。滾熱的鮮血像噴泉似的射出來，冒著騰騰熱氣。病獅子感激地看了梅爾波森一眼，急忙大喝起來。牠理解，這是老夥計們特地給牠留的。

獅群在長頸鹿身邊逗留了兩天。

病獅子身體虛弱，不能太疲勞了。

在這兩天裏，獅子們守著生病的夥伴，陪著牠吃，陪著牠睡，陪著牠到窪地裏喝水……一群鬣狗在附近轉，幾次想過來，看到威武的獅群，又夾著尾巴溜了。

病獅子在炎熱的陽光下打盹，在清涼的月光下睡覺，不愁吃也不愁喝，精神漸漸地好起來。……牠做過一個噩夢，當牠急驟地睜開眼睛，看到夥伴們關切的目光，心裏又坦然了。當牠再次睡著的時候，牠也打起了鼾。

吃完長頸鹿，獅子們不得不又踏上流浪的征途。

這一天，牠們轉到了梅爾波森的故鄉。

這兒水草肥美，獵物眾多，羚羊和角馬成群成片。不用怎麼費力氣，就能捕到食物。而被驚散的羚羊和角馬們，很快又聚攏到一起，埋頭大吃起鮮嫩豐茂的青草——牠們捨不得這兒，趕也趕不走。

獅子們停住腳步。

牠們準備小住幾天。

草叢裏，灌木棵上，不時可以嗅到獅尿的氣味。荊棘叢裏，有時還能看到土黃色的獅毛——梅爾波森知道，這是那頭巨獅留下的。所有率領獅群的雄獅都是這樣，牠們靠屎尿和蹭癢留下的味兒，標出自己領土的疆界。

梅爾波森站在疆界的邊緣，向疆界裏面遙望。牠很激動。這兒曾是牠的領地。母獅子是牠的，小獅子也是牠的。牠在這兒生兒育女，生活了二十幾年。可是，牠失去了牠們。……牠咽口唾沫，慢慢垂下了腦袋。

牠沒有死，現在生活得很好。牠又回來了。牠不知道牠的母獅子們怎麼樣了，不知道小獅子們又長高了多少。牠想牠們。……但牠這次回來不是爲了奪回領地，不是爲了奪回母獅和小獅子。牠是爲了讓牠的老夥伴養病。

是的，牠老了。牠已意識到這一點，不願再與巨獅爭鋒。爲了獅群的繁榮強盛，牠的母獅和小獅子們應該有一頭年輕強壯的雄獅，應該有一個精力充沛的首領！

牠和牠的夥伴也不會給巨獅添麻煩的。牠們能自食其力，並且全都安分守己。牠們只需要在這片偌大領地的邊緣借一小角，小住幾天——上帝沒讓牠們去死，牠們就得活著！

可是，年輕巨獅答應嗎？。

梅爾波森這一輩子沒有向誰乞求過……牠昂起頭，渾濁的眼睛濕潤了。

巨獅終於發現了流浪的獅群。

這是在第三天上午。

天陰沈沈的，像是要下雨。

沒有太陽，草原的風很涼爽。這是熱帶草原少有的好天氣。梅爾波森和牠的流浪漢們愉快地臥在一棵大槐樹下。大槐樹很粗，樹冠巨大，不知什麼年代，它被風吹歪了。可它就這樣傾斜著生長，並且長得枝繁葉茂。幾天來，流浪漢們一直在這棵大槐樹旁歇息。

昨天夜裏，牠們捕獲了一隻羚羊。這是一隻體形罕見的大羚羊，個子像斑馬。流浪漢們飽餐一頓，舒舒服服地在涼爽的晨風裏閉上了眼睛。年輕雄獅沿著槐樹樹幹爬到大樹枝分權的地方，就臥在那兒，一條腿耷拉下來，另外三條腿拳著。大槐樹年深日久，樹幹和粗枝上沒有刺。

遠處，幾隻兀鷹在空中盤旋。兀鷹下面，是流浪漢們獵食羚羊的地方。

風兒悠悠地吹著，槐樹葉發出沙沙沙的絮語。

突然，年輕雄獅聽到一聲獅吼。牠沒有動，只是睜開了一隻眼睛。牠看到，遠方的兀鷹似乎在向高空爬升。牠又閉上了眼——是的，這跟獅群有什麼關係呢？

但這樣只有一刻。牠驀地收攏耷拉著的腿，昂首站了起來，警惕地向遠方嘹望。牠記起來，梅爾波森總是這樣的：休息時，一聽到一點兒可疑的聲音，就要站起來，不安地抽動鼻子，轉轉耳朵……

平白無故，兀鷹怎麼會受驚呢？

草原上的草在擺動。站在高處望去，像是黃綠色的波浪。

年輕雄獅吼起來。梅爾波森和老夥伴們紛紛跳起，站到病獅子的前面。……流浪漢們發現，遠處，正有兩頭雄獅顛顛地跑來。

跑在前面的一頭個子巨大，足足比後面跟著的那頭高出多半個腦袋。頭大得像笆斗，腿粗得敢跟小象媲美。毛是黃色的，到背部方出現一層暗黑。渾身毛色油亮水滑，乾乾淨淨……這正是年輕、強壯的標誌。

梅爾波森的心咚咚地跳起來。牠認出來了，來的正是把牠趕下臺的巨獅！牠的頸毛聳起來，呼吸也有些急促。

年輕的巨獅愈跑愈近。這傢伙怪眼圓睜，臉色陰沈，殺氣騰騰。牠不能容忍一群獅子侵入牠的領土——任何一頭負責任的雄獅都是這樣的。牠必須保衛領土、保護獅群。早晨，牠和一頭雄獅趁天涼出來巡視邊界，發現了羚羊骸骨，同時也嗅出了一群雄獅的臊味兒。

巨獅看到大槐樹下的流浪漢們，腳步加快了。牠看得很清楚，這是一幫老弱病殘。就這麼一堆玩意兒，也敢入侵牠的疆界？牠覺得好笑，也覺得可氣。……忽然，牠看清老光棍中有一個是梅爾波森，不由得有些緊張：「怎麼，這老傢伙還活著？」牠忽然意識到，壞了，梅爾波森回來是爲了再取王位。

牠氣勢洶洶地在梅爾波森面前站住了。

「啊嗚——」牠嚇人地大聲吼叫。意思是：「你好，老朋友，又見到了你。……嘿嘿，是屁股還是腦袋癢癢了，來找一頓揍？」

梅爾波森沒有因爲年輕巨獅不禮貌而生氣。實際上，牠脖子上的鬃毛已經平順了下去。牠並且有些高興。牠發現，巨獅更強壯，也更成熟了。牠爲牠失去的獅群祝福。牠也吼了兩聲，意思是：「你好。見到你很愉快。……我的一個夥伴病了，需要好好養一養。借您一小塊寶地，請允許我們住兩天。」

梅爾波森吼得很得體。可惜，這樣的事巨獅從來沒經歷過，牠無法從老獅子的吼聲中理解那麼複雜的意思。這頭蠻獅只是想到，梅爾波森這樣從容，這樣平靜，一定是看不起牠。

「啊嗚——嗚——」巨獅橫眉怒目，大聲咆哮。同時，還齜出牙。牠是在說：「怎麼？還想講理？滾吧，快滾吧，獅子社會就是這樣！……不要讓我撲上去。記住，你曾敗在我的爪下！」

梅爾波森依然很平靜。疤癩臉、呼嚕嚕、年輕的雄獅卻忍不住了。就是皮包骨頭的病獅子，也從喉嚨裏擠出可怕的吼聲。牠們覺得，這小子實在是太不像話了，瞧牠那副狂樣！不就是頭大點兒腿粗點兒嗎？哼，咱們可不怕你……疤癩臉嗚嗚地咆哮著，一步跨到巨獅側面，呼嚕嚕鼻子裏呼嚕著，繞到巨獅後方。年輕的雄獅一躍從槐樹權上跳下，齜齜牙，站在梅爾波森一旁。

巨獅的夥伴膽怯了，腿開始發抖。巨獅也嚇了一跳，急忙向後退了一步。牠記得很清楚，梅爾波森不是一頭簡單的獅子，上次單打獨鬥，牠差點兒被老傢伙咬成殘廢。現在，老傢伙帶著新夥伴，如果一齊動手……別看這幫傢伙是老弱病殘，可一個個都兇狠成性，久經沙場！

不過，巨獅也不愧是個英雄，牠到底不怕。

「嗚——噢嗚——」巨獅聳起鬃毛，抓牢地面，準備廝殺了。牠鼻子裏哼出的聲音是：「怎麼，打群架？來吧，你們一窩子上！……我若皺一皺眉，不是娘養的！」

形勢萬分緊張，空氣似乎都凝固了。梅爾波森急忙用眼神制止夥伴們，並且率先蹲下來。牠了解巨獅，也了解新夥伴們。牠知道，巨獅力大心高，新夥伴們也不是好欺侮的。雙方勢均力敵，若打起來，難免兩敗俱傷。「這是幹什麼，爲什麼要流血呢？……」牠低聲地叫著，像一隻喑啞的老狗，發出如泣如訴的呻吟。

巨獅愣了，牠想不到老獅子會這樣。……這一回，牠明白了梅爾波森的意思：老獅子根本就不想跟牠打架！「那麼，牠來幹什麼？」牠糊塗了。

巨獅沒有再咆哮，脖子上的鬃毛也開始平順下去。

梅爾波森的夥伴們雖然還怒氣沖沖，卻一個個蹲下了。

巨獅搖了搖大腦袋，牠實在弄不清楚老獅子的來意，牠也蹲下了。但是一瞬間，牠又急忙站起來。……牠看到老獅子的眼裏沒有一點兒惡意，站了站，嘴裏咕咕嚕嚕著扭頭走了。

於是，這一天發生了奇蹟：一群獅子的首領，破例允許另一群獅子留在自己的領地裏。

梅爾波森長長地舒了一口氣。

這以後，年輕的巨獅又來過大槐樹旁。牠只是遠遠地看看，不吼也不叫，然後便拖著彎彎的大尾巴走了。

病獅子漸漸好了。

牠很感激夥伴們，做什麼都很賣力氣。牠知道，牠的病完全是夥伴們的愛治癒的。牠沒有吃什麼藥。實際上，吃藥也不管用。沒有哪一種藥能把一頭垂死的老獅子救回來。愛，比任何靈丹妙藥的威力都強大。

這樣，梅爾波森的獅群便所向披靡，威震草原了。

病獅子病好以後，這支團結一心、英勇頑強的隊伍，創造了第一個著名的戰績：打敗一群野牛。

病獅子病好以後，流浪漢們離開梅爾波森的故鄉，又開始了遊蕩。

牠們不能失信。牠們不是那種說話不算數，見了好處便不要臉的無賴。

另外，牠們都是「光棍」，也不需要固定的領地。

實際上，牠們更喜歡無拘無束到處旅行的生活。

天氣漸漸糟糕起來。

自從梅爾波森開始漂泊，老天就沒下過一滴雨。再一次遇到巨獅那天，烏雲倒是把天空遮了個嚴嚴實實，很像要下雨。其實，陰了一天，上帝連個噴嚏也沒打。當天傍晚，星星又在夜空中神秘地眨眼了。

久旱不雨，旅行倒是減少了麻煩，可對於草原，卻是一場災難。草和灌木漸漸枯黃了，草原上的土地愈來愈乾渴。水窪日見減少，不知是被大地偷偷喝掉了，還是被乾巴巴的空氣奪走了。從草和灌木枝葉中再難得到水分，羚羊、斑馬、大象，甚至還有最耐渴的駱駝，也不得不惶惶然地到處奔跑，尋找還有存水的深水窪。

動物們的生活天地一下子狹小了許多，大家都集中到草原上少有的幾個深水窪旁邊，不敢遠走了。

梅爾波森和牠的夥伴都是好漢，可也離不了水。漸漸地，牠們也只能圍著幾個深水窪遊來晃去了。

實際上，這時候草原上的風光也沒什麼好看的。草和灌木一片刺眼的黃白色。動物們一個接一個地倒斃。每天每天，梅爾波森和夥伴們都能看到剛剛渴死的角馬、斑馬和羚羊的屍體。有的倒在枯草叢中，身上落滿了蒼蠅；有的雖殘存一口氣，還在蹬腿，眼神卻在漸漸暗淡下去。天空中的兀鷹似乎比過去多了，成群成片，一邊翺翔，一邊發出興奮的尖叫。

梅爾波森和夥伴們的心情都很沈重，可牠們也無可奈何。值得慶幸的是，牠們的身體都還健康。

這一天中午，牠們冒著炎炎烈日，急匆匆地奔向最近的一個深水窪。

水窪邊很熱鬧。成千上萬匹角馬哞哞地叫，煩躁地踏著乾裂的土地。烈日下，灰塵中，到處是牠們晃動的黑青色的脊背。羚羊們三五成群，在角馬群的空隙中跑來跑去，小尾巴垂下了，眼光中充滿失望。獅子們跑來了，角馬和羚羊並不逃遁，只是給這些無畏的獵手讓開一條通道。獅子們也顧不上和羚羊、角馬說點兒什麼，嗅著水氣，一溜小跑下去——乾渴，使野獸們誰也不再怕誰，誰也不再想傷害誰。

水氣味兒涼森森的，愈來愈濃郁，獅子們加快了腳步，恨不能一步邁到水窪邊。……忽然，梅爾波森站住了。穿過避向四處的角馬和茫茫的灰塵，牠看到了野牛：野牛們已經喝足了水，有的在互相蹭癢，有的在水窪邊的稀泥中打滾兒——水窪中的水已被這幾十頭骯髒的傢伙弄得污濁不堪了。有兩頭野牛，正低著腦袋追逐一隻要下到坑邊的羚羊……

梅爾波森明白了：怪不得角馬們急躁地踏地，羚羊們眼中閃爍著失望：野牛群把水窪霸佔了！

這真是豈有此理！

沒有草原的繁榮，你野牛能繁榮嗎？……在這個大家都要渴死的時候，你野牛竟然在水坑邊嬉戲、耍霸道，不讓大家喝水！你野牛簡直渾蛋透頂了！

梅爾波森的頸毛豎起來，眼中噴出怒火。牠回頭看看夥伴們，疤癩臉兇狠地齜出牙，呼嚕嚕鼻子裏急促地呼嚕著……沒什麼可說的，上！把這幫蠻不講理的傢伙打跑！

梅爾波森大吼一聲，驀地從幾匹角馬背上躥了過去。

頃刻，水窪邊騰起滾滾灰塵……

野牛群一開始愣了愣，接著，紛紛撅起尾巴狂奔亂逃起來。有兩頭打滾兒的傢伙連爬了幾爬沒爬起來，後面的野牛連踏帶踩從牠們身上跑了過去。於是，這倆傢伙便永遠和臭泥攪在一起了……野牛群本不怕獅子，但當牠們看到面目猙獰、狂吼亂叫撲來的獅群，一剎那間，心驚膽顫了。

角馬和羚羊聽到霹靂般的獅吼，也嚇得全哆嗦起來。有的像沒頭蒼蠅似的逃竄，有的連拉帶尿，怎麼也控制不住自己。……也有膽大的，看到獅子追的是野牛，不是自己，定定神，急忙走到水坑邊，匆匆喝起水來。看到這些機靈的同類，角馬和羚羊們愣了愣，忽然恍然大悟了，也紛紛擁到水窪邊……

獅群像狂風般緊攆著牛群……野牛怎麼能跑過獅子？漸漸地，獅群和野牛群間的距離愈來愈小。風在呼嘯，塵土和草屑在飛騰。沈重的牛蹄聲隆隆地敲擊著獅子們的耳鼓……獅子們的神經都很興奮，牠們沒有想到不可一世的野牛竟這樣不堪一擊！特別是年輕雄獅，更是興奮異常。牠生下來，還沒有敢這樣追逐過牛霸王……牠年輕，跑得最快，漸漸趕到了梅爾波森前頭。

近了，更近了。年輕雄獅看到一頭個子較小的野牛緊跟著一頭大母牛，落在群牛後面，牠選中了目標。當牠剛剛和這頭小野牛跑個並排的時候，牠揚起了爪子。於是，濕淋淋的牛屁股被抓得皮開肉綻，「撲通！」一聲，小野牛翻倒在地上。

小野牛掙扎著，悲慘地呼號起來。

聽到小野牛的呼號，母野牛「哞」地狂叫一聲，以快得令人不能相信的速度扭回頭。母野牛的眼睛紅通通的，像在滴血，還沒站穩，便向年輕雄獅撞去。年輕的雄獅嗥叫一聲，「咚」，被撞得翻了個跟頭。年輕雄獅也眼紅了，爬起來，不顧一切地向大母牛撲去。

牛群聽到小野牛和大母牛的叫聲，像被突然喚醒了，膽子重新被召回體內。牠們紛紛收住狂奔的腳，扭回頭去。當牠們看到被撞翻的雄獅，狂喜起來，「呼啦啦」，一個急跑迂迴，包圍了年輕雄獅和趕上來救援的獅群。

「糟糕！」梅爾波森急忙收住腳。看到野牛回頭，牠忽然意識到，剛才光憤怒了；卻沒有想怎麼跟野牛鬥。野牛——追逐野牛，這是鬧著玩兒的嗎？牠回頭看看，牠們已被幾十頭野牛團團包圍了。

每一頭野牛都有非凡的力氣。幾十頭野牛……相比之下，獅群的力量與牠們相差太懸殊了。

梅爾波森焦躁地看看獅群，大家也都在緊張地看著牠。牠覺得自己犯了不可饒恕的錯誤：今天，牠把大家帶入了險境。

沒有什麼可說的，只有拚了！

能跑出去一個算一個，能跑出去兩個算兩個！

梅爾波森大吼一聲，向搖頭噴氣、兇狠的大母牛撲去。

野牛群一齊揚起角，向圍在當中的獅群衝來。牠們要抵死這幾頭獅子，踩死這幾個不知天高地厚的傢伙。剛才，牠們竟被這幾個傢伙嚇得屁滾尿流，這簡直是天大的恥辱！

見梅爾波森怒吼著跳了起來，母野牛閃了閃。這時候，兩頭最健壯最高大的雄野牛擠到前面，把牠和小野牛擋住了。這兩個傢伙噴一口氣，低下頭，揚角對著梅爾波森撲來。

梅爾波森急忙跳到一旁，扭回頭，像人似的半蹲著，一頭野牛擦過眼前，牠往野牛肚子上拍了一掌。「咚！」野牛喝足水的肚子像一面鼓，發出響亮的聲音。「哞——」野牛更瘋狂了，蹦跳著兜回來。在這同一時刻，母野牛也衝了過來。梅爾波森處於極大的危險中。

母野牛趁梅爾波森攻擊公牛的當兒，一揚角，勇猛地向牠刺來。梅爾波森眼觀四面，耳聽八方，覺得身後有風襲來，就像人似的兩腿用力，「呼」地從半蹲狀態跳到空中。

母野牛撲了個空，氣得兩眼冒火，尾巴一掄，扭身回過頭來。梅爾波森剛剛落到地面，又有雄野牛兜轉身，低頭等著牠。梅爾波森沒有辦法，只好就勢來了個「懶驢打滾」，滾到了一旁，可另一頭雄野牛已經在窺伺牠了。這傢伙也是母野牛的「情人」，恨不能為母野牛效力，此時，豈有不玩命之理？見梅爾波森滾到，這位「騎士」高高站起，把兩個大蹄子舉到空中，就要踏下來。「乖乖，不好！」梅爾波森心裏一驚。牠想趕快爬起來躲開，一時間哪裏動得了，只好閉上了眼睛。

疤瘌臉正與其他野牛混戰，殺得天昏地暗，難解難分。忽然瞥見梅爾波森危險，心裏一急，扯裂喉嚨大吼一聲。這一聲吼像猛然敲響一口巨鐘，震得纏著牠的野牛耳朵嗡嗡直響，一時光眨巴眼，弄不清發生了什麼事。疤瘌臉趁機屈腿弓身，跳起來向雄野牛撲去。那位「騎士」一心想踏死梅爾波森，向母野牛邀功請賞，沒注意半路殺上來一個「疤瘌臉」，「轟隆」

一聲被撲倒了。梅爾波森得救，「騎士」躺在地上打滾，哞哞直叫，嚇得拉了一攤稀屎……

梅爾波森眼也紅了，見母野牛又衝上來，也不躲避，「啪」一聲，揚掌狠拍在母野牛臉上。母野牛被拍暈了，搖搖晃晃，直到撞上另一頭野牛才轟然倒地。梅爾波森撲上去，正要弄死牠，只聽到年輕雄獅一聲慘叫，不由得愣了愣。回頭看看，小夥伴正被幾頭野牛團團圍住，抵來拋去，已經滿身血淋淋的了。牠不由得怒火中燒，咆哮著撲了過去。這時候呼嚕嚕也衝了上來，兩頭獅子這才趕開野牛，救下年輕的夥伴。

年輕雄獅身上這兒腫了，那兒破了，臉上也血跡斑斑。牠掙扎著試了幾次才爬起來。梅爾波森心痛得連連大吼：「老天，老天，難道我的朋友們就該死在這兒，死在這群蠻不講理的野牛角下嗎？你懲罰我吧，懲罰我吧！」

野牛群又呼呼地噴著鼻息衝了上來……

忽然，野牛群背後亂了起來，有獅子喑啞的怒吼，有野牛的慘叫，有轟隆隆的奔跑……野牛們愣了，有的扭回頭，有的返身擠向後方。梅爾波森見有機可乘，急忙給夥伴們使個眼色，帶頭衝向野牛群稀疏的地方。牠連撲帶咬，又抓又打，幾頭野牛猝不及防，急忙躲閃，疤癩臉和呼嚕嚕保護著年輕雄獅，從包圍圈裂開的窄縫中衝了出去。

待野牛們清醒過來，梅爾波森和夥伴們已跑出四五十米。

熾熱的太陽照耀著乾枯的大草原。

野牛群像一片黑紅色的風暴在後面追趕。滾滾的塵土在炫目的陽光下翻騰、擴展，給牛群壯聲勢。梅爾波森稍稍心定了一些，野牛怎麼也不會跑過獅子的。牠看了看夥伴們，還好，疤癩臉和呼嚕嚕精神飽滿，還很有勁。牠一邊不斷憤恨地扭頭看看野牛群，一邊輕巧巧地奔跑。年輕的雄獅跑得不大靈活，可也還跑得動，牠大約只是皮肉受了些傷，不要緊。

梅爾波森的心忽然顫抖了一下：病獅子呢？病獅子哪兒去了？開始衝鋒時，似乎就沒看到牠……梅爾波森心裏咚咚地跳著：莫非，剛才在牛群後面吼的，就是病獅子？若是牠，牠可就危險了。

剛才，由於緊張，梅爾波森竟沒有注意分辨吼聲來處。

梅爾波森著急起來。扭頭看看，野牛群已被牠們落得很遠了。跑過一片高高的枯灌木叢，牠有了主意。

年輕雄獅在枯灌木叢中繼續奔跑著，把灌木枝條碰得東搖西晃，塵土四起。梅爾波森和兩個老夥伴偃旗息鼓，向一旁跑去，遠遠繞了一大圈，牠們折向小夥伴相反的方向。

野牛群轟轟隆隆地跑過去了，原來的戰場上顯得很空曠。三頭野牛正圍在一起，用勁抵著什麼。三頭雄獅悄悄地靠近，從草梢上望過去，天！這些傢伙們抵的正是牠們的老夥伴，那頭剛剛痊癒的病獅子。病獅子胸脯塌了下去，一條腿搖搖晃晃，大約是肋骨和腿都折了。病獅子滿身血污，任野牛們抵來拋去，卻死死咬著一頭野牛的喉嚨，一爪緊緊按著牛的鼻孔。這頭野牛一動不動，和病獅子倒在一起。大約已命歸西天了。

三頭老獅子頸毛怒聳，再也不忍看下去，一齊咆哮起來。

三頭野牛愣了。牠們不知道，一眨眼從哪兒又跑出三頭雄獅來。野牛想跑，卻又怕跑不過獅子，咬一咬牙，丟下病獅子，一齊向三頭雄獅撲來。

三頭老獅子抖擻神威，勇猛地和野牛拚鬥起來。牠們雖然有火有氣，可都是經驗豐富的老將，心裏並不亂。牠們撲來跳去，躲閃著兩頭野牛，把攻擊重點集中在一頭野牛身上。這頭野牛慌了，怕了，轉了幾個圈子，頭腦便昏昏然了。牠雖然凶狠，有力氣，可到底不如三頭獅子，再加上身子笨重，動作不靈活，很快便被撂倒在地上。疤癩臉按著牠的頭頸，另一隻爪子死死捂住牠的鼻子——牠要活活悶死牠！這是獅子弄死野牛等獵物的慣用方法。梅爾波森和呼嚕嚕互相配合，把攻擊重點轉到另一頭野牛身上。

幾個回合以後，又一頭野牛倒下了。第三頭野牛心膽俱裂，再也不敢跟獅子照面，急忙撒蹄狂奔逃走……梅爾波森和夥伴們沒有再追牠，牠們惦記著病獅子。

病獅子靜靜地躺著，鼻子和嘴裏汩汩地淌出血來。牠已經死了，但依然怒目圓睜、頸毛高聳，爪子如箕般張開。梅爾波森拱了拱牠，心裏說不上是感激還是悲哀。牠全明白了，病獅子是戰鬥著死去的，是爲了牠和獅群死去的。

原來，獅群追逐野牛的時候，病獅子跑不動，落在後邊了。獅群陷進野牛包圍圈中危險萬分的時候，病獅子趕到了。

這頭老獅子知道野牛的野蠻，獅群的處境。牠毫不猶豫地撲了上去，希望能把野牛群引開。但是牠孤身一個，又是久病初癒，沒能做到。於是牠下決心犧牲自己，衝破野牛包圍圈，擾亂野牛注意力……

「獅群多虧了這個老夥伴呵！」三頭獅子悲憤地仰天長吼，宣泄著心裏的鬱悶之氣。吼聲像驚雷，像教堂的鐘聲，在炎炎的烈日下，在災難籠罩的大地上久久地傳播、回響……

遠方灰塵又起，野牛群趕回來了。但牠們撲了個空，三頭獅子沒了蹤影。當牠們一個個暴跳如雷、面面相覷的時候，牠們隊伍後邊的落伍者遭到了獅子的截殺。三頭威風凜凜的老獅子從草叢中跳出來，怒氣衝天地吼著，向那些跑得氣喘吁吁的野牛撲擊：「你們這些渾蛋，你們這些惡霸，還我的病獅子！」

野牛們驚慌地四處亂竄。牠們聽不懂獅吼的含義，但聽出了這種吼叫不同於一般，有著驚心動魄的力量……當大隊野牛趕到時，大片野草上倒著兩具野牛的屍體。

野牛們憤怒了，更加玩命地追趕獅群。可牠們只能看到獅子的蹤影，卻捉不到獅子。而牠們的隊伍後部，卻不斷地遭到獅子的打擊。牠們呼呼地喘著粗氣，嘴裏噴著白沫，在火辣辣的太陽下，一會兒東，一會兒西，跑過來，跑過去。牠們掉隊的愈來愈多，被打倒的也愈來愈多，終於，這些徒有蠻勁的傢伙精神崩潰了：當牠們再一次看到四頭雄獅怒吼著衝來時，牠們魂飛魄散，再沒有力量拚鬥，再也聽不得同伴被咬死時的慘叫。牠們一路尥著蹶子，放著響屁，爭先恐後地跑了。

梅爾波森和牠的獅群一邊吼叫一邊追，一直追出很遠。

這一場大戰把野牛們打怕了。牠們再不敢大搖大擺地出現在草原上，再不敢明目張膽地霸佔水窪。只有在渴極了的時候，才偷偷地跑到水窪邊喝一口水。牠們一邊走　邊小心地左瞧右看，耳朵不停地前後轉動，一聽到梅爾波森獅群中哪頭獅子的吼聲，便嚇得屁滾尿流，回頭就跑。

草原上的野牛屍體，使兀鷹和鬣狗們足足忙了半個月。在這個旱災肆虐的季節，牠們都胖得一走就喘了。

病獅子死了，大家都很悲傷。這頭獅子雖然是最晚加入獅群的，和大家相處的時間不長，可牠是爲大家而死的。獅群個個心中有數：彼此有著共同的遭遇，在險惡的大自然中需要互相幫助。因此，大家很懷念牠。每當黃昏降臨，獅群長吼的時候，大家便想到了牠那喑啞的聲音；每當有所獵獲，大家圍在一起吃食的時候，也總會想到群體中少了一個……疤癩臉似乎更煩躁、更容易激動；年輕雄獅狠狠舔著身上的傷口，彷彿這樣舔一點兒也不痛；呼嚕嚕本來是頭樂觀、愛開玩笑的獅子，此時臉上也總是流露出嚴肅和悲愴。

梅爾波森覺得這樣下去對大家的健康不利，也妨礙保持旺盛的鬥志，決定帶大家離開這兒，離開這塊見物傷情的地方。

於是，獅群又迎來第二個著名戰績。這純粹是一次邂逅。

獅群在清爽的晨風裏緩緩走著。陽光剛剛從露頭的太陽那兒射過來，還很弱。整個世界是一片橙紅，一片青灰背景下的橙紅——當世界變成刺眼的黃白色時，獅群就應該休息了。

梅爾波森走在獅群前面，小心地東張西望。腳下是一條乾涸的河床，牠計劃沿著這條河床走向上游。那兒會有森林和泉水。牠不知道這要走多長時間，反正牠們也沒事。

權作一次探險吧。

河床質地在變化。有的地方是沙子，有的地方是淤泥。沙子乾乾巴巴，存不住水。淤泥雖然發臭，有的地方卻還蓄著一窪窪水。水不多，也許只是一瓢半碗，但沿途有這麼點兒水，獅群就渴不死。

三頭雄獅跟在梅爾波森後面，也在一邊走一邊東張西望。牠們並不畏懼什麼——牠們完全信得過牠們的頭領，牠們是覺得河道中和河道兩旁的景色新奇。

這稍稍減輕了牠們心裏的哀痛。

太陽跳出地平線，陽光中的黃白色成分多了起來。

獅群站住了，耳朵在晨風中悄悄地轉動。前方似乎有一峰駱駝，駱駝在悲慘地嘶鳴。

梅爾波森看看三個夥伴，三個夥伴看看牠。牠們一齊豎起鬃毛，悄無聲息地小跑起來。牠們想去看看，發生了什麼事。

獅子很沈重，可牠們的爪子很大，肉墊又軟又厚，縮回鋼鈎似的趾甲，走路便輕輕巧巧，一點兒聲音也沒有了。

原來有一峰駱駝陷進淤泥裏，還露著脖子。這峰駱駝掙扎過，淤泥表面的灰白色硬殼沒有了，駱駝周圍泛著腐臭的、黑乎乎的泥漿。駱駝看見獅子，不叫了，恐懼地扭動著脖子，想跳出來。可這怎麼能行呢？牠愈陷愈深了。

獅子們停住腳，遠遠地看著駱駝。河道中和河道兩旁靜悄悄的，再沒有其他動物。駱駝不動了，大睜著眼睛，眼光中充滿悲哀——再過一會兒，牠就會陷入沒頂之災，被臭泥悶死。

獅子們覺得很可怕。

梅爾波森一直小心翼翼的，怕的就是這個。牠知道，河水乾涸之後，並不是所有的地段都會曬得很堅硬。在水流緩慢的淤泥質河床，淤泥堆積很厚。此時往往表面曬硬了，甚至曬得裂了縫，可是下面的淤泥還是漿狀的。不小心走到這兒，就會踩碎硬殼陷下去。愈是大動物，危險愈大。這峰駱駝大約就是半夜裏找水喝，貿然走到這層硬殼上的。

駱駝又掙扎起來，脖子亂扭，黑臭的泥漿冒出了許多氣泡……獅子們搖搖頭，離開了。年輕雄獅緊跟著老獅子們，牠永遠也不會忘記這峰駱駝的慘狀。

太陽光愈來愈刺眼。幾隻兀鷹尖叫著飛過來，在獅子們剛剛離去的地方盤旋。莫非，這些禿腦袋的傢伙要趁火打劫嗎？

淤泥質河床還在向前伸延，遇到危險的地段，梅爾波森便領著獅群爬上河岸，繞過去。有了剛才駱駝給上的一課，獅子們都不敢對腳下的路大意了。

當牠們重又走下河床的時候，牠們碰到了一頭犀牛。

牠們是突然碰到犀牛的。河道拐了個彎兒，兩旁長滿了蘆葦一類水生植物，穿過枯黃的水生植物叢，牠們幾乎和犀牛碰頭。

獅子們嚇了一跳。

在一般情況下，獅子不敢招惹犀牛。這種重達兩噸以上的動物，是陸地上最強大的動物之一。單看這種動物的屎就知道牠的力量了：一頭成年犀牛一次拉下的糞堆，同大象的糞堆一樣大，足足能裝一大桶！

這傢伙很憨直，也有牛脾氣。發起怒來，不依不饒，一定要跟對手幹到底。曾經有一輛滿載遊客的大型旅遊車不知怎麼驚動了一頭犀牛，這傢伙推著旅遊車倒退了很遠。接著便用鼻子上的角抵車廂，把鋼板車廂抵得儘是碗口大的洞！——憨傢伙跟旅遊車整整鬧了一天！

現在，這頭犀牛發怒了。不僅鼻子裏呼哧呼哧地喘氣，胡蘿蔔似的小尾巴也高高豎了起來，豎得筆直筆直。「大事不好！」梅爾波森心裏一驚。牠知道，犀牛的小尾巴一豎起來，就表示要過招了！牠急忙掉轉頭，領著夥伴們沒命地竄起來。

犀牛緊緊跟在後面……這種身披厚甲，四腿短粗的龐然大物，跑起來居然不比獅子慢！——有人說，在草原上，這種坦克式的動物跑起來可以和斑馬並駕齊驅。梅爾波森把耳朵抿在頭上，風馳電掣般竄過河灣，順著來路一直跑。跑了很長一段路，還能聽到後面呼哧呼哧的喘息聲。牠的心懸起來，還有沒有一個頭呢？若這個憨傢伙倔強地一直追下去，不僅牠的計劃要落空，沒準兒牠的夥伴也得受到傷害。梅爾波森心急火燎地擺動著四條腿，腦袋裏也在不停地打轉兒……驀地，牠有了辦法。

陽光中幾乎全是黃白顏色了，前面一段河床反射著刺眼的瓦灰色光。這是一段淤泥質河床。此時，獅子們腳步慢下來，張開大嘴，呼呼地喘氣，犀牛也在喘氣，但牠速度不減，依舊蹦蹦跳跳地跑得飛快。犀牛的大角像一枚撞城錐一樣挺在前面，梅爾波森的屁股就在這「錐」前擺來擺去。眼看獅子的屁股就要劃在「錐」尖上，犀牛稍稍收了收下巴，就要用力揚起，忽然，獅子們一躍，向兩側竄去。

犀牛收不住腳，仍然像一輛開足馬力的坦克轟轟隆隆地向前開。牠更惱怒了，但牠什麼也不怕。牠有的是力量，還有一副好鎧甲。牠不怕獅子們耍滑，就是跑到天涯海角，牠也要追下去！牠呼哧呼哧地喘著，盤算著，應該追兩側哪一邊的滑頭們呢？……牠忽然覺得，腳下的土地好像不牢固了。

犀牛嗥叫著陷進了淤泥裏。

獅子們開心地扭回頭，看著「坦克」在淤泥中掙扎。犀牛的威風一點兒蹤影也沒有了，小眼睛裏幾乎全是驚慌和乞憐。但這有什麼辦法呢？

年輕雄獅身上的創傷漸漸好了。休息的時候，牠總是伸出帶刺的大舌頭舔這些傷口。這樣，天氣雖然炎熱，牠的傷口卻沒有發炎。傷口結了疤，疤掉了，露出泛著紅光的疤痕。牠很驕傲。在人類看來，身上的傷疤是不美觀的。而在獅子看來，這卻是一枚枚獎章，昭示著雄獅不平凡的經歷。

年輕獅子的確在飛快地成熟起來。

三頭老獅子卻愈來愈顯得老態龍鍾。歲月不留情呵！特別是病獅子死了之後，牠們也看到了自己的歸宿。牠們額上的皺紋日見加深，眼睛也昏花起來，頸上的鬃毛愈來愈蒼白枯乾……不過，牠們還是很高興。

是的，看到了死，知道死是一定要降臨的，那還有什麼可怕的呢！當閻羅王派來的使者出現在面前的時候，那就慷慨高歌，從容去死好了。害怕，悲哀，就能免死嗎？牠們在死亡面前還是大大咧咧，一副無畏的態度。

獅群繼續探險的歷程，還在沿著乾涸的河床向上游延伸。河道兩旁的草愈來愈高，河床上也漸漸有了淺淺細細的水流。當河床變得愈來愈陡峭，水流變得愈來愈大、愈來愈湍急的時候，河道兩旁的樹變得愈來愈多了。

實際上，獅群已越過草原，走進熱帶山區了。

地勢大起大落，起伏不平，到處是有棱有角的石頭和密密麻麻的樹木。樹木是綠色的，樹木下的草、灌木和藤條大多也是綠色的。空氣似乎也被染綠了，發出樹葉和腐草的氣味。慢慢地，綠色愈來愈濃，變成了青綠色，又變成了黑色——樹木無邊無際，遮天蔽日，樹下的草、灌木和樹木間垂掛交織的藤條堵塞了空間，世界變得密不透風，黑咕隆咚了。

獅群進入了熱帶雨林的邊緣。

梅爾波森和三頭雄獅驚訝而又興奮地注視著沿路的變化。牠們——包括呼嚕嚕，都沒到過這兒。這兒跟空曠平坦、氣候乾燥的大草原差別實在太大了。這兒植物多得讓牠們眼花繚亂，食品也很豐富。不過，牠們的肚子常癟著。

牠們是獅子，不吃草。草叢裏雖然有許許多多熟悉的和不熟悉的動物氣味。可牠們常常遺憾不已：在這個石多樹密地形急劇起伏的地方，牠們不能跑也不能跳——獅子可是靠追逐撲跳行獵的呀！

這兒很不適合獅子生活。梅爾波森猶猶豫豫，可牠還是領著獅群往前走。牠覺得這兒太新奇了。

這一天，牠們碰到了大動物。這是大猩猩。

梅爾波森和夥伴們小心地穿過樹木藤條，一邊走一邊注意著諦聽森林裏的聲音。這兒的聲音千奇百怪：有大蟒爬過的沙沙聲，有金錢豹的怒吼聲，有各種鳥兒的喧叫聲……這些聲音有許多是陌生的、突然響起的，常常使牠們毛骨悚然。牠們自己沒有叫，連放下腳掌都是輕輕的。牠們怕招來不測之禍。

忽然，牠們前面的灌木藤條嘩嘩啦啦地劇烈搖擺起來。許多條黑影跳出來，吼叫著，刷刷刷地攀上了高高的大樹。在昏黑的樹杈上，這些黑影可怕地叫著，目光炯炯地看著牠們。獅子們嚇了一跳，停住腳，緊張地審視著黑影。牠們發現，這種動物軀體粗大，前肢很長，都有一個大肚子。更奇怪的是，這些動物能揮舞前肢，配合大叫，表示憤怒和恐嚇等意思。

梅爾波森和夥伴們害怕了。牠們還沒見過這種動物。牠們看了一會兒，轉過身，急急忙忙地順來路退回去。沒想到，大猩猩們吼叫著，亂七八糟地從一棵樹攀到另一棵樹上，一直跟蹤牠們。梅爾波森和夥伴們火了，牠們是獅子，不是小偷，這些醜陋的黑傢伙也太不給面子了。

「嗚——」獅子們扭回頭，可怕地咆哮起來。

大猩猩們愣了愣，閉了嘴，忽然又高聲叫起來，並且劈裏啪啦折了許多枯枝，雨點兒般地向獅子們砸下來。梅爾波森十分氣憤，可又不得不領著獅子們且戰且退。

接近雨林邊緣了。大猩猩們停止叫喊，也不再扔樹枝。獅子們發現，有一隻大猩猩握著一根木棒從樹上滑下來，一邊吼，一邊像人類那樣用兩隻腳搖擺著走過來。這隻大猩猩個子最大，面目也最醜陋。

「嗚——」梅爾波森站住腳，緊緊盯著大猩猩。

大猩猩也吼了一聲，並且雙「手」高高舉起了木棒。

牠們兩個誰也弄不清對方說了些什麼，可彼此都看得出來，對方並不示弱。

有些大猩猩沿著樹枝快速地向獅子們上空運動，有些大猩猩哧哧溜溜地沿著樹幹下了地……年輕雄獅很機靈，不聲不響地離開梅爾波森，迂迴著繞向大猩猩後方。呼嚕嚕呼嚕兩聲，屏住氣，也從另一方繞過去。疤瘌臉齜出牙，站在梅爾波森旁邊，用一隻大爪子刨地，很像一尊兇惡恐怖的守護神……

大戰一觸即發！

梅爾波森還在咆哮，大猩猩還在舉著木棒扭扭曲曲地前進。雙方的聲音和目光沒有一絲顫抖，沒有丁點兒閃爍……呼嚕嚕不慌不忙地迂迴著，忍不住又呼嚕起來。牠看到一根長藤，從這邊樹上垂下，遠遠地攀上了那邊的一棵樹，就像橫亙在草叢中的一根長繩。呼嚕嚕急忙走上去，用力一踩。長藤綳起來，「撲通！」大猩猩絆了個跟頭。

樹上的大猩猩吃了一驚，接著便又喊又叫，用前肢拚命擂打自己長滿黑紅色胸毛的胸脯。一瞬間，雨林中像敲響了幾十面戰鼓。獅子們驚訝了，牠們不知道大猩猩是在表示痛不欲生，還是在表示誓不兩立，一齊停住腳。……絆倒在地上的大猩猩急忙站起來，也不去撿掉下的木棒，「手」掩著臉，匆匆地返身奔回密林中，其他的猩猩見狀，也急忙停止捶胸頓足，悄悄地跟著大猩猩溜了。

雨林裏靜得可怕，靜得古怪，靜得神秘……

獅子們眼睜睜地看著大猩猩不戰而退，牠們不明白，那隻大猩猩爲什麼突然停止進攻。這個問題，連踩了藤條的呼嚕嚕也不理解，牠也在傻乎乎地看梅爾波森和其他獅子——難道，大猩猩在敵人面前摔了一個跟頭，感到不好意思，感到丟臉？

這真好笑。獅子們也沒去追擊大猩猩。牠們覺察到，這種動物群體觀念很強，也很聰明，是個勁敵。

梅爾波森領著獅群走了。牠們的探險到此爲止，牠們要回家了。牠們不再想穿越黑咕隆咚的熱帶雨林。對牠們來說，這種地方是個不可逾越的障礙。

熱帶草原的災難到了頭，雨季開始了。

大河小河漲滿水，草原上的大小窪地重又變得波光粼粼。麻鷸、鴿、織鳥、鴇，甚至還有鵜鶘、水老鴨，成群結隊地在草原上空飛翔。草變綠了，金合歡也變得綠雲如蓋，生機勃勃。斑馬、羚羊、野牛、野豬、大象，紛紛回到草原上……草原熱鬧起來。

黃昏，獅子們到一條小河邊喝水。

青蛙們在咕呱咕呱地鼓著腮歌唱，一群粉紅色羽毛的火烈鳥排成一排，站在河邊淺水裏。遠處，兩隻河馬在水中嬉戲，不時露出碩大的腦袋，把水搖得嘩嘩響——水來了，河馬也來了。

獅子們走向河邊，火烈鳥拍著翅膀飛上了藍天。梅爾波森領著獅群小心地走下河岸，近處的青蛙不叫了。河對岸的蘆葦呼啦啦地晃起來，晃得河水出現一圈圈半圓形的漣漪。獅子們豎起耳朵，看了片刻，直到蘆葦叢恢復平靜，才伏下身喝水——大概是一隻水鳥，或者是一隻水耗子，隱進了蘆葦叢。

梅爾波森和夥伴們一字排開，「啪嗒啪嗒」，伸出舌頭靈巧地捲水送進嘴裏。水很清，也很涼，喝進嘴裏甜津津的。旱季時，牠們喝的是渾濁、骯髒又熱乎乎的水窪水，現在，牠們安然度過旱災，又喝上清涼的河水了。

牠們的身心都沈浸在爽快裏。

忽然，河水翻起浪花，一張長滿牙齒的大嘴一下子從河底伸了上來。獅子們吃驚地擡起頭，還沒弄清是怎麼回事，疤瘌臉被大嘴咬住了，連掙也沒來得及掙一下，便被大嘴拖進水裏。

這一切僅僅發生在一瞬間！

疤瘌臉在水中掙扎。牠是被頭朝下拖進水裏的，不能叫也不能咬，只能用一隻前爪又拍又抓。牠的後爪也在拚命蹬踹，但在水裏無論如何使不上力。河中騰起高高的水花，出現巨大的漩渦。倏地，浪花中翻起一個龐大的灰綠色身影，這身影一滾又沈了下去。終於，疤瘌臉的尾巴梢在水面上晃了晃，隱進水中了。

青蛙不叫了，遠處的河馬沒了蹤影……梅爾波森和呼嚕嚕、年輕雄獅注視著眼前驚心動魄的一幕，不知該怎麼搭救朝夕相處的老夥伴。牠們憤怒地咆哮，大聲地吼喊嚇唬……可這沒有用，隱在水中的惡魔不在乎這個。河水漸漸平靜了，河底漂上來一縷縷血絲。

世界上還有什麼比眼睜睜地看著親人被害死更殘酷的嗎？梅爾波森悲憤萬分。牠不知道水底下的妖魔是什麼樣子，竟然能把牠最勇敢、最知心的老朋友拖下水去！「渾蛋，你出來，咱們見個高低！」梅爾波森嗓子嘶啞了，眼眶裏濕乎乎的。

呼嚕嚕和年輕雄獅也痛不欲生。疤瘌臉，這頭爽利的老獅子，可是牠們相依爲命的朋友啊！從今往後，這個流浪群體變得更小了……

兩頭雄獅，一老一少，也是淚水盈盈。

夜的帷幕悄悄降下了，掩蓋住這催人淚下的種種情景……

第二天早晨，獅子們在小河邊轉了轉。中午，牠們又去了小河邊。

熱帶的太陽永遠是熾熱的。河馬躲起來了；火烈鳥提起一隻腳站在蘆葦叢中，一動也不動；青蛙偶爾夢囈似的叫一聲，聲兒也不大……梅爾波森和兩個夥伴腳步輕輕地走著，連近在咫尺、正鑽在草叢中找蟲吃的土撥鼠也沒驚動。

獅子們睡不著覺。

小河水嘩嘩地流著，水面上似乎有一層煙霧。細碎的波浪在陽光下反射著金光，對岸綠色的蘆葦靜靜地舉著葉子……一切都恬淡和平，彷彿這兒什麼也沒發生過。

獅子們惆悵地看著這一切，默默地站著。牠們不知道自己爲什麼來小河邊：是來哀悼那位老朋友，還是來尋覓仇敵，爲老朋友報仇？牠們說不清楚，只是覺得心口堵得厲害。

梅爾波森歎了口氣，扭回頭去。呼嚕嚕和年輕雄獅明白，這是要走了，牠們也扭轉了身。

倏地，三頭獅子一齊豎起了頸毛：前面不遠處，一片淺草地上，爬著一條巨大的怪物！

怪物有五六米長，全身長滿灰綠色的鱗甲，大嘴巴，一直咧過了眼睛，腿不長，尾巴粗大……如果沒有亮閃閃的鱗片，簡直就是一條奇大無比的蜥蜴！

這是一條大鱷魚。

鱷魚閉著眼，一動不動地伏在陽光下，好像是睡著了。牠在曬太陽，曬得很舒服。

梅爾波森眼瞪圓了，悄悄地齜出牙齒。牠看到鱷魚的大肚子、灰綠身軀和大嘴，立刻判定這傢伙就是殺害疤瘌臉的惡魔！

牠看看呼嚕嚕和年輕雄獅，牠們眼中也噴出了不可遏制的怒火。「好怪物，饒不了你！」梅爾波森大吼一聲，向大鱷魚撲去。

生死激戰爆發了。

大鱷魚驚醒過來，牠的脖子被咬住了，急忙猛一甩頭，梅爾波森被拋出去，摔了個跟頭。大鱷魚驚魂未定，扭轉身就向河裏爬。獅子們豈能放過牠？年輕雄獅一口咬住牠的腿，猛一拉，拉得牠趴下了。大鱷魚全身扭動起來，張開大嘴回頭就咬年輕雄獅。呼嚕嚕見狀跳過去，急拍一掌，拍在鱷魚嘴上。鱷魚嘴被拍破了，但牠順勢一口咬住了呼嚕嚕的前腿。呼嚕嚕忙拽腿，拽不動，大鱷魚滿嘴都是牙！梅爾波森爬起來，一撲，又咬到鱷魚脖子。牠使勁咬，想一下子咬斷怪物的頸椎骨。無奈牠老了，鱷魚脖子粗得像大桶，又披著鱗甲。鱷魚被咬痛了，大尾巴劇烈抽打起來，啪，年輕雄獅挨了一下。梅爾波森被甩開了，呼嚕嚕也被甩到一旁。

呼嚕嚕的前腿被咬去一截，鮮血像噴泉似的湧出。鱷魚的一條腿也被咬斷了，頸部受了致命傷。

鱷魚喘息著，拚命向小河爬去。牠比獅子長三倍，重量抵得過兩頭獅子。牠是水裏的霸王，但在陸地上到底不靈活。並且，牠剛剛吞下許多食物，腰粗胃脹，也不適宜拚鬥。呼嚕嚕受了傷，更是急紅了眼。靠著三條腿，一撲，一下子砸在鱷魚頭上。鱷魚有點昏了，正眨巴眼，呼嚕嚕爬起來，一掌拍向鱷魚的眼睛。鱷魚一隻眼瞎了，怪吼一聲，張嘴就咬呼嚕嚕。梅爾波森再一次跳上去，咬住鱷魚脖頸。年輕雄獅也撲上去，又打瞎了鱷魚的另一隻眼睛。

呼嚕嚕滾到一旁，梅爾波森和年輕雄獅跳開去，惡魔似的鱷魚「啪啪」地甩著尾巴，在地上翻滾起來。

鱷魚的生命力強大得很。據說，一個獵人挖出了一條鱷魚的心臟，這心臟竟在陽光下跳了半個鐘頭！現在，這條鱷魚也瘋了，牠靠著鼻子和耳朵，張開大嘴，瘋狂地追著獅子們亂咬。

梅爾波森又一次衝上去，咬住鱷魚脖頸。牠知道，這兒是要害。牠使勁錯動著牙齒，咬呀咬……年輕雄獅咬住鱷魚的另一條腿，發狠地咬，發狠地拉。呼嚕嚕蹦跳著，跟著鱷魚轉，瞅空撕牠一把……天在旋轉，地在旋轉，熾熱的太陽在旋轉。火烈鳥驚叫著飛跑了，青蛙和河馬不知躲到哪裏去了，小河邊響徹著驚雷般的吼聲。終於，梅爾波森咬斷了鱷魚的脖頸骨頭，呼嚕嚕撕開了鱷魚肚子，年輕雄獅咬斷了鱷魚的另一條腿。鱷魚癱瘓了。

三頭獅子遍體傷痕，臥在還張著大嘴的鱷魚身旁。牠們足足臥了一下午。黃昏，當牠們喘過氣來的時候，牠們把巨大的鱷魚撕成了一片一片，拋得到處都是。

兀鷹飛來了，鬣狗跑來了，牠們看到梅爾波森獅群的第三個偉大戰績：在草原上，獅子第一次打死一條巨大的水中惡魔。

真是沒辦法，呼嚕嚕死了。

呼嚕嚕的傷腿本來要好了，已經結了痂。有幾天連著下雨，路很滑，三條腿站不穩，呼嚕嚕跌了一跤。這一跌跌壞了，傷腿上的痂被擦破了。呼嚕嚕雖然總是舔傷處，可無情的雨水把傷口的皮肉泡得發皺發白。終於，呼嚕嚕發起高燒，一連幾天昏昏迷迷。傷口變黑了，臭了，呼嚕嚕竭力忍著，不呻吟。梅爾波森卻發現牠痛得不時顫抖。梅爾波森和年輕雄獅不再流浪，牠們把牠弄到一株金合歡樹下養傷。有一天早晨，牠們拖著夜獲的一隻羚羊歸來，見呼嚕嚕已經倒下了。

牠是咬斷自己的傷腿、流血過多而死的。牠不願意給梅爾波森和年輕的夥伴找麻煩。牠覺得自己活得年歲夠大了，一輩子活得還行，還算得上轟轟烈烈。

牠安詳地閉著眼睛，臉上沒有一點兒恐怖和痛苦。

梅爾波森和年輕雄獅默默地重新開始流浪。

梅爾波森的年歲愈來愈大，身體愈來愈差，兩頭獅子打獵便愈來愈困難，這反過來又使梅爾波森的健康日益糟糕。年輕雄獅看著這頭威風漸漸消逝的老獅王——自己的師傅，憂心如焚。終於，牠有了一個好主意。

這一天，牠們走進了一片獅群的領地。

當濃烈的雄獅尿臊味兒撞進鼻孔的時候，梅爾波森不安起來。牠快走兩步，趕上年輕的夥伴——現在，年輕的雄獅走在前面了——輕輕地撞了撞牠。年輕的夥伴沒有停步，甚至也沒有看看老獅子，繼續堅定地向前走。梅爾波森愣了。

「噢嗚——」「噢——」「噢噢——」前方，強大的獅群吼叫起來。現在，正是獅群做「功課」的時候。

年輕的雄獅愈走愈遠，夕陽中，身上的疤痕反射出耀眼的紅色。梅爾波森搖了搖頭。但就在這一剎那，牠明白了。

是的，小夥伴已經不小了，牠已經到了那個年齡……梅爾波森心裏浮起一種莊嚴神聖的感覺，牠必須幫助年輕的夥伴。

夕陽接近了地平線。

獅群出現了：一共有大大小小二十餘頭獅子，全聚集在一棵高大的刺槐樹下。牠們的頭領，一頭高大的壯年獅子，正滿意地把頭轉過來轉過去，察看牠的母獅子、小獅子和屈指可數的幾頭雄獅。牠的鬃毛又長又亮，給牠增加了不少威風。

年輕雄獅吼了一聲，獅群射來驚異的目光。有兩頭母獅看到梅爾波森的小夥伴，立刻變得很溫順，並且嫻雅地搖起尾巴。壯年獅子發怒了，牠不能容忍流浪漢出現，牠知道牠來幹什麼。

壯年獅子咆哮著衝上來。

角鬥開始了。

梅爾波森憂鬱地看著自己的徒弟，牠不知道這小夥子行不行，對方的個頭比牠大……梅爾波森眼睛的餘光監視著獅群中的幾頭雄獅，察看著牠們的動靜——獅子們一般都知道爭奪王位的規矩，不會上去相幫。可有時候也難免有意外。如果有這種情況，梅爾波森決定以死相拚。

狂怒的壯年獅子暴跳著：一掌掌向年輕雄獅拍擊，梅爾波森似乎聽到了骨頭斷裂的聲音……可是年輕雄獅照樣勇猛地躥來跳去，不斷向強大的對手實施攻擊。牠的頭腦很清醒，四肢很矯健，有幾次甚至把對手打得翻起跟頭。

兩頭雄獅吼聲震天，在地上翻來滾去。壯年獅子力大無比，打了半天，也不喘氣。年輕雄獅也很了不起，一招一式都閃現著疤瘌臉、呼嚕嚕、還有牠梅爾波森的影子。「沒有白跟著我們這些老傢伙流浪。」梅爾波森欣慰地想，「這夥伴再不是當年吃豪豬時的模樣了。」

可是，怎麼樣才能戰勝壯年獅子呢？

當兩頭雄獅撕扭著滾到面前時，梅爾波森咆哮一聲，使了個眼色。年輕雄獅會意了，老獅子這是在讓牠注意不要橫衝蠻打，要很好地利用地形地物，就像上次讓犀牛陷入泥漿中一樣。牠偷偷看了看梅爾波森，老獅子的下巴向遠處揚了揚。那邊，有一群白蟻正在挖洞。

年輕雄獅跳起來，旋風般地跳到壯年獅子屁股後面，打算一掌打折牠的後腿。壯年獅子立刻折回頭，旋風般地追逐年輕獅子，要咬牠的屁股。於是，兩頭獅子轉起了圓圈，愈轉愈快，快得讓其他獅子看得頭腦發暈……驀地，年輕雄獅跳出圈子，回頭就跑，壯年獅子還沒站穩，也趔趔趄趄地追了上去。「撲通！」壯年獅子翻了個跟頭，前腿折了。

牠踩到了白蟻窩上。白蟻窩一般高一二米，像一個小墳丘。這一個白蟻窩正在建築，剛剛在草叢中挖了個深坑。

壯年獅子惱羞成怒，顛著跛著，更加玩命地和年輕獅子廝打起來。……梅爾波森長長地歎了口氣，悄悄地離開了。

夕陽已經落到地平線以下。暮色蒼茫，梅爾波森孤零零地走著，今後，牠又要孤零零地流浪了。

牠知道，年輕的雄獅肯定會奪下王位的。那頭壯年獅子現在很凶，可牠到底傷了一條腿。幾隻歸巢的鳥兒飛過頭頂，邊叫邊快速地搧動翅膀。兩頭大象一前一後，咚咚地在前面不遠處跑過，漸漸地消失在夜色中——這是要歸群的大象吧？梅爾波森心裏酸溜溜的，耷拉著毛髮已經蒼白的腦袋，漫無目的地走著。

牠不知道前途是什麼，也不知道歸宿在何方。

牠想起了剛剛失去王位的那個夜晚，也想起了疤瘌臉、呼嚕嚕和年輕的雄獅……現在，一切又要重新開始了。

牠不責怪年輕雄獅，牠只責怪自己。是的，怎麼早沒想到小夥伴年紀不小了，該幫助牠成家立業呢？老讓人家陪著流浪，那不太自私了嗎？

遠遠地，一群鬣狗拉開嗓門嚎叫起來。

梅爾波森打了個冷戰：不知什麼時候，也許明天，也許今天夜裏，鬣狗們就要啃噬自己的屍骨了。

牠忽然有些慚愧：怎麼，都這把年紀了，還貪生怕死？想一想老夥伴們吧……牠搖了搖頭。

牠聽到腳步聲，擡起頭，一頭雄獅站在面前，正氣呼呼地瞪著大眼睛。天！牠追上來了。這是年輕雄獅。

「噢嗚——」小夥伴怒氣沖沖地吼喊。梅爾波森明白，牠是在說：「怎麼回事，你爲什麼要溜？」

梅爾波森站住了，沈默了一會兒，也吼了一聲。牠是在說：「對不起你，我不能再給你添麻煩了。」

牠的眼角淌出了淚花。

「嗚，噢嗚，噢噢嗚——」年輕的雄獅激動起來，吼聲震耳。牠想表白這樣的意思：「什麼話！要不是爲你，我也不會去奪取王位的。走吧，跟我到獅群中去吧，牠們不會欺侮你的。」牠不知道這樣複雜的意思，老獅子能否理解。

「謝謝。」梅爾波森又吼起來。當然，我們這兒寫的，是翻譯過來的意思，「我有我的生活方式，我會活得很稱心的，就像你知道的那幾頭老獅子那樣。」

「不行，你必須……」年輕的獅王怒氣沖沖地喊，「不然，我就跟著你。你走到哪兒，我跟到哪兒。」

「啪，」老獅子揚爪給了牠一個耳光，「沒出息的東西，竟然能說出這種話！你還對你的獅群負責嗎？」

年輕的雄獅愣了，牠看到牠的師傅——那個老獅王，齜出牙，聳起稀疏的頸毛，咆哮起來。那沙啞的聲音中，分明跳動著一頭雄獅剛強的心！這心是堅不可摧的。

牠的淚水湧出來，可牠讓開了路。

梅爾波森大步走了過去，夜色吞噬了牠。當年輕的獅王再也分不清哪是灌木哪是師傅的時候，牠聽到了一陣蒼老的吼聲。

那聲音還是那樣雄壯。

鳥王

翎翎看到了蛇的小眼，看到了蛇吐出的黑火苗般的信子。

牠下了決心，要麼啄死蛇，要麼和蛇同歸於盡。

牠是堂堂的鳥王，要活得壯烈，死得壯烈！

沒有誰這樣教過牠，但所有的雕，心靈深處都埋藏著這樣的意識。

「砰——」朋友的槍口噴出一團火光。

對面山樑上，老狼跳起來，接著，像塊石頭似的咕嚕咕嚕滾下了山坡。

一隻大雕跳起來，拍動著門板般巨大的翅膀。炫目的陽光照著大雕金黃色的頭頸，使牠身上的羽毛閃著茶褐色的金屬光澤。空氣被強烈攪動起來，一叢叢灌木開始搖擺，齊腰深的茅草伏在地上。

「翎翎，翎翎！」朋友揮著手喊。這是個壯實的中年漢子，頭上裹著條骯髒的花毛巾。花毛巾下，是一對閃著焦急擔憂光波的小眼睛；身上油膩膩的破衣服被大雕翅膀搧動的風吹起來，手中提著的獵槍冒出的硝煙，也被風吹散了，散成一縷一縷。

大雕的尾羽翹了翹，但碩大的身軀沒有彎回來，尾羽又擺平了。壯年漢子眼巴巴地望著，無可奈何，只得緊跟著衝下山坡。

這是隻還沒有經驗的大雕。

一叢灌木前，老狼胸脯上咕嘟咕嘟冒出鮮紅的血，軟軟的四肢慢慢地抽搐著。牠見大雕飛來，便張開可怕的大嘴，掙扎著站了起來。

「老狼不是被打倒了嗎？」翎翎心裏閃過一絲疑惑。牠跟朋友出來打狼次數雖不多，卻也不是第一次。往常，槍響之後，狼就完蛋了。這一次，狼怎麼還能站起來呢？翎翎看見老狼張開的大嘴，心裏不由得燃起一股怒火，壓壓翅膀，「刷」地撲了下去。

鷹是鳥中之王，金雕是鷹族中最厲害的鳥兒。翎翎雖然才一歲多一點兒，可畢竟也是金雕啊，怎麼能容忍狼在自己面前齜牙咧嘴呢？

天氣真好，太陽明亮地照耀著。棉花朵一樣的雲，緩悠悠地在瓦藍瓦藍的天空飄蕩。

「嗖——」一道金黃色的閃電帶著長長的嘯音擊向老狼。「嗵」閃電掠過山坡，老狼重重跌倒了。

大雕閃電般躍上天空，劃起了圈子。一雙錐子般尖利的眼睛，緊緊盯著不肯瞑目的大灰狼……大灰狼掙了幾掙，沒有再爬起來。

大雕的羽毛在氣流中簌簌顫動，一種勝利了的興奮在牠身上燃燒。翎翎的血液沸騰了，骨頭縫兒裏也溢滿了力量——只要老狼再敢向牠齜牙，就衝下去。牠覺得，牠一爪就能把老狼的腦袋擊個粉碎。

牠還沒有跟大狼搏殺過，朋友不允許牠這樣。雖然金雕有可能捕殺狼這種兇猛的野獸，但要經過長期訓練。牠現在只能幫助收拾小狼或者從空中監視被擊傷的老狼的動向。

可牠現在就擊倒了老狼！

當確信老狼已經完蛋了的時候，翎翎從天空冉冉滑下，在山坡上搖搖擺擺走起來，牠是多麼得意呀！

這時，牠聽到了一陣急促的腳步聲。

「翎翎，快跑！飛——！」朋友在山樑上出現了。朋友一邊跑，一邊急急揮動手臂。

大雕愣了。牠不懂人的語言，不明白朋友呼喊的意思。並且，從來也沒有聽到過朋友這樣驚慌的聲音。牠心跳加快了，可牠還想弄清楚發生了什麼事。

「翎翎，快，快啊！」朋友翻過山樑，飛一樣跑下來。

「站住，站、站住！」山樑上，又出現了幾個戴鐵帽子、穿黃衣服的人。這幾個人正在追趕朋友。

翎翎揪緊的心忽然鬆弛了。只是還有點兒納悶兒，這幾個人穿得怪裏怪氣，剛才他們在哪兒躲著了呢？

雕的眼睛是很尖銳的。

深山裏的小村子貧窮、落後，可也很少受到外面世界驚濤駭浪的擾動。一代又一代，這兒和平、寧靜，很少有人與人之間的拚死拚活的鬥爭。翎翎是隻鳥，並且才在世界上活了幾百天，牠怎麼能看出今天的事不尋常呢？山村裏的人們也常常追逐著開玩笑。

翎翎雙腳一蹬，迎著朋友低低飛過來。

「翎翎，快，快逃！」看翎翎飛過來，落在面前不遠處，朋友又急又氣，臉都扭歪了。

「娘的，還跑，老子開槍了！」後面追趕的人喊。

朋友衝到了跟前，翎翎跳起來，笨拙地一蹦一蹦向前跑出幾步，接著扭回頭，腦袋一伸一縮，頗有興趣地看看朋友，又看看後面戴鐵帽子的人。

「砰！砰！」戴鐵帽子的人開槍了。

子彈呼嘯著掠過頭頂，拖著長長的尾音。翎翎吃了一驚——這是怎麼回事？山村裏，有誰向朋友開過槍呢？牠「啪啪」拍動著巨大的翅膀，向前飛出一小段路，又落下地。牠要看個究竟。

朋友跑過來了，翎翎傻呵呵地跳過去。一雙迷惑不解的眼睛看看朋友，又看看朋友身後。

「嗵！」朋友一腳踢在翎翎的胸脯上。

這一腳好重！翎翎咕嚕咕嚕翻滾起來。尖利的石頭和灌木荊棘扎牠、撕扯牠，牠掉下了許多羽毛。翻滾中，翎翎瞥見，朋友的臉是那樣猙獰。

大雕掙扎著爬起來，踉踉蹌蹌走出幾步，一躍，飛上了天空。

牠使勁拍著翅膀，耳邊響起呼呼的風聲。白雲在身邊了，空氣清爽冰涼起來，陽光變得明亮炫目……牠還在使勁拍動翅膀。

沒有回頭，也沒有盤旋。

大雕胸腔裏燃著騰騰的怒火。

朋友這是幹什麼？

翎翎有什麼地方對不住朋友？

牠不大，可牠是鳥中之王的後代，有著鳥中之王的尊嚴啊！

牠是朋友自小養大的，但牠並不是人這種兩條腿動物的奴僕。牠願意爲朋友效力，但朋友也必須把牠當做朋友！

氣憤像煙、像火，憋悶在心裏，燒著，烤著……

山坡上，大雕飛高了，遠去了，漸漸像個小黑點，消失了。

倦鳥自天外歸來。

翎翎餓了。

翎翎期待著朋友，拍著巨大的翅膀，到處尋找那個壯實的中年漢子。

牠心裏的憤懣早煙消雲散了。

是的，和朋友的友誼那樣深遠、那樣真摯，怎麼能因爲朋友一時的失禮，就耿耿於懷呢？

有時候，牠不也惹朋友生氣嗎？

打獵時，牠沈不住氣，把獵物嚇跑了……

在家時，牠發脾氣，把朋友的胳膊抓得皮開肉綻……

牠不知道自己的父母是誰，是朋友一口一口餵大了牠呀！

颳風下雨，朋友惦記牠，急忙跑回家，把牠趕進屋，不讓牠淋著凍著。打到獵物，朋友割開獵物肚腹，總是讓牠吃第一口，吃個飽。

現在，中年漢子像一滴露珠，從草葉上滾下來，晃了晃便驟然消失在大地上了。

這是怎麼回事呢？

飛走的時候，翎翎在高高的空中曾經瞥見朋友一個踉蹌，摔在地上。幾個戴鐵帽子的人一擁而上，扯起他，用繩子捆綁住，推走了。

既然是開玩笑，他們能上哪兒去呢？

鳥兒們有巢，被巢繫著，總是在巢邊飛來飛去。

人的巢不就是村子嗎？

翎翎在打狼的山坡上飛，在朋友經常帶牠打獵的地方飛。飛來飛去，沒有找到朋友。牠以爲，不用著急，朋友不會走遠的。

夕陽西下，翎翎的肚子咕嚕咕嚕響。一斂翅，向山村疾速飛去。

村子變樣了。僅僅半天多的時間，小村子已經面目全非。

翎翎懷疑自己找錯了地方。

許多房子倒了，廢墟上一片焦黑。傾斜的房樑和散落的檁條，還冒著嫋嫋的餘煙。

人們在哭，在罵。

「孩子他爹，你這一走，叫我們孤兒寡母怎麼過喲……」

「天殺的土匪，你們殺人搶糧，不得好死！」

「老天，你睜開眼，懲戒那幫土匪吧！」

翎翎不懂人的話，不明白人的事，但牠感覺出，村子遭了劫，人們都沈浸在巨大的悲痛中。

這是怎麼回事？

翎翎明明記得，早晨跟朋友出村的時候，鄰居們有的擔著水桶去挑水，有的趕著羊群去放牧。一隻大公雞領著一群母雞，在村邊悠閒地踱步……大家都是樂呵呵的，山村一片安寧。現在，怎麼會出現這麼一副凄慘景象？

「朋友呢？朋友呢？」翎翎有些慌。

天就要黑了，翎翎收攏翅膀，落到了朋友家裏。

朋友的小草屋在村子邊上，也被燒了，只剩下被煙火熏黑的四面牆壁。一個人影也沒有，熟悉的氣味中，夾雜著一陣陣燒糊皮毛的焦臭氣味。

翎翎的小窩也被搗毀了，泥土和石頭坍塌了一地。

翎翎不安地聳起脖子上的羽毛，站在小窩前，探頭探腦地察看。

晚風吹起來，院子裏一片淒涼。

朋友是個單身漢，那麼大歲數了，還沒有妻子兒女。

鄰居們也都沈浸在悲痛和忙碌中，沒有誰來看顧這個村邊的小院落。

「啣兒，啣兒——！」翎翎昂起頭，轉著脖子叫著。牠覺得有點兒不妙，急迫地希望朋友能應答牠。

可是，牠沒有聽到那個熟悉的聲音。

翎翎心裏也空落落的了。

牠「呼」的一下跳起來，穿梭似的在村子上空飛來飛去。一邊飛，一邊叫。飛了一會兒，牠又一頭扎回那個小破院。

院子裏依然沒有那個頭裹花毛巾的身影，沒有招呼牠吃食的親切聲音。

牠又飛起來，在起伏的群山上空尋找。

夜的紗帷在緩緩落下。沒有陽光，紗帷下的一切都朦朦朧朧。翎翎的眼睛再尖利，也看不透紗帷下面的秘密啊。

翎翎愈來愈焦躁，點燈以前，起起落落，不知飛了多少個來回。終於，牠疲勞了，飛不動了，落在院子外面一棵高高的大榆樹上。

翎翎在大榆樹上過了兩夜。

夜裏，翎翎不敢飛。

大雕和大多數鳥兒一樣，晚上看不清東西。而飛行是一種速度很快、很危險的活動。看不清環境，就有可能被刺穿翅膀，碰碎腦袋。

於是，黑漆漆的山村上空，便不時響起翎翎清脆、悲傷的鳴聲。

山村遭到大劫，人們心頭已十分沈重。聽到大雕的叫聲，人們更是不堪忍受。

有許多人睡不著覺。有些婦女伴著雕嗚嗚咽咽哭到天亮。

天亮了，有人跑到樹下，仰臉對大雕吼：「翎翎啊，你主人被殺人不眨眼的土匪抓走了。這輩子恐怕再也見不到他了……你走吧，走吧，別叫了。」

翎翎不懂人的話，依然不時悲悲愴愴地叫兩聲。

有的孩子和婦女，把正在吃的乾糧扔到樹下，希望沒了家的雕能吃上點兒東西。

翎翎連看也不看，只是不安地臥下又站起，沿著粗粗的榆樹枝走來走去。

且莫說雕是以肉爲食的，不吃糧食做的食物，就是能吃糧食做的食物，此刻，牠也咽不下去。

再說，翎翎也從來沒有吃別人餵的食物的習慣。牠的朋友不允許牠這樣。

當太陽露出山坳，可憐的大雕拍著門板般巨大的翅膀，又飛了起來。

牠沒有死心，像一片黑色的雲彩，在藍天上飛翔。

牠睜大眼睛，仔細向下察看。準備一看到那個裹著花毛巾的壯實身影，就箭一般地落下去。

實在是不該跟朋友賭氣啊！牠很後悔。可牠也不明白，朋友那樣喜歡牠，怎麼會因爲這麼一丁點事兒就離牠而去呢？朋友打狼、打野豬，離不開翎翎啊！

翎翎飛過山，飛過谷，急急地搧動大翅膀。

白天，鷹族鳥兒的眼睛很尖利。飛翔在幾千米的高空，都能看清地面草叢中活動的小老鼠。

可是，看遍了山，看遍了谷，翎翎眼望酸了，也沒找到朋友。

翎翎在空中飛行的時間愈來愈長。牠的心也愈來愈悲涼。

朋友走了，不要翎翎了。

家也毀了，翎翎沒有家了。

該到哪兒去呢？誰能和翎翎相依爲命呢？

「唧兒——唧兒——！」兩天中，凄凄切切的雕鳴，響徹群山的上空。

太陽光撫摸著大雕閃著金屬光澤的羽毛，風馱負著翎翎在九霄尋找。

第三天傍晚，翎翎沒有再在山村大榆樹上過夜。

牠從此離開了山村，離開了人。

翎翎很悲傷，但牠還要活下去。要生存，是所有生物的本能，特別是雕這種剛強的鳥兒。失去了親人，難道就要悲悲凄凄，覺得天昏地暗，一切都完了嗎？這也太沒出息了。

翎翎又飛了一整天。

牠飛累了，落在一處高高的懸崖上。

落日的餘暉，照著大雕龐大的身軀。強勁的山風，吹亂了翎翎粗壯的羽毛。翎翎踉蹌了幾步，在懸崖邊站穩了。

腳下林木榛榛的山谷裏，飄起淡淡的雲霧。

遠處，一條小河閃爍著細碎的金波，在山巒間蜿蜒。

草兒青青，宇宙空闊。

大雕無依無靠，滿眼迷茫。

朋友不見了，小窩塌毀了，今後怎麼辦呢？

大雕是大自然中的強者，可翎翎，此刻卻剛剛走向大自然啊！

翎翎在懸崖上探頭探腦地望著，望著山川漫流的雲霧和晚霞湧動的長天。

「唧兒——唧兒——」牠又叫了。

這剛強鳥兒的叫聲，在高高的懸崖上，在暮靄紛擾的天地間，迴盪，飄逝……

當大雕準備最後一次飛上天空的時候，無意間瞥到懸崖半腰上有個什麼東西在蠕動。

翎翎的眼睛睜圓了，脖子上金黃色的翎兒「刷」地聳立起來。

那是一條鋤頭把兒粗的大蛇！

懸崖半腰上有個大石縫，石縫傾斜著一直通到懸崖頂。現在，那蛇正順著石縫向上爬，要爬到懸崖頂上來。

翎翎看到了蛇的小眼，看到了蛇吐出的黑火苗般的信子。

剎那間，像一道寒流流遍全身，牠抖了一下，全身的肌肉抽搐了一下。蛇要偷襲牠！

不知爲什麼，牠從小就厭惡蛇。

這種時候，這個滑溜溜、爛繩索一樣的醜東西，還敢來襲擊牠！

翎翎怒目圓睜，翎毛倒豎，從石縫邊後退一步，探出了腦袋。牠不想飛走了，牠的憤懣在燃燒。

大雕本來就好鬥，沒有哪一隻會在挑戰面前怯陣。

夕陽落到了遠方山巒的後面。一道道橙紅的光波在不安地顫慄。

三角形的蛇頭露出了大石縫。牠沒有再動，把頭舉在石縫上，靜靜地盯著大雕，足足盯了十秒鐘。

翎翎「啊啊」地怒叫著，也沒有動。牠微微張開翅膀，伸出脖子，緊緊盯著蛇的眼睛。

蛇眼像兩粒冰冷的黑綠色玻璃球。忽然間，「噗！」猛地躥了上來。沒有任何起動前的準備，也沒有任何撲跳的預兆——那速度，簡直像石縫中猛然爆發出的一道閃電。

久久的凝視，使翎翎有些麻木。牠嚇了一跳，慌忙向後一躍。牠想不到，這種軟如繩索般的動物，竟如此剽悍。

尾巴還在石縫裏，頭伏在地上，緊盯住大雕，又不動了。靜靜的，彷彿是死的。不知什麼時候，那佈滿暗紅色花紋的身軀驀地又一彈，雕眼睛還沒看清襲擊者的來路，蛇腦袋便像錘子一般砸了下來。

翎翎「啊啊」叫著，已做好準備，只待蛇挺起上半身，就啄蛇咽喉——牠有把握一下把蛇的咽喉啄爛。但是，恍惚間，只覺蛇身動了動，自己的翅膀根部好像被什麼扎了一下。隨後，那條粗纜繩般的蛇便掛在了身上。

大雕的一些羽毛被撕扯下來，讓山風揚散，打著旋兒，向懸崖下飄去。

翎翎平時隨朋友出獵，獵物總是望風而逃。有時就是在追擊中遇到麻煩，朋友也會迅即趕到。像這樣被別的動物攻擊，牠還是第一次碰上。

翎翎不知該怎麼辦才好，不由自主地和蛇在懸崖頂上翻滾起來。

蛇的嘴緊緊咬著大雕翅膀，皮條似的身軀扭動著，極力想纏在雕身上。

這是蛇的慣常戰術。這條大蛇纏死過山羊，纏死過兔子，甚至，還纏死過一頭猞猁。

翎翎的大翅膀還在啪啪拍打，蛇的身子不得不左扭右扭，使勁拉扯，摔打大雕。翎翎想飛起來，牠知道自己的優勢是在空中。可牠被蛇拉扯著，摔打著，跌來滾去，踉踉蹌蹌，根本就沒有彈跳起飛的機會。

翎翎有些慌，掙扎中，一有機會就想用鋼鑿般的喙啄蛇，用粗壯的爪撕扯蛇，無奈都擊打不準。忽然，一不留神，蛇尾巴碰到了牠腿上，「嗖嗖嗖」，那尖細的尾巴竟像長了眼似的飛快纏起來。

蛇得意了，急忙勒緊花皮條似的身軀。翎翎腿上的絨毛和肌肉可怕地凹了下去，骨頭麻酥酥地斷了似的痛。而蛇的前半身，緊拉著翎翎的翅膀，這使翎翎的翅膀如裂開一般，疼得牠打哆嗦，再不敢拍翅膀。

這樣下去，翎翎的翅膀是要被撕豁、扯斷的。翎翎急了，歪歪斜斜站起來，眼裏噴出了金色的火星。牠，一隻大雕，就要這麼敗在一條滑溜溜、連腿也沒有的醜陋的蛇面前嗎？驀地，牠又摔倒了。牠側臥著，不再胡亂掙扎，任憑蛇去收緊身子，自己則彎回頭，在蛇的粗脖頸上啄擊。

由於蛇腦袋掛在翅膀根上，牠必須向後彎脖子，這樣就啄得不快，力量也小。但牠很鎮靜，啄得很準，像在砸胡桃，一下一下，都啄在蛇的同一個地方。

這很危險，蛇會因痛更用力收縮。牠的腿可能因此而折斷，翅膀也有可能撕裂。但牠下了決心，要麼啄死蛇，要麼和蛇同歸於盡。

牠是堂堂的鳥王，要活得壯烈，死得壯烈！

沒有誰這樣教過牠，但所有的雕，心靈深處都埋藏著這樣的意識。

蛇皮被啄破了，血汩汩淌下來。

一開始，蛇沒有感到刺骨的疼痛，不理睬雕的啄擊，加快勒緊身軀。漸漸地，牠頸上的肉爛了，骨頭一點點兒露出來。雕喙敲在骨頭上，這條老蛇受不了啦。疼痛使牠渾身顫抖，使牠神志昏迷。牠鬆開嘴，擡起腦袋，一邊躲閃雕的啄擊，一邊尋找機會，想一下子咬住大雕咽喉。

這樣，緊拉在雕翅和雕腿之間的皮帶子鬆開了一頭，翎翎稍微好受了些。但蛇腦袋就在眼前，黑火焰般的蛇信子還在凶惡地向牠吞吐。牠啄得更快，也更準了。

蛇原本沒想到失敗。牠早已看出，眼前這隻大鳥雖然雄壯，卻很稚嫩。可大雕不顧生死，那不算堅硬的黃嘴殼，「噗噗噗噗」，一味地在牠的腦袋和脖子上像小鉗子般啄擊。這時蛇的信心完全喪失了。「呼」，牠鬆開身軀，「啪」地跳到地上，拚命遊動起來。

牠要逃。

翎翎眼疾腿快，跳過去，「噗噗」，在蛇腦袋殼上狠狠啄了兩下。

蛇玩命一掙，二躥，一頭鑽進了大石縫。

翎翎什麼也沒想，跟著飛下懸崖，追到懸崖半腰的石縫底部。

翎翎終於殺死了貪婪的大蛇。

夜幕完全降臨了。

翎翎不能飛回山村，就在大石縫中過了一夜。

大石縫底部很寬敞，足有一間小屋子大。

這是差異侵蝕造成的。不同種類的岩石，抵抗風化和流水溶蝕的能力不同，千百萬年過去，大自然中便出現了千奇百怪的地貌。

翎翎在大石縫中轉來轉去。牠很餓。三天來，由於悲傷和焦急，牠沒有吃過一口東西。現在，經過一場殊死搏鬥，牠更覺得饑餓難耐。

「真想吃點什麼。」翎翎的情緒十分亢奮。可是，在這兒，有什麼可吃呢？

過去，每次打完獵，朋友總是隨手把獵物的內臟割下來餵牠。現在，身旁的那條蛇雖然長長的，很像內臟，可牠知道，那是蛇，不是內臟。蛇也可以吃嗎？

牠喘息著，焦躁地在石縫底部走來走去。有幾次，牠把蛇翻過來覆過去，摔打摔打，又走開了。當牠喘勻氣，再一次翻動蛇的時候，濃烈的血腥氣，使牠不由自主啄了一口。

「啊，好鮮嫩！」當一小片蛇肉滑進食道，大雕驚訝了。黑暗中，翎翎爪撕喙扯，又甩又摔，一會兒工夫，把一條鋤頭把粗的大蛇吃了個乾乾淨淨。

牠在凹凸不平的石塊上擦了擦嘴，把蛇骨推下懸崖，然後蓬鬆身上的羽毛，使勁抖起來。這是習慣，牠想甩掉沾濺在上面的肉絲血沫。

牠很高興。

牠沒有想到，沒有朋友和獵槍，牠獨個兒也戰勝了這麼個可怕的東西。牠也沒有想到，這個醜陋的東西，竟這麼好吃。

牠的腸胃在有力地蠕動，身上漸漸熱起來。

這時候，牠大叫了一聲。

牠一抖羽毛，翅膀根部折了一樣痛。

翎翎趕快轉了轉腦袋，周圍黑乎乎的，一個人影兒也沒有。這不是在那個溫暖的小院，而是在大石縫裏。這可怎麼辦呢？

現在已是深夜。而牠也受傷了。

遠處，有一隻什麼動物在扯著嗓子嚎叫。那叫聲，十分悠長。

沒辦法，只能在這荒僻的石縫中過夜了。

翎翎臥下來，像一隻普通鳥兒，彎過脖子，把頭埋在翅膀下……

當金色的太陽重又升上天空的時候，翎翎發現，牠離不開石縫了。

牠是咬著牙才站起來的。那條腿又僵又沈，一用力就痛。

更糟糕的是，翅膀腫得更厲害了。飛羽依賴生長的皮膚，變得鼓繃繃的，又白又亮，長長短短的翎毛像在上面插著。不小心碰一下，身上便好似被扎進千萬根鋼針。

翅膀完全揮舞不動，不要想再飛了。

翎翎探探腦袋，憂鬱地看看金光燦燦的天空，看看生機勃勃的山谷。

誰能來看看翎翎，看看大雕呢？

沒有想到，剛離開朋友，大自然就給牠上了這樣殘酷的一課。

翎翎縮回脖子，臥下來，蓬鬆起羽毛，在石縫中慢慢合上了眼睛。

牠必須完全依靠自己，依靠本能了。

在大自然中，動物也會像人一樣受傷、患病。只是受了傷、患了病，沒有誰來給牠們醫治，牠們只能依靠自己。

千百萬年來，動物們發現，自己醫治自己最簡單易行的方法，就是盡量減少活動，閉目養神，讓身體內的生命之火集中起來，去慢慢戰勝炎症和疼痛。

鳥兒們蓬鬆羽毛，縮回脖子，目的也是盡量減少身體散熱面積，讓生命之火更集中。

有的傷病，動物們就這樣挺過去，不治自癒。有的傷病，動物們挺不過去，就會悄悄倒下，靜靜死去。

可憐的翎翎，牠會怎麼樣呢？

翎翎的身體很強壯。牠雖然很傷心，卻沒有想到死。牠才一歲多一點兒，生命之火燃燒得正旺。牠在大石縫中蜷縮著，不吃不喝，一動不動，任憑太陽升起，月亮落下……一臥就臥了七天七夜。

風兒在刮，河水在流，地球在宇宙中不停地轉動著。

開始幾天，翎翎寂寞極了，難受極了。沒辦法，牠便呱嗟呱嗟地咽口唾液。後來，覺得身上的傷腫在一點點兒、一點點兒地消退下去，牠才高興了些。

七天以後，翎翎重新飛上了天空。

可是，牠又飛回了石縫。

這道大石縫真不錯。

懸崖很高，俯瞰著周圍的群山。石縫很陡很窄，底部寬闊一些，恰又在懸崖半腰。除了蛇、狼、豹、狐狸，凡是能威脅大雕的野獸，都無法來偷襲。

在靜靜養傷的幾天中，翎翎曾聽到懸崖頂部有腳步聲。可是最終，那腳步聲又悄悄遠了，消失了。

更難得的是，這兒面向東方，太陽總是毫不吝惜地把牠露面後的第一縷光線撒進來。而山谷中，鬱鬱蔥蔥的大樹小草，又處處顯示著綠色的生機。

這金色的太陽光和蓬勃的生機，給了翎翎新鮮的空氣，也給了翎翎力量和信心。

至於風和雨，大雕是不怕的。牠們只管從石縫中吹進來，灑進來好了。

不過，翎翎並不想一直住在這裏，牠還想找個更理想的地方。結果，牠觸犯了大雕們自己的規矩。

那時候，山區人口稀少，野生動物們活得很自在，大雕也就很多。連山邊城市裏的居民，也常可擡頭看到伸展雙翼的大雕，在高高的空中盤旋。

翎翎傷癒以後，心情很愉快，「啪」地跳離石縫，在空中飛舞起來。

牠一會兒飛得比白雲還高，在雲彩上乘風馳騁；一會兒箭一般地俯衝而下，低低掠過山尖和樹梢；一會兒，牠奮力撲打翅膀，傾聽羽毛急速搧動空氣發出的咯吱咯吱聲；一會兒，牠收攏翅膀，任憑身體像塊石頭，自由自在地墜落……

牠心裏也還有些空虛，那是不知今後該怎樣生活的悵惘；牠胸中卻又鼓蕩著火一樣的激情，這是雕那種從不畏懼困難和危險的鬥志。

牠就這樣飛著，舞著，抒發著情懷……牠不知自己飛了多長時間，飛到了什麼地方。牠不知道，此刻，正有兩對尖利的眼睛，注視著天空。

這是兩隻大雕。

這兩隻大雕張開巨大的翅膀，掩護著一個樹枝木棒壘架的大巢。大巢裏，有幾隻拚命掙扎、要伸出腦袋看看天空的雕雛。

當翎翎忘情地飛近大巢上空，兩隻大雕一躍而起，閃電般射上了高空。

兩隻大雕憤怒地「唧哇、唧哇」叫著，金黃色的瞳孔裏噴著怒火。

看到同類，翎翎更高興了。也「唧哇、唧哇」叫起來，並且拍著翅膀迎上去。——失去朋友的空虛，也許可以得到同類慰藉的彌補。

當牠滿腔興奮地靠近一隻大雕時，「呼——」，另一隻大雕從背上掠過，猛然踹下了雙腳。

前面說過，雕們猛然踹下的雙腳，打擊力量是很大的。有人做過觀測，說是腳踹下的速度能達到每秒十幾、二十米。被雕踹著的動物，就像挨了一記木棒猛烈地擊打。

翎翎的羽毛像黑褐色的雪片，「嘭」一下在天空中飄散開來。牠翻滾著向下墜落。頭暈，脊椎折了一樣痛，後半身失去知覺，重得像塊石頭。一直墜了百十米，才勉強恢復平衡。

翎翎火了。都是同類，怎麼能下這樣的毒手！牠急翹一下尾羽，陡地爬升到更高的空中。猛搧幾下翅膀，向飛遠了的那隻大雕追去。

牠要給這個六親不認的傢伙一下子！

風在耳邊呼嘯，距離愈來愈小……翎翎就要踩下雙腳，「嘎！」牠又慘叫了一聲。另一隻大雕從身後趕來，又很厲害地給了牠一腳。

翎翎的脊椎骨又刀切鋸割一樣痛起來，後半身也有些不靈活了。牠不敢怠慢，急忙一偏翅膀，「呼——」飛向一旁。

前面那隻大雕回過頭……兩隻大雕像兩朵烏雲，黑壓壓地向翎翎壓來。牠們眼裏都閃著憤怒的火花。

翎翎傻了。

這是幹什麼，這是爲什麼？

論個子，牠比兩隻大雕中的哪一隻都不小。可牠單身獨個，大傷初癒，且已挨了沈重的兩腳。牠不敢戀戰，急急逃掉。

兩隻雕追逐著，一直追出十幾公里。

在懸崖上，休息片刻，翎翎又向另外一個方向飛去。這一次，牠謹慎多了，一邊飛，一邊注意搜索大地。

當牠飛到另一個雕巢上空的時候，那個雕巢的主人，一對大雕，也激動異常，氣勢洶洶地騰空而起。牠見狀立刻扭頭飛了回來。

這一天，翎翎還遭到了其他幾隻大雕的追擊。

說也怪，當翎翎飛回朋友那個小山村的上空，飛近懸崖時，所有追擊的大雕都返身飛回去了。

終於，翎翎明白了，小山村周圍幾十公里見方的範圍，是牠的地盤。

雕們都有自己的地盤。這個地盤是雕獵食、育雛的範圍。如果有其他的雕侵入這領地，雕們是要誓死同侵犯者拚鬥的。

尤其是，眼下正是大雕育雛的時候，爲了保證足夠的食物來源，爲了雛雛的安全，大雕們護衛領土完整的意識更強了。

這就是大雕們的規矩。

翎翎是一隻剛剛長大的雄雕，從小被人撫養，不懂這個規矩。現在，牠只好一頭飛回懸崖石縫。

翎翎無處可去，只能把天然大石縫長期當做自己的家了。

天剛濛濛亮，翎翎便飛起來。

大地還沒有甦醒，從空中看下去，一切一切，眉目都不分明。

山谷山坡上流蕩著乳白、暗灰，時而又摻雜著青綠色彩的晨霧。巨石和大樹，像隱隱約約的影子，靜悄悄地在腳下旋轉。

只有高高的山尖和山脊，才被剛露出一點兒的太陽，染上一道道明亮的邊兒。

起得太早了，翎翎明白。

牠不願再落下去，心裏像有一團火。可是，目標在哪兒？

牠看不到。就這樣，牠在色彩變幻不定的霧和雲彩上空，一圈又一圈盤旋起來。

清冷的空氣流過大雕沒有羽毛覆蓋的雙足，但這沒給牠帶來絲毫快意。

夜裏，牠沒睡好。

自從失去朋友，十餘天中，牠只吃過一條蛇。

那蛇的確不小，可在這麼長的時間裏，只飽餐一頓，誰能不饑餓呢？空胃胃壁在劇烈摩擦，沒有什麼東西塡充的腸子在抽搐翻騰。夜裏，翎翎被饑餓折騰醒了，站起臥下，臥下站起，在大石縫裏一連挪了幾個地方，還是合不上眼睛。

「必須去找食了，必須！」大雕求生存的本能，在牠身體裏一遍遍呼喚。

翎翎在空中急躁地劃著無形的大圈子。

天終於大亮。山野彷彿顫動了一下，光明便從東到西，「刷」地掃了過去。黑綠的大樹清楚了。瓦灰的巨石清楚了。灌叢和草地也愈來愈清晰，向天空袒露了一切。

翎翎來了精神，錐子般尖利的眼睛注視著大地。

是狩獵的時候了。牠要捉一隻大傢伙。

地面灌木叢中活動著許多小鳥和老鼠。這些小東西，天一亮就到處亂飛亂跑，彷彿，世界上數牠們勤快。

翎翎沒打算捉牠們。

牠是雕，是一飛沖天、搖翅萬里的雕。而且，跟朋友在一起的時候，他們也從來沒有捉過這些小玩藝兒。

可是，哪兒有大傢伙呢？

太陽愈升愈高，山野中還沒有出現理想的目標，翎翎愈來愈焦躁。

大雕盤旋的圈子愈劃愈大。

有一隻野兔，從一片灌叢下跳出，在空曠的山坡上急急跑過，停在一片深深的草叢中，支起前身，交替地晃起兩隻長耳朵。

「要在這兒逗留一會兒？」翎翎眼睛一亮。兔子剛一出現，牠就看到了。牠和朋友打過兔子，知道這種土黃色傢伙的毛病。這傢伙要在哪兒逗留，總要先把周圍仔仔細細看個遍。

牠決定捉這隻兔子。兔子當然算不得大傢伙，但做一頓豐盛的早餐，還是足夠的。

翎翎沒有撲下去，悄無聲息地結束盤旋，偏一偏翅膀，飛走了。

在遠處，牠折回身，迅速降低高度，憑藉山坡山溝的掩護，低低飛了回來。

牠動了腦筋：直接撲下去，兔子是會看到的。牠想來個突然襲擊。朋友打獵的時候，也總是偷偷接近獵物，然後開槍，出擊。

翎翎飛得很快，樹枝和灌木梢急急從身旁身下閃過。牠眼裏放射出勝利的光芒，彷彿此刻兔子已在牠爪中了。

大雕影子掠過的地方，小鳥們嚇得四散驚逃，玩命地扯直了嗓子尖叫。於是，山野中響起一片惶惶的喧囂。聲音沒有翅膀，但聲音比雕飛得快得多。

兔子很狡猾，那對長長的耳朵是專門收集各種資訊的。沒等翎翎俯衝到面前，那隻耳朵長長的傢伙已逃掉了。

翎翎泄了氣，懶洋洋的。

太陽蒸騰起來的上升氣流，大團大團地向藍天上翻騰。翎翎門板般寬大的翅膀被上升氣流托著，載著，這使牠省了很多力氣。

可是，食物呢？能救命的食物呢？

翎翎心裏有煙，有火。

時過中午，翎翎看到了一隻烏鴉。

烏鴉算不得大傢伙，還沒兔子份量重。但好歹也比小鳥小老鼠大。

特別是，這隻烏鴉吃得很飽，心滿意足，正旁若無人地站在大樹梢頭梳理黑亮的羽毛。這副樣子，也太讓翎翎生氣了。牠正餓得受不了，怎麼能容忍一隻胖胖的醜傢伙在眼前那樣悠閑自得呢？

翎翎決定攻擊。

烏鴉呱呱驚叫起來，亂拍翅膀，像一個快要淹死的人在拚命掙扎。可當翎翎像座大山似的降臨頭頂，伸出爪子時，烏鴉忽然翻個跟頭，一斂翅，像塊石頭似的墜進了濃密的樹冠中。

「呱呱呱呱！」樹蔭裏，傳出一陣嘲笑似的鴉鳴。

翎翎氣得頭昏腦漲，圍著大樹飛了幾十圈兒，揮動翅膀，把大樹伸出的細枝嫩梢，搧了個

七零八落。牠看出，那個賊眉鼠眼的黑傢伙，在拿牠開玩笑！

「找一口食物，就這麼難嗎？」

翎翎重新騰上高空，翅膀已是軟軟的，幾乎再也馱不動身體。眼睛也有些昏花，常常覺得有些黑斑在眼前浮動。可牠仍然不服氣，仍然在飛。

「捉大傢伙，得捉大傢伙！」翎翎是捉大傢伙出身，牠覺得，捉大傢伙有把握。

在懸崖頂上休息了一會兒，翎翎覺得有了些力氣，又飛了起來。

到了傍晚，牠終於發現了大傢伙。

那是一隻死山羊。

空著肚子是很難受的。這一天，翎翎喝了許多次水。當牠再次到小河邊喝水時，驀地嗅出，身旁蒲草叢中飄蕩出一股若斷若續的腐臭味兒。

大雕一般不吃腐肉。雕不是鷲。可翎翎實在太饑餓了。

難道，這隻腐爛的傢伙，已經腐爛透頂、沒有一塊好肉了嗎？

翎翎昂著脖子，使勁吸著空氣。牠覺得，斷斷續續的腐臭味兒中，好像夾雜著一縷縷新鮮的血腥氣。

喝不下水去了。牠低低飛起來，循著臭味兒，盤旋一圈，一頭扎進蒲草叢中。

當牠的大翅膀掃倒一片高高的蒲草時，牠真的看到了一隻新鮮的死山羊。羊脖子被咬豁了，內臟被掏空了，肉上浸著血，一點兒沒有爛。——腐臭味兒是離死羊不遠的一堆骨頭發出的。

「只說要捉個大傢伙，沒想到大傢伙在這兒，並且這樣現成！」翎翎大喜過望，呱噠呱噠嘴殼，什麼也顧不得了，拍著翅膀落下，又撕又扯，連揪帶踹，把死山羊顛過來倒過去，恨不得一口把這美食佳肴全部吞下。

蒲草刷刷響著，劇烈搖曳起來。修長的、密密麻麻的葉兒，遮擋住了就要落山的太陽。又有兩隻大傢伙悄悄出現了。

這是活的，是兩隻狼。

牠們就藏在密密的蒲草深處。這兒又涼爽，喝水又方便。別的動物要喝水，就得到小河邊來。不用費什麼勁兒，只要牠倆從高高的蒲草下摸過去，一躍，就可以把還不知道危險來自哪兒的傻東西，拖進蒲草叢裏了。兩隻狼在這裏生活得真舒服。

現在，一隻大雕又送到嘴邊來了。

狼並不餓，牠們只是不願意看到這隻大鳥活活飛走。同時，見其他動物在面前大吃大嚼，牠們心裏也不好受。

一叢蒲草不自然地晃了晃。翎翎昂起頭，瞥了一眼——前面說過，雕眼十分尖利。

翎翎眼裏放出光：天啊，怎麼這兒大傢伙這麼多？找了一天，沒想到牠們都藏在這兒！翎翎渾身都是勁兒。不過，牠只瞥了一眼，又低頭猛烈啄起來。

牠得先填填肚子，好有點兒力氣再收拾狼。實際上，牠心目中朦朦朧朧的目標就是狼。朋友培養牠，就是要牠獵狼的呀！牠覺得，牠只有獵到了這種兇猛的大傢伙，才快活。

雕沒有牙，吃東西很慢，必須借助甩頭或爪子，揪扯下一塊塊肉，才能吞下去。這種吃法很麻煩。

狼摸到身邊，跳起來，翎翎才撕吞了幾小塊肉。牠很惱火，可牠不得不認真準備戰鬥了。

翎翎閃到了一旁。那狼帶著風跳過死羊，撲倒翠綠色的蒲草，趔趔趄趄闖出一條胡同。

另一隻狼齜著牙，緊跟著跳起來。

翎翎轉過身，「刷！」揮開大翅膀，像甩開一把大扇子。被搧著了的狼，嗥叫一聲，翻了個跟頭。

一大片蒲草隨狼遭了殃，「劈劈啪啪」倒在地上。稍遠處的蒲草被突然刮起的狂風吹動，起起伏伏搖擺起來。

前面躥過去的狼在蒲草胡同中剛轉回身，聽到同伴的嗥叫，夾起尾巴，伏下身去。牠沒想到，這隻大鳥竟然如此威風。

翻跟頭的狼爬起來，毛上沾了許多臭泥，牠「撲棱」用力抖了抖，泥點兒像黑雨一樣飛開去。有這麼多的蒲草擋著，這隻狼沒受傷。

兩隻狼飛快交換了一下眼光。

一隻狼，摔跟頭的那隻，喉嚨裏發出嗚嗚的咆哮，張開大嘴向前衝了衝。

翎翎眼中的怒火閃了閃，仍然探出脖頸站著，沒有動。牠有些惱火，這種爪下敗將竟還敢跟牠玩這種把戲。牠看出來，這傢伙只是佯攻。不過，牠還是轉過身去。牠怕狼把佯攻轉爲實攻。

從遇到大蛇的那時候起，牠已牢牢記住，自己身後沒有獵槍，也沒有朋友了。

就在翎翎的目光被佯攻的狼牽走的一剎那，旁邊那隻狼——就是鬮出一溜綠色胡同的那隻，趁機一躍而起。

翎翎聽到蒲草發出的劈啪聲，閃了閃。但是，一叢倒伏地上的蒲草絆了牠一下，趔趄起來。狼帶著風從身旁撲過，差點兒咬到牠脖子。

翎翎大怒了。

牠想不到，兩個傢伙這樣猖狂！牠本來是要捉牠們的，牠們卻敢進攻並且差點兒咬到牠！這種情況從來沒有過。自打牠跟朋友出獵，哪隻狼不是見牠望風而逃！

翎翎「嘎」地叫一聲，縱身飛上天空。牠要教訓教訓這兩個東西，絕對不能饒過牠們！牠頸上的翎兒因氣憤全都倒豎起來。

大雕一眨眼飛出去很高很遠，兩隻狼仰著頭，以爲大鳥兒慌急逃跑了。在蒲草葉遮住狼視線的地方，大雕偏偏翅膀，兜了個圈兒，「刷」地俯衝下來。

翎翎俯衝的速度快得嚇人，像一顆掠過長空的流星，挾帶著狂風，翅膀梢兒發出尖利的呼嘯。

兩隻狼聽到空氣掠過羽毛的聲音，還沒看到翎翎，大雕已「嗖」地飛過了頭頂。

一隻狼慘叫一聲，「撲通」倒在踩折的蒲草上，翻滾起來。牠腦袋被雕爪擊打了一下，暈了。另一隻狼「呼」地夾起尾巴，一下子趴在稀泥上。

蒲草在大幅度搖擺，一片蒲草頂著的蒲棒折了，散落出紛紛揚揚的黃綠色絨毛。

翎翎的翅膀也很痛，這是蒲草棒碰的。牠意識到，由於蒲草的阻礙，對狼的打擊沒有致命。於是，牠揮動巨翅，又一次騰上高空。

當翎翎呼嘯著衝下來的時候，一條黑影從搖擺動蕩的蒲草叢中跳起，迎頭向牠撞來。

翎翎看到一雙綠幽幽的眼睛，慌了。

牠沒想到會出現這麼一個結果。

狼不要命了。

大雕的速度這樣快，躲是一下子躲不開的。而無論踹也好，打也好，都難免被迎面跳起的狼撞上。這就好像有人向急馳而來的摩托車手迎面拋出一個重重的口袋，摩托車手無論如何也不可能推出去。

狼頭撞到了大雕向前伸出的爪子，接著又撞到了牠的胸脯，「砰」，翎翎翻個跟頭，像被拋出去的球，歪歪斜斜掉進蒲草叢外的小河裏。

「噗噗噗噗……」翎翎亂搧翅膀。水花翻騰，像有一條大魚擱了淺。幸虧小河不深，水底盡是硬硬的卵石。翎翎嗆了一口水，沒有受傷。急急翻過身，剛一站穩，便箭一般鑽上了藍天。

蒲草晃動中，兩隻狼「刷、刷」跳了出來。牠們晚到一步，被大雕飛起時帶出的水滴，淋了滿頭滿身。

夕陽落山了。西邊天上像燒起大火，紅通通的。

鳥兒們都歸巢了。

翎翎在雲霞舒卷的天空中急急拍動翅膀，牠羽毛濕淋淋的，身體很沈重，不準備再進攻了。天色已晚，牠要飛回高高聳立的懸崖。

牠的胸脯在陣陣作痛。

牠心裏也憋著一口氣。

牠不明白，今天怎麼會弄得這樣狼狽。是狼這種野獸變得厲害了呢？還是自己變得太笨、太不中用了？

饑餓，饑餓！

翎翎不知道，牠爲什麼非要長一個肚子。

實在是太讓牠煩惱了。

夜裏，牠的胸脯越發疼痛。狼頭碰到的那塊肌肉腫了，變得十分僵硬。

而跟胸脯疼痛一塊兒搗亂的，就是牠的肚子。

天沒大亮，牠就跳出了石縫。

「找吃的，必須找吃的！」

一隻大雕，鷹族中最強悍的鳥兒，竟然在山野中站不住腳，活活餓死了，那不是太窩囊了嗎？

胸脯很痛，翎翎不敢飛，張開翅膀，滑翔著落到懸崖下邊的一棵大樹上。

一群小鳥兒「轟」地飛起來，唧喳驚叫著逃命。

有幾隻昏頭昏腦，就擦著大雕翅膀飛了過去。

翎翎盯著小鳥們，呱噠了一下嘴。牠有些後悔，剛才怎麼沒有仔細看看就落下來了呢？只說要找食，像這樣怎麼能找到食物？

翎翎不敢追，那需要使勁搧動翅膀。牠昂首目送著小鳥，直到唧喳唧喳叫的小東西們飛遠了，看不見了，這才臥下來。

翎翎還想捉大傢伙，並且一定要和大傢伙決一死戰。不過，現在可不是時候，牠必須先吃飽肚子，養好傷。

有了昨天的教訓，牠得認真對待大傢伙了。

晨風悠悠吹著，一片濕乎乎的濃霧緩緩闖進山谷。天色暗下來。翎翎站著的那株大樹變得朦朦朧朧，像躲在了一塊碩大的毛玻璃後面。

翎翎隱去了。

幾隻早起的烏鴉呱呱叫著，在霧中亂闖，飛了過來。現在不適宜飛行，在霧中飛行可不是鬧著玩的。牠們急切想找一個落腳的地方，等待這沒有盡頭的霧氣消散。

烏鴉們朦朦朧朧地看中了一棵大樹。這兒大約就數這棵樹高大了。

烏鴉「噗喇喇喇」飛著，像一團團黑色的影子，繞著大樹旋轉。「呱，呱！」難聽的粗嗓門此起彼伏，振蕩著幽靜的山谷。牠們在爭論哪一根樹枝棲身最好。

「呱」，一隻烏鴉驚叫一聲，險些跌到地上。「噗喇喇喇」，牠拍著小翅膀，扭頭飛竄。其他烏鴉不吵了，一時間不知發生了什麼事。

一隻大鳥從霧中跳出，霹靂閃電般襲向烏鴉。烏鴉們嚇慌了，「呱呱呱呱」奪路而逃。霎時，山谷裏響徹急急的「噗噗」拍翅聲。

一隻烏鴉被大鳥的爪子擊打了一下，羽毛「嘭」地在乳白色的霧氣中散開來。烏鴉慘叫一聲，石頭般墜落到地上。

翎翎真高興，擺擺長長的尾羽，拐個彎兒，想落下來。可翅膀不敢用力拍。這個彎兒拐得大了一點兒。

牠落到了草叢裏。草葉上滾來滾去的露珠傾瀉下來，全澆在牠的肚了和腿上。翎翎顧不得這些，收攏翅膀，急忙一跳一跳向烏鴉落地的地方跑去。

流動的霧氣中，一根根黑色白色的羽毛，雜亂地掛在灌木枝上，拋在地上，隨風輕輕搖動，只是這些羽毛的主人沒有蹤影。

周圍靜悄悄，充斥著牛奶似的霧。

翎翎怒火騰騰，昂起金黃色的頭頸，一探一探地察看身邊的草叢灌木叢，聆聽霧中的聲音……除了草還是草，除了灌木還是灌木。只有凝在草葉上的露珠偶爾滾下地，發出一兩聲悶悶的響聲。

烏鴉消失了。

翎翎真生氣，烏鴉怎麼這麼狡猾呢？

「噗喇喇喇！」一隻螞蚱昏頭昏腦地從霧中飛出，落到了翎翎身邊。大雕一下子按住，歪歪腦袋，把踩扁了的螞蚱吞了下去。

咦，螞蚱，螞蚱原來也能吃！

從小到大，草叢裏，灌木下，翎翎見過的螞蚱不計其數。牠不知道，這玩藝兒也能當食物！

翎翎的眼光柔和了，急忙低下頭，在草叢裏尋找起來。

太陽像個通紅的大火球，從山坳裏跳起來，升得愈來愈高。漸漸地，霧氣抵擋不住金色光線的掃蕩，流走了，散開了。

山谷裏亮起來。

翎翎沒有再飛，牠胸脯上的腫塊還沒有消散。牠從一片草叢走進另　片草叢，身子下半部的羽毛被露水浸得濕漉漉的，沾了許多草屑和塵土。

牠不在乎這些。

草叢裏的螞蚱不少，可翎翎剛踏進草叢，螞蚱就噗喇喇飛起來，你東我西地飛跑了。

有幾次，翎翎躡手躡腳走近螞蚱，剛向弓著長腿、搖動觸角的小東西啄過去，小東西忽然一跳，飛掉了，害得牠啄了一嘴泥土草根。

可憐的大雕！

太陽升到頭頂的時候，翎翎走到了一片窪地裏。

這兒背陰，一片高高的櫟樹擋住了太陽。地上坑坑窪窪，堆積了許多枯葉。空氣中彌漫著一股潮濕腐爛的氣味兒。

翎翎看看周圍，臥了下來。牠想休息一會兒。

面前的一堆腐葉忽然動了動。

翎翎跳了起來。

「這裏面是什麼東西？」翎翎疑惑地站了片刻，好奇地伸出爪子。

腐葉被刨開了，兩條比翎翎腳趾還粗的山蚯蚓滾出來。這東西肉墩墩，紅通通，散發出一股泥土氣息。

翎翎「嘎」地驚叫一聲，跳遠了點兒。牠沒見過山蚯蚓，想起了蛇。

山蚯蚓暴露在空氣中，很不自在。牠們扭動了一會兒，慢慢爬起來。

翎翎警惕地跳著，躲著。「小蛇」沒有攻擊大雕，只是一曲一伸向有腐土爛葉的地方爬。翎翎眨著眼看了個仔細。想起蛇肉的滋味兒，牠踩了踩「小蛇」。當「小蛇」劇烈的扭動變弱了的時候，牠啄起一條，舌頭迫不及待地一掃，把「小蛇」掃進了嗓子眼。

接著，翎翎又啄起第二條。

大雕興奮起來。牠覺得，牠發現了大自然的秘密——只要不嫌小，不嫌口味差，食物到處都有啊。

玉米熟了的時候，翎翎捕到了一隻半大野豬。

牠真高興，一連好幾天都覺得太陽特別明亮，河水特別好喝。

也許，牠的翅膀已足夠強大，能跟山中霸王鬥一鬥了？

翎翎想。

這是一隻當年生的小野豬，只有二三十斤重。可翎翎捉這隻小野豬時，大野豬就在一旁！這可不是一件輕鬆的事情。

本來，翎翎並不想招惹野豬。牠守在田邊一棵大核桃樹上，是要捉老鼠。老鼠的口味兒比螞蚱和蚯蚓好得多，而玉米成熟了的時候，老鼠又很多、很活躍。

翎翎靜靜地站在大核桃樹枝上，一聲不響，只是偶爾彎回頭去，用彎嘴梳理一下羽毛。牠已經知道，捉老鼠這種狡猾的小玩藝兒，得有耐心，得長時間等候。要不然，老鼠一感到不太平，就縮在洞裏不出來了。

這時候，野豬來了。

距核桃樹不遠的一條小山溝口，灌木嘩嘩一陣搖擺，露出了一隻野豬的腦袋。「嗯，哼，哼」，野豬轉著耳朵看看周圍，哼兩聲，走出灌木叢，擺動著大肚子向玉米田走來。

「嗯兒，嗯兒」，小山溝口又跑出四隻小野豬。

翎翎注意地看著野豬，不斷探頭探腦。當野豬走近核桃樹時，牠收回眼光，準備飛走了。牠知道，野豬只要走進玉米田，牠就不要想再在這兒捉老鼠了。

就在牠剛要跳離核桃樹枝時，母野豬擡起了頭。

「嗯，哼！」母野豬看到大雕，小眼放出凶光。長嘴巴一咧，惡狠狠哼出一聲。

「喞——兒！」翎翎站住了，很不高興。

牠不明白母野豬爲什麼要做出這麼一副蠻橫的樣子。翎翎不怕野豬——牠在樹上。並且，牠還可以飛上天。不過，牠也知道，野豬是另一種大傢伙，很兇猛，特別是孤單的野豬和帶崽兒的母野豬。朋友曾帶著牠打過野豬，那一次真是危險極了。所以，牠現在並不想招惹野豬。

母野豬站住了，見翎翎不卑不亢，毫不畏懼，心中燒起一把火。牠鼻孔裏「嘸恩——，嗯——」哼著，盯了大雕一會兒，忽然撒開四蹄，「嗵！」一頭撞在大核桃樹上。

大核桃樹枝搖擺起來。

翎翎前仰後合，伸開了翅膀。牠的腳心都被震得有些麻。當大核桃樹靜下來，牠臥在了樹枝上，不走了。牠要看看這種醜陋骯髒的東西，到底有什麼神通。

整整一個夏天，翎翎捉螞蚱，刨蚯蚓，追趕野兔和老鼠。但牠畢竟是一隻大雕啊，牠心底鳥中之王的尊嚴並沒有被歲月磨滅。

「嗯，哼」，母野豬見大雕不理牠，又「嗵」地一頭撞在樹上。

大核桃樹又「刷刷」抖動起來。

母野豬見大雕前俯後仰，卻仍然沒撲下來，放心了。「這隻大鳥膽子小，空有威風凜凜的

一副身材。」野豬想。

「嗯——哼」，牠鄙夷地磨動了幾下大嘴，轉身領著小野豬，搖擺著大肚子離開了核桃樹。

翎翎靜靜看著野豬群，微微張開了翅膀。在野豬們又拱又咬，「哢嚓，哢嚓」地扳倒一棵玉米的時候，牠出擊了。

母野豬吃了一驚，跳起來向大雕咬去。牠張開大嘴，嘴裏還含著玉米棒棒。

小野豬嚇壞了，吱兒吱兒驚叫著，躥過來，聚攏在母野豬後面。

翎翎沒有落下，掠過野豬們的頭頂，拍拍翅膀，落在對面地堰上。

母野豬的小眼睛緊盯著翎翎。牠想不通，剛才那麼窩囊的大鳥怎麼敢襲擊自己？在這片大山裏，就是豹子看到牠，也要讓牠三分的。莫不是大鳥要飛走，經過自己頭頂吧？當大雕落在不遠處，轉回身時，野豬明白了。牠吐出玉米棒棒，怒氣沖沖向地堰衝去。

母野豬的樣子，很像一輛開足馬力、衝鋒陷陣的裝甲車。

小野豬們不敢落後。緊緊跟在母豬後面，撅著小尾巴，連蹦帶躥。

翎翎拍拍翅膀，縱身飛起來，擦著母野豬頭皮飛過，落在離玉米田不遠的一塊大青石上。

母野豬心裏的火燒得更旺了。牠扭回身，吼一聲，又風一樣向大青石奔去。

四隻小野豬你擠我撞，跟頭趔趄地跟著折回身。

翎翎正要野豬們如此。見母野豬撲到，牠又輕輕巧巧飛起來，落到田邊那棵大核桃樹上。

母野豬趕不走大鳥，又咬不到大鳥，氣得「哼兒哼兒」直吼。牠瞪圓眼睛，再次向核桃樹衝去。

大雕飛起來，落到了對面地堰上。

母野豬怒火攻心，瘋了，再也不考慮什麼，轉身又撲向地堰。

遠遠看，一隻大鳥圍著玉米地飛起落下，落下飛起，逗引著一群野豬跑來跑去，像在做遊戲。

空中飛行快，母野豬怎麼也趕不上。可牠膀大腰圓，「嗒嗒嗒」地跑了一圈兒又一圈兒，腳步一點兒也不慢。

小野豬不行了，一圈兒接著一圈兒跑，受不了啦。牠們一個個氣喘吁吁，嘴角淌出白沫，小尾巴再也撅不動，連彎個彎兒的力量也沒有了。牠們和母野豬間的距離愈來愈大。

時機成熟了。

就在母野豬又衝到眼前、小野豬在那一邊剛扭回身時，翎翎掠過母野豬，迎著小野豬飛了過去……待牠吱咯吱咯搧動門板般巨大的翅膀，斜斜飛上天空時，小野豬少了一隻。

「喞兒，喞兒！」翎翎興奮異常，覺得這是牠走向山野以來最輝煌的時刻。

望著秋天成熟的山野，翎翎覺得，牠已經適應了大自然中的生活。翅膀變得很強大了。牠甚至滋生起這樣的欲望，牠要去找狼，跟這種東西再鬥一鬥。

牠覺得，有勝利的把握。

翎翎還沒有找到狼，山野便迅速變黃了。

山民們忙碌起來，一天到晚在田裏割，在場上打。

動物們也忙碌起來，急惶惶地到處飛，到處跑。

翎翎心裏也升起一種沈甸甸，說不出的感覺。

牠加緊了覓食。

找狼的欲望漸漸小了，淡了。

這一天，太陽落到了山背後，因爲追趕一隻兔子，翎翎沒有及時回巢。

這隻兔子被田裏的莊稼和山野中的草籽兒餵得很肥大。爲了捉這隻兔子，翎翎在樹叢中撲來撞去，幾乎把翅膀撞折。

兔子嚇傻了，一頭鑽出小樹叢，跳到一片草地上。翎翎鬆了口氣。獵物就要到手了。

慰。

翎翎伸出利爪，像刺破一層緊繃繃的紙一樣，刺破了獵物的肚皮。這時牠心裏升起一陣快慰。

天就要黑了。

看來，睡覺以前，還能弄到一頓像樣兒的晚餐。

翎翎又發現一隻野兔，並且在花椒叢中抓住了。牠抱著兔子想飛起來，不料被什麼東西絆了一個大跟頭。

原來是一根枝條，一根該死的枝條！

那隻兔子渾身是血，像塊軟泥癱在十幾米外的一片淺草上。四條腿劇烈地顫著，慢慢地劃過一根小草，又劃過一根小草。翎翎正要去取獵物，忽然發現一對綠幽幽的眼睛，在離兔子不遠的一塊大青石旁，正目光灼灼地向這邊打量。

狼！一隻脊背黑灰的大狼！翎翎頸上的翎兒「刷」地全豎起來。

不期而遇！狼來得太突然，太突然了！

翎翎沒動，狼也沒動。

「不好！」翎翎意識到馬上就要發生什麼。牠慌忙一縱身，展開了烏雲般的大翅膀。可狼比牠還快，只一躥，便像一道迅疾的閃電，撲到了兔子面前。

狼洋洋得意地叼起了受傷的兔子。

翎翎憤怒了。這是牠捉到的野兔。當牠趕到狼跟前時，沒有翹尾向上飛，相反，壓一壓翅膀，向前搧出兩股強勁的風，一伸爪，把尖如鐵鉤的爪尖「嚓」地扎進了大狼脊背。

狼仰起頭，痛叫了一聲，脊背「突突突」地哆嗦起來。狼嘴裏的兔子掉了，掉到了地上。

狼猛一下甩回頭，張開大嘴，氣急敗壞地向站在背上的大雕咬來。

翎翎撲打著翅膀，還沒站穩，就擡起腳兇猛地向狼臉上抓去。

狼被抓著了眼睛，一隻眼球被抓出來，吊在眼眶下。牠痛楚地嗥叫一聲，猛然跳起來。

翎翎站不穩了，爪子沒抽回來，有一根腳趾滑進了狼嘴。狼猛烈甩動起腦袋，「嘎嘣」一聲脆響，牠的腳趾斷了。

翎翎被甩來甩去，驚慌地發出一串嘯叫。稍稍恢復一些平衡，牠倏地一跳，狂風一般飛上了天空。

翎翎的斷腳趾流出了血，雨點般灑下去。疾風吹過傷口，傷口鑽心似的痛。翎翎忘了高低，忘了快慢，一味在晚霞如火的空中翻上翻下地狂飛。

牠還是沒有搏鬥經驗。在狼回頭咬來的時候，本該在狼腦袋上猛踹一腳，那樣，狼就是沒被踹昏，也咬不著牠。

牠沒想到那麼做。

狼仰起頭。牠的嘴在慢慢地、十分有力地嚼動著大雕的腳指頭。這傢伙滿臉是血，一隻吊在眼眶下的眼珠，像個骯髒的破乒乓球晃來晃去。另一隻眼睛雖然因爲疼痛不停地眨動，卻依然綠森森的，十分嚇人。

時間愈來愈晚，再搏鬥下去對自己不會有利。黑夜在快速降臨，這可是狼的盟友。翎翎只得丟下獵物給狼吃，喪氣地飛走。

北風刮起來了。

北風像個拿著尖利刀子的屠夫，吹著口哨在山裏溜達。

動物都藏起來了。有的躲進深深的洞裏，一冬也不敢露面。有的這兒窺探一下，那兒閃一下身影……夏天秋天大山中熱熱鬧鬧的景象，消失了。

植物也很害怕。草枯了，灌木在北風面前掉光了葉子，抱著肩膀簌簌地發抖……大山裏真空闊啊。

下了這一年的第一場雪。

翎翎站在一棵大樹上。牠什麼也不怕。只是羽毛長厚了，又縮著脖子，蓬鬆了翎兒，模樣有點臃腫、邋遢。牠的眼睛依然明亮如電，腳杆粗壯有力。

牠在等一隻黃鼠狼。

黃鼠狼這東西不大，卻很機靈、很厲害，也是什麼也不怕，能捉個子比牠還大的兔子；碰到鳥兒，常常整窩整群都咬死。冬天食物缺乏，牠便跟在北風後面溜達，連大白天也敢出來活動。

大樹下面的雪地上，有一溜亂七八糟的腳印。翎翎認得，這就是黃鼠狼留下的。從腳印看，有一隻這樣的傢伙經常在這兒過來過去。

翎翎悄無聲息地等待著。

牠丟了一根腳指頭，這使牠的捕食能力受到很大影響。——傷腳已經消了腫，可翎翎一時還習慣不了缺一根腳趾的抓、握等動作。

牠又一次認識到了狼的兇悍。

沒有呻吟，也沒有沮喪，休息一夜便又飛上了天空……牠的傷腳腫得像麵包，但牠仍然風一樣地搏擊和追逐。

牠必須找食，必須爭取生存下去。牠已摸到了大自然的脾氣：大自然不喜歡哭泣，只喜歡剛強。軟弱的，大自然毫不留情地淘汰，讓牠去死，去滅亡；剛強的，大自然才留存下來，並且仍然不斷地磨礪牠，讓牠更剛強。

所以，山野裏的所有動物都不流淚，都沒有眼淚。

冬天來了，食物少了。缺少捕食搏鬥經驗的翎翎，偏偏在這個時候丟掉一根腳趾，這是個很要命的打擊。但翎翎不怕，牠覺得牠已經適應了饑餓。而且，牠已經歷了那麼多磨難，只要努力，牠有信心活著走出這個冬天。

只是，饑寒交迫的時候，牠還會想到朋友，想到山村邊的那間小屋。

牠不會再飛回去了。所有的雕和鷹都是這樣，牠們是勇士，不會總是依附在人的屋簷下生活。一旦離開人，沒有哪一隻還會飛回人的身邊。但是，翎翎心靈深處那段愈來愈淡、愈來愈模糊的回憶，畢竟還是溫馨的。

遠處的山是白的，近處的山也是白的。草和灌木枝上，大樹上，全都堆上了一層又鬆又厚的雪。翎翎站在樹枝上，黑褐色的羽毛讓牠很顯眼。

遠遠傳來了咯吱咯吱的踩雪聲……翎翎擡起頭，尖利如錐的眼睛不住地轉動。山谷裏，有三個人正向這邊走過來。

這三個人都扛著槍。

翎翎的眼神熱烈起來，放出了光。秋收以後，在空中飛，經常能看到這種兩條腿的動物在大山裏鑽來撞去。這是當地村莊裏的農民，冬閑無事上山打獵來了。

這些人下夾子，佈繩套，挖陷阱，到處轟隆轟隆放槍。他們不是正經獵人，不懂也不問打獵的規矩，不管益獸害獸，也不論老獸小獸，一概屠殺無遺。大雕本來就很少的食物，又被這些人搶走了很多。

翎翎腳凍麻了，沿著樹枝挪挪，又臥下來。有兩團雪像兩朵蘑菇，翻著跟頭掉了下去。牠很高興，離這麼近見到了人。

朋友的面目記不很清了，但牠在人身旁生活過。在這樣空闊寒冷的大山裏，人的出現使牠心裏升騰起一種親切之情。

「喂，那是什麼?……瞧，那邊，樹上。」有個人忽然站住了，向這邊伸出一根手指頭。

另外兩個人也站住了。

「鳥?是鳥兒吧?好像是隻大黑鳥。」

三個人望了一刻，不約而同提著槍，「咯吱咯吱」向這邊跑過來。他們把地上的雪踢得四處亂飛。

翎翎伸長脖子看著三個奔來的人，眼光裏一片溫和。牠很愉快，沒想到飛，還想等等黃鼠狼。

三個人在樹下站住了。

「雕吧？一隻老雕？」一個人仰著臉嚷。他嘴裏噴出一團團白色的氣，眼瞪得像雞蛋。

「乖乖，天上飛的時候還沒雞大，現在像個小狗熊。喂！你怎麼不飛？」

另外兩個人也瞪圓眼，嘴裏噴出大團大團的哈氣。

「是有病飛不動？」

「不像。嘿，你瞧這傢伙還探頭看咱們，準是個傻東西。」

「嘿嘿，別讓牠跑了。」一個人嚷嚷著，舉起了槍。

翎翎認得槍。這種有鐵管子的玩藝兒厲害極了，「轟隆」爆響一聲，被指著的野獸就要倒下，就要死。

「喂！別打，別打。」一個人推了推舉槍的夥伴，「雕是一種大鳥，前山有個人還養了一隻雕哩。」

「知道。」舉槍的人胳膊晃了晃，仍然舉著槍，「他養他的，咱打咱的，管他哩！」

他一邊說話，一邊在扣著扳機的手指上慢慢用了勁兒。

翎翎一點兒也不驚慌，只是探出頭，用金黃的眼睛左看看，右看看，饒有興趣地審視著下面指向牠的槍口。這槍口黑洞洞的，槍管外壁上生了許多暗紅色的鏽。

牠是人的朋友，朋友怎麼會開槍殺牠呢？不可能，絕對不可能。牠雖然離開了人，可對人還是從心裏友善的啊。

牠了解人，人是一種非常有智慧的動物。

「咳，算了吧，牠又沒招惹咱……」舉槍人的夥伴又推了舉槍人一下。可他話還沒說完，一溜耀眼的火光突然躥出了舉槍人的槍口。

翎翎吃了一驚：「怎麼回事？」牠頭腦中剛剛閃過這麼一個疑問，身子便像被誰重重打了一拳，一仰。牠急忙向後上方飛去。

積雪從大樹的枝枝杈杈上飄落下來，像一大朵一大朵潔白的花。

大山發出巨大的回響，大樹下騰起一團骯髒的灰黑色煙霧。

翎翎飛出不遠就落下來，在冰冷的雪地上撲打翅膀，把白雪、黑雪和紅色的雪拋起來，拋得到處都是。天在旋轉，地在旋轉，大雕傻了：「人？這是人嗎？」牠不敢相信。

牠被狼咬去一根腳指頭，生活十分艱難，地凍天寒，食物稀少，牠多麼希望得到朋友的愛，得到溫存哪。

那個打槍的人，踏著大雕帶血的羽毛撲了上來。翎翎掙扎著飛上天空。

世界霎時黑了。

這真是意想不到的橫禍。

翎翎艱難地在空中飛，忽高忽低，再也沒有大雕的平穩。牠的飛行姿態，簡直像短翅膀的小麻雀，擦過一座山頭，又擦過一座山頭……牠掙扎，牠喘息，牠要飛回牠的懸崖石縫中去。

陰雲漫漫，白雪茫茫。懸崖石縫在哪兒呢？翎翎望一眼，再望一眼，努力擡起沈重的頭。原來展翅即到的路程，牠今天覺得特別長。

牠飛得不高。山坡上的大樹和山尖上的怪石閃過去，幾乎碰到牠的翅膀。牠張大嘴，急促地喘氣，可翅膀沈重得很，怎麼也揮不動。身體更像塊大石頭，沈甸甸地直往下墜。

「不能墜下去，不能！飛起來啊！」

翎翎眼裏噴出怒火，一遍遍警告自己。

墜下去就完了。且莫說凍死，就是狼豹撲來，牠往哪兒躲，又怎麼躲呢？

牠拚盡氣力，揮動沈重的翅膀。每揮動一下，胸脯都像被撕裂一次。

大雕的血，殷紅的血，從空中一滴滴地，灑落在下面白皚皚的雪地上。

牠的胸脯血肉模糊，爛兮兮的嚇人。

如果不是那位槍手被夥伴推一下，翎翎就沒命了。胸膛要穿個洞，內臟也要被打飛……

還好，槍口一晃，一溜灼燙的火焰從身旁躥了過去。只有一些亂飛亂撞的鐵砂子，撲到了胸脯上。

翎翎不怕流血。自打飛向山野，牠幾乎是在伴著傷痛生活。但這一回，牠的心也受了傷。這就讓牠實在難受。

牠拚命飛著，儘量不去想那可怕的事。可牠的翅膀，怎麼也揮不走腦海裏閃動的大樹下那個打槍人的眼睛。

那眼睛是黑黃色的，卻同蛇的黑玻璃似的眼睛，同狼的綠幽幽的眼睛一樣，都閃著貪婪狠毒的光！

這不是人的眼睛吧？牠問自己。牠見過人的眼睛，那是朋友的眼睛、那雙眼睛有時也有焦躁和嚴厲，裏面卻蘊含著親善和關切。可牠又記得很清楚：牠被打傷，痛苦不堪地在雪地上翻滾的時候，那個打槍的人咧著嘴，嘻嘻笑著撲上來。眼裏射出的，就是蛇和狼眼睛中的光！

那眼睛好可怕喲。

人啊，朋友，怎麼會這樣對待大雕呢？

翎翎做了什麼錯事，要向牠下這樣的毒手？

翎翎的胸膛在滴血，翎翎的心也在滴血呀！

峻峭突兀的懸崖，終於出現在雪野中了。

翎翎喘過一口粗氣，心情稍稍輕鬆了一些。

回到巢裏，回到寒冷的石縫中去吧。

蹲下來，閉上眼，忍住饑餓，誰也不要想，什麼也不要想了。

能活下去，就活下去。牠還不足兩歲，還要和山中的霸王搏鬥。

活不下去，也沒辦法。悄悄倒在懸崖石縫中。狼看不到牠，野豬看不到牠，人也看不到牠……

牠沒有父母，牠不知道父母在哪兒。牠也沒有朋友。牠悄悄地離去，不會給誰造成痛苦。

懸崖像一堵冰冷的牆，聳立在洪荒之中。

「飛起來，飛起來啊！」翎翎努力向上伸出脖頸，似乎這樣就可以搆到那條石縫。

牠飛得很低，以牠現在的高度，牠落不進石縫。

翎翎一下一下揮動大翅膀，像一個筋疲力盡的水手在划船。懸崖愈來愈近，可牠的高度並沒有升起來。

「莫非，還要折回去，兜一圈兒嗎？」翎翎焦躁得厲害。

飛不上石縫，大雕就必須折回去，從遠處再往回飛。

牠哪兒還有這麼大的力氣！

翎翎頭腦昏沈沈的，胸中憋悶得厲害。由於失血過多，眼睛也有些模糊。

懸崖更近了。

翎翎的身體還是沒有升起來。

懸崖就在眼前，馬上就要撞上。

這時翎翎的身子忽然簸動了一下。牠覺得，一股風托住了牠。

這是一股向上的風。

「啊——」，翎翎心裏一陣愉悅，急忙喘過一口氣，把翅膀伸得直直。老天有眼，翎翎總算能回到石縫中去了。

翎翎不知道，風在山谷裏刮，碰到峭壁阻擋，風向會亂，風力會猛。這時候，往往有沿著峭壁上升的氣流。

翎翎被風迅速拋起來。牠看到了石縫，看到了石縫中凹凸堅硬的地面，急忙向後划了划翅膀……

不料風向變了，翎翎被風戲弄了。

翎翎怒火升騰，肺都要炸了。這有什麼用呢？牠氣力幾乎消耗殆盡，只能勉強維持著平衡，像一片落葉，旋轉著，貼著峭壁墜落下去。

懸崖下風雪彌漫，枯草蕭蕭。

掙扎著逃到了家門口，卻是眼巴巴地看著進不去。

天寒地凍，野獸出沒，老天這是在把大雕往死路上推啊！

翎翎沒有死。

人沒能把翎翎打死，風雪也沒能把翎翎凍死。

二十餘天了，翎翎被打爛的那側胸脯，漸漸凝結出一塊沈甸甸、紫黑色的大血痂。牠瘦得厲害。羽毛又髒又亂，蓬蓬鬆鬆，沒有一點兒光澤，像一把一碰就折的枯草。兩條腿又乾又癟，彷彿是兩把用禿了的雞毛撣子。

還不能飛。翅膀稍微張開一點兒，胸脯上就像放了一塊烙鐵，火燒火燎地痛。

但是，大雕畢竟活了下來。

又一天過去了。

一輪又大又圓的月亮，像個銀盤子，掛在夜空中。山谷裏被照得明晃晃的，宛如刷了一層水銀。石頭和灌木，還有背陰處的積雪，都能看得清清楚楚。

懸崖上上下下，也反射著淒冷的乳白色光。

翎翎在離懸崖幾十米的一叢枯灌木旁臥下來，緩緩閉上了眼睛。

寂靜中，大雕呱嗟了一下嘴。

牠很餓。這一天，牠只找到了一條老鼠尾巴。

牠不能捕食了，但在這低溫奇寒的季節裏，沒有食物是不能抵禦寒冷的。

於是，白天，翎翎帶著沈重的血痂，像隻鴨子一樣蹣跚，在懸崖腳下的亂石灌木叢間走來走去。

這兒有牠過去吃食時丟下來的一些肉絲骨渣，羽毛蹄角。牠在尋找這些東西。有一天，刨開腐葉和積雪，牠還看到過一條大蛇的頭。

這些東西有的只有一點兒肉絲了，有的乾脆只沾著一點兒血跡。隔著腐葉積雪，它們發出臭烘烘的味兒。可翎翎一點兒不嫌棄，把它們一點兒一點兒咽了下去。

有什麼辦法呢？不能捕食，再不吃下這些東西，那就不能再活下去了。

翎翎不想死，牠還要獵狼，這可是刻骨銘心的事。而且，向死亡屈服，那也不是鳥王的作爲呀！

可是今天，牠刨來刨去，走到離懸崖這樣遠的地方，只找到一條細如繩頭的老鼠尾巴。

「明天，明天能找到點兒什麼？」翎翎憂鬱地想。

除了生存，除了飢餓，其他一切都在大雕的腦海中淡漠了。

山谷裏很寂靜。石頭和枯草沉默不語，灌木一動不動。只有月光悄無聲息地傾瀉著。

整個世界彷彿都入睡了。

胃在翻騰，寒冷像鋼針一樣扎著雙腳，扎著骨髓……

驀地，翎翎睜開了眼。

不知怎麼回事，牠心裏忽然有一種危險迫近了的感覺。

牠靜靜地轉動腦袋……「嘎！」牠大叫了。月光下，一頭小豹子似的野獸，正隔著灌木叢打量牠！目光灼灼，像兩盞綠森森的小燈。

翎翎「刷」地豎起頸上的翎兒，微微張開了翅膀。

牠現在這個樣子，能打得過誰呢？一隻黃鼠狼也能把牠咬死，十餘天來，每天晚上都東躲西藏，就是怕遇到野獸襲擊啊。

終於沒有躲過去。

小豹子般的野獸舔舔嘴唇，嗚嗚咆哮起來。

這是一隻飢餓的豹猫。

豹猫比家貓大。這東西腰粗腿壯，滿身灑滿黑斑點。牠能上樹，會游泳，凶悍靈活，連狗也不放在眼裏。

若是白天遇到雕，豹貓會躲一躲。但這時是夜裏，雕在睡覺。再說，這也算雕嗎？乾柴草捆一般。這即使不是一隻傷雕，也是一隻大病在身的雕。

有哪一隻健壯的雕，會狼狽不堪地在地上過夜呢？

翎翎的一聲叫，更證實了狡猾豹貓的判斷。這東西來精神了，齜齜牙，「呼」地跳起來。

牠聽出，大雕的叫聲裏有一絲驚慌。

牠可不怕一隻垂死的雕。

馬上就有食物吃了，而且，是堂堂鳥王的肉！豹貓得意極了。

翎翎不能不應戰了。牠沒有力量，但牠有雕的尊嚴。怎麼能不戰而敗，讓這麼一隻地痞無賴般的傢伙白白撿到便宜？牠向跳到空中的豹貓憤怒地揮起翅膀。

豹貓「嗷」地叫了一聲，翻了個跟頭。——翎翎的翅膀沒搧到牠。牠被翎翎翅膀推過來的一根灌木枝戳在肩上。

翎翎也慘叫了一聲——牠胸脯上的血痂因爲用力被撕裂了。牠的大翅膀抖動著，緩緩垂下去，眼前金星四射，一霎時什麼也看不清。

豹貓飛快打個滾，一躍跳起來。牠的脖頸下在流血，痛得厲害。牠準備逃走。

豹貓逃出不遠回了回頭，樂了：那隻大雕，正在月光下癱著，顫抖著。

看來，雕真是大傷在身——這樣一隻還沒攻擊對方，自己先不行了的雕，就是敢拚鬥，還有什麼威風呢？

不用再撲跳了，一步步走過去就可以了。

咬斷這隻雕的脖子，決不比咬斷一根枯灌木枝更難。

豹貓扭轉身。月光下，稀疏的幾根鬍子興奮得直顫。

翎翎眼前漸漸亮起來。疼痛使牠的心在抽搐。牠模模糊糊看到了返回的豹貓，急忙掙扎著站起來。

「難道，我就要敗在牠手裏嗎？」

翎翎心裏湧起憤慨，也湧起悲哀。

牠是一隻叱吒風雲的鳥中之王，飛進山野以來，跟野豬搏鬥，跟狼搏鬥。這些都是大傢伙，牠並沒有輸。現在，因爲傷痛，卻要輸在一隻光會躥房越脊的豹貓爪下！

「不，不啊！」翎翎眼裏噴出怒火，心臟加快了跳動。牠覺得，由於憤怒，一剎那間，身上一片燥熱。步履輕鬆了，胸脯不痛了……牠猛吸一口氣，「刷」地跳離了地面。

豹貓嚇了一跳。牠正嗚嗚恫嚇著，要咬斷大雕的脖子。大雕帶起的冷風，吹得牠眼睛酸澀。「這是怎麼回事？」牠眨著眼，轉動腦袋，想看看大雕到底怎樣了。

月光清朗。一陣輕微的嘯音響過，豹貓什麼也還沒看清，就四爪離開了地面。

豹貓左右扭動起來。當發覺脖子一陣刺痛，自己好像被誰抓住了，牠便嗚嗚咆哮著，極力想回過頭去咬那爪，卻彎不了脖子。

豹貓發現自己懸在空中。冷颼颼的氣流「呼呼」吹過耳畔，大地迅速沈下去，山巒黑黝黝的，愈來愈遠……牠一陣痙攣，「嘩」——屁股眼裏躥出一股水一樣的稀屎。

牠有一害怕就情不自禁拉稀屎的習慣。

翎翎不知道，自己怎麼會飛起來，也忘記了這是飛行最忌諱的夜間。牠只是憋著一口氣，拚命揮動羽毛枯乾的翅膀。血從牠胸脯血痂縫兒裏汩汩湧出，閃著晶瑩的光亂灑下去……

胸脯疼不疼？牠不知道。

要飛到哪兒去？牠也不知道。

牠感覺到了爪下那個東西的扭動，爪子就抓得更緊……爪尖刺穿那東西的脖頸，那東西哆嗦了一會兒，軟了。「還威風嗎？」大雕心裏升起一陣快意。

前下方出現了一個熟悉的影子。

「唧兒，嘎！」翎翎如釋重負，長長出了一口氣。立刻，支持牠的那股力量消散了。牠再也飛不動了，丟掉豹貓，自己打起旋兒，像片樹葉一樣墜落下去……

翎翎睡了很久。

牠是從昏迷轉入睡眠的。

牠記得，半夜裏曾醒過來一次。那時候，月亮已經落山了，天地間一片黑暗。牠站起來，趔趔趄趄走了一圈兒，又側身躺下了。

牠太疲勞、太虛弱。

幸虧這些天來天氣晴朗，氣溫轉高，牠躺在岩石上，沒有凍死，也沒有凍傷。

溫煦的陽光照耀著世界，可憐的翎翎像一堆胡堆亂積的枯草，躺在柔和的陽光下。

真好，真舒服，翎翎想。牠呼呼大睡，連個夢也沒做。

「翎翎——翎翎——！」有人在呼喚。

翎翎的腿蹬了蹬。但牠睡意未消，缺了一根腳指頭的爪子，張開後又慢慢合攏了。

「翎翎——翎翎——！」聲音像銅鐘，引得大山一齊回響。

「誰？誰在叫我？」翎翎醒了。

牠依稀記得，牠曾叫過翎翎，不過，那已經是很遙遠的事情了。

死去活來，寒冷饑饉，還有刻骨銘心的仇恨，沖淡了過去，畸形地拉開了歲月的距離。

翎翎站起來，抖了抖亂蓬蓬的羽毛。

明亮的陽光使牠眨了眨眼睛，牠昂起頭頸。牠的心情很愉快。

多少天了，牠的頭腦從來沒有這樣清爽過。

牠搖搖擺擺地走了兩步。忽然，牠發現，牠現在是站在懸崖上！

啊嘿，家，現在是在家裏了！

牠的家雖然是在懸崖半腰的石縫裏，但從這兒下去，已經是很容易的事了。

只需要張開翅膀滑翔，連拍一下也用不著。

翎翎高興地展開翅膀，揮了兩下。但牠馬上又雕塑般地站住了，翅膀軟軟地耷拉下去。——

——牠的胸脯驟然痛起來，像一把烙鐵在烙。

胸脯上的血痂破裂了幾道口子。裂開的口子中，浸著粘稠的、紅漆般的血漿。

牠這才想起了昨夜的搏鬥。

「豹貓呢？那隻豹貓呢？」翎翎轉動脖頸找起來。

豹貓已經死了，癱在懸崖邊。耳朵鼻子中，都有凝固的血。

「豹貓怎麼死了？自己怎麼回到懸崖上來了呢？」翎翎心裏有些疑惑。

昨夜月光下的事情影影綽綽，很像個夢。

不管怎樣，大雕已回到了懸崖上。而豹貓，再也不能在牠面前嗚嗚亂叫了。

牠用爪子撓撓豹貓，又仰起頭。牠壓抑不住心頭的歡樂，向著太陽叫起來：「唧兒——唧兒——？」

「翎翎——翎翎——」懸崖下再一次響起銅鐘般的叫聲。

這一回，叫聲裏充滿喜悅和急迫。

大雕怔了怔，拖起豹貓走到了懸崖邊。懸崖下，一個兩條腿的動物，把手攏在嘴上，仰著臉。

「人！」翎翎嚇了一跳，急忙縮回腦袋。待看清那人沒有拿槍，只有一條胳膊，才又把頭探出來。

吃過一次虧，已經夠了。翎翎不止一次地悔恨：真蠢！人家拿槍瞄著，竟不知道飛起來。

懸崖下的人看到大雕伸出的腦袋，興奮起來。他揮著一隻胳膊，拍拍胸膛：「翎翎，翎翎！不認識我啦？我是朋——友——朋友——啊，哈哈！」

懸崖下的人笑了。

懸崖很高，他看不清大雕的眼睛。

翎翎聽不懂人的話。牠發現，那人的臉上有一塊疤。牠厭惡地盯著那個人，金黃色的眼睛裏跳著火苗兒。「滾吧，滾吧，滾蛋吧！你們這些壞東西。打了我一槍還不夠嗎？還要追蹤到這兒來！」

翎翎忽然覺得應該感謝豹貓。沒有豹貓窮兇極惡的威逼，牠就飛不上懸崖。那就很危險了。——人這種兩條腿的東西，可比四條腿的狼、豹聰明得多，能幹得多。

翎翎不願再多看人一眼，牠想退回身再躺一會兒。

「翎翎，翎翎！你忘啦，咱們一塊兒打狼，咱們家的小屋……是土匪把我綁走的呀。」

懸崖下的漢子繼續比劃著，訴說著。那樣子，像是對著一個離別多日的親人。

翎翎心裏一動，眼裏的火苗兒「呼」地熄滅了。牠看到了那人熱切的眼睛。那眼睛裏滿是慈愛，滿是真誠。誰看到這樣一雙眼睛，也會情不自禁感動起來的。牠心裏荒蕪許久的一塊田地，彷彿忽然被一場小雨潤濕了。

牠覺得懸崖下這個一條胳膊、臉上又有一塊傷疤的人有些熟悉。於是，向前爬了爬。

「我這條胳膊，是土匪打的呀！」懸崖下的漢子悲傷地說，眼光裏閃爍著仇恨，「咱們的家，你的小屋，也是被他們燒毀的！」

翎翎不知道懸崖下的人嘮叨些什麼，牠聽不懂。但牠覺得，這人的語調很入耳。牠又向前爬了爬，歪了歪腦袋。

「嘎——！」大雕痛苦地叫了一聲。

牠剛剛熱乎起來的心境被破壞了，記憶的閘門「啪」地落下來，關了個鐵緊。

牠的胸脯蹭在懸崖邊上，一塊血痂被揭開了。粘稠的血蹭在石楞上，像給石楞塗了一層紅紅的漆。

懸崖下的人驚訝得瞪圓了眼。

翎翎全身都在顫抖，枯草般的羽毛「嚓嚓」作響……牠眼睛中的火苗重又跳動起來。當牠停止哆嗦的時候，牠拎起豹貓，一躍跳下懸崖，撲進了石縫。

就到這兒吧！

永遠就這樣吧。

翎翎掐斷了和人的最後一點聯繫。

牠已經是一隻野雕，是一隻遭人痛打過、險些丟了性命的野雕了。

過了許久，翎翎仍然沒有露頭。

懸崖下的人傷心極了。

他從幾千里外跋涉回來，除了這兒是他的家鄉，還有一根線牽著，這就是他的翎翎。

他是從土匪手中冒險逃出來的。

這是一幫散兵游勇。他們一直把他帶到雲南邊境。他們先是逼迫他帶路，後來又逼迫他入夥。他逃跑了，他們打斷他一條胳膊。

幸虧一個打獵的兄弟民族漢子藏起了他，並且一刀割下了那條變了顏色的胳膊。

剛剛回到家鄉，聽說他心愛大雕飛進了山裏，今天天不亮就找來了。

可他的大雕呢？他的大雕在哪兒？

他雖然在懸崖下叫翎翎，可他已經不認得他的大雕了。他不知道他翎翎受了那麼多的苦，更不知道他的大雕九死一生，心靈也受到那麼大的打擊。

他心目中的翎翎，是個羽毛豐滿、眼光稚氣未脫的雛雕。

「牠是個孩子，永遠是個孩子。」對孩子，他怎麼能不牽腸掛肚呢？

他見懸崖石縫中的大雕不理他，悽愴地搖了搖頭。

「翎翎，翎翎！你在哪兒？」他失望至極地大喊，「我對不起你呀……」他想起了自己踢大雕的那一腳。

翎翎早忘了那一腳。比起後來所遭受的折磨，那一腳算什麼？

「人啊，你走吧，走開吧！」翎翎在石縫裏厭煩地聽著傷心的聲音，心裏念叨，「你老是喊什麼呀！」

翎翎大難不死，終於養好了傷。

一開始，牠不願意再觸動傷疤，在石縫中老老實實地臥了十幾天。

當饑餓難耐而活動一下翅膀，覺得傷口疼得不再那麼尖銳的時候，牠才開始小心翼翼地飛翔。

血痂在飛翔中漸漸增厚，翎翎的翅膀在飛翔中愈來愈有力。有一天，翎翎飛累了，落在懸崖頂上整理羽毛。胸脯有些癢，牠用大喙擦了擦。忽然，黑紫色的血痂掉了一片。

雖然不痛，翎翎也嚇了一跳。牠低頭看看胸脯——沒有流血；啄啄掉在地上的血痂——血痂中有幾粒黑黝黝、沈甸甸的小鐵渣滾出來。

翎翎立刻感到渾身上下有說不出的輕快。

這就是說，槍傷完全好了！

疲勞一掃而光。「啪啪啪！」翎翎拍動大翅膀，一躍衝上深邃的天空。

「啣兒，啣兒——！」萬里長空，響徹大雕興奮的嘯鳴。

熟悉翎翎的人都會知道，這是大雕在喊：「我死不了！好啦，傷好啦……」

又過了兩天，血痂完全脫落了。翎翎胸脯上露出一塊凹凸不平的大疤瘌，好難看。

大疤瘌足有茶杯口大。

大疤瘌不長毛，從很遠的地方就能看到紅紅的一片。

翎翎一開始總是在這塊疤瘌上啄呀，扯呀……牠覺得這片胸脯紅得耀眼。後來，牠不啄也不扯了。

費這個力氣幹什麼呢？這疤瘌是啄不掉也扯不下的呀。

難看就難看，由它去吧。

翎翎變得更兇猛，更剽悍了。

在這個冬天，牠又遇到過許多上山打獵的人。有些人還砰砰砰砰地向牠瞄準開槍。

翎翎遠遠地便躲開了。牠在灰雲漠漠、寒流滾滾的高天上飛翔。在這兒，這些兩條腿的動物奈何不了牠。

牠要回敬兩條腿的動物，便也到人的村莊去。

牠很餓。打獵的人把牠的食物搶走了、嚇跑了，牠常常好幾天捕不到一隻野兔。人的村莊裏有雞、有貓、有豬、有羊……這些人養的東西很笨，很蠢，大模大樣，什麼也不在乎。當這些東西跑出村子，遠遠離開人的時候，翎翎便箭一般俯衝下去。

翎翎聽到了人們指天劃地的咒罵聲，看到了人們跺足捶胸的憤怒樣子……牠理解人的動作和表情，感到有些過意不去。

但這是被逼的呀。大雕也有嘴，也要活下去。牠更願意堂堂正正地在山野中捕獵，自由自在，心裏踏實。牠並不願意去觸犯強大的、有槍的人類。這實在是出於無奈呀。

翎翎活著飛過了第一個冬天。

萬事開頭難，開頭過去了，後面也就好過了。翎翎又活著飛過了春天，夏天，秋天……接著，又是一個冬天。

大雕沒有計算時間的單位，牠不知道，每飛過一個冬天，就是飛過了一年。

大雕只是感覺到了大自然的循環往復。牠在草木萌芽的時候飛，在枯葉凋零的時候飛。

牠的翅膀愈來愈強健。

牠的食物卻沒有因此豐富起來。

牠看到，牠翅膀下的大地也在迅速發生變化。

山村中的鑼鼓和鞭炮多了，人們的笑臉多了。春夏秋冬，一輪循環往復中，鏗鏗鏘鏘的鑼

鼓和劈劈啪啪的鞭炮，不知道要響多少回。

山窪窪中的小村莊，一個個都在氣兒吹似的變大。一棵棵大樹伐倒了，一座座新房蓋起來。一條山溝蓋滿了，另一條山溝又開始蓋。

人們有了牛，有了馬，有了炸藥，有了機器。人們圍著村莊向外開拓土地。山林一片片燒光了，轟隆隆的開山炸石聲震得地動山搖。大片大片的山坡墾成農田，有的地方連山頭也削去，種上了莊稼。

樹少了，灌木少了，青山少了。沒有青山，綠水便不能長流。原先蒲草夾岸的小河變細了，河底的鵝卵石常常露出腦袋。

沒有青山，雲霧也生得少了。赤日炎炎照耀著禿嶺，遍地都是眩目的光。氣候漸漸發生了變化，大風多起來，冰雹多起來，乾旱的日子多起來。

當家做了主的人們啊，還不懂得怎樣同大自然諧調。

野生動物們惶惶不可終日了。

許多鳥兒不再飛來。

許多野獸跑了。

翎翎在天上飛，儘管牠捕獵的經驗愈來愈多，牠爪下捕獲的食物卻愈來愈少。牠仍然在半饑半飽中掙扎。

這一年，積雪消融，春草萌動，翎翎一連幾天沒有發現鄰居的影子。牠覺得奇怪。

當春風吹起來的時候，餓了一冬的大雕是很活躍的。牠們彷彿忘了疲倦，久久地在天空中飛翔。只要天氣好，很遠很遠便能看到牠們展翅的雄姿。

現在是怎麼回事呢？

有一天，翎翎追趕一隻獾，不知不覺飛過了邊界。當牠猛然省悟到侵犯了鄰居時，慌忙收起翅膀，飛回自己的地盤。但牠發現，根本就沒有誰追趕牠。

翎翎有意識地飛臨鄰居家的上空，仍然沒有激起一點兒波瀾。那個建築在大樹上的雕巢，現在空空如也了。

翎翎沒敢落下去，在雕巢上空盤旋起來。

鄰居的窩，真不愧是個宏偉的建築。巢的上表面，像個巨大的圓形平臺，下面是一層層疊壓交錯的粗大樹枝，足有五六米高，巧妙地架在大樹枝杈上。風吹不散它，樹搖不散它。整個雕巢怕有幾噸重。

翎翎遠遠看到過這對大雕修補窩巢，真是不辭辛苦。牠們飛來飛去尋找粗樹枝，年年在原先的基礎上加築一些新材料。

這個巢能修成今天這個樣子，這對大雕夫妻不知忙碌了多少年啊！

現在雕去巢空，只有樹枝上掛扯下來的一些大雕羽毛，在風中搖搖擺擺。

翎翎心裏也空落落的了。

初入山野的時候，這對大雕驅趕過牠。可每當翎翎在空中看到這對大雕，心裏卻也生出一些溫暖。畢竟，牠們是自己的同類，有牠們作鄰居，自己不孤單。

現在，這對大雕飛走了。

肯定是飛走了。如果是遇到了意外，比如被獵人打死了，那只能是一隻遇害，不會兩隻都失蹤的。

牠們飛到哪兒去了呢？牠們是不是覺得環境愈來愈惡劣才飛走的呢？

翎翎不知道。

不過，翎翎希望這對鄰居只是暫時離開，牠盼望牠們很快就回來。

翎翎在鄰居的窩巢上空飛了很久，連落也沒落一下。

春天過去了，夏天過去了，翎翎的希望落空了。

這年冬天，翎翎的另一對鄰居也飛走了。

翎翎覺得惶恐、孤單。牠飛起落下，落下飛起……但牠沒想到飛走，仍然想在這片山區中生活，因爲牠對這片山區有感情。

太陽剛剛爬上山尖，翎翎捉到了一隻旱獺。

氣候一惡劣，這玩藝兒就多起來。

這是在鄰居領地的一處荒坡上。

鄰居飛走了，翎翎的領地擴大了。

旱獺也叫「油條子」，是一種大小像小狗似的大老鼠。這種東西很肥，一身黃褐色的毛，又細又亮。牠們成群結夥生活在乾旱的山丘上，把山坡挖得千瘡百孔，像瘌痢頭。

旱獺很機靈，在破壞山坡的時候，總是放幾個哨兵。一有風吹草動，哨兵便吱吱尖叫。於是，大小旱獺便一溜煙兒鑽進牠們迷宮似的深洞。

昨天傍晚歸巢的時候，翎翎發現了旱獺，今天一早，牠就直撲過去。

牠必須乘太陽還沒爬上山尖、山谷裏有大片暗淡的陰影時出擊。

翎翎飛得很低，翅膀緩緩地搧動。牠很從容，彷彿是一隻悠閒的、無所事事的大鳥。

牠不能驚飛剛剛睡醒的小鳥兒們。

翎翎在山谷的暗影裏向荒坡靠近……看到「油條子」了，牠們正吱吱叫著，又滾又打。翎翎忽然躍起，急速搧動生風撥雲的大翅膀。

「油條子」們嚇昏了，亂叫亂撞。翎翎飛上荒坡，雙腳一伸，蜻蜓點水般抓起一隻肥的。

從發動攻擊，到捕獲獵物，只是眨了眨眼的工夫。

現在的翎翎，比過去強大多了。

太陽爬上山尖，天空飛舞著絢麗的朝霞。晨風從大山裏吹起，帶著泥土的潮潤和剛剛萌發的草兒的清香。

此時正是早春天氣。

「唧兒——唧兒——！」翎翎張開嘴，從喉嚨裏飛出一串兒敲擊玉石般的鳴聲。

「唧兒——唧兒——！」彷彿在應和，清純澄徹的空氣海洋中，傳來了另一隻大雕的嘯鳴。

這鳴聲好像是簫吟笙吹。

翎翎愕然了。

牠划划翅膀，轉了個方向，發現一隻雕影，正匆忙穿越牠的領空。

這是一隻俏麗的琥珀色雌雕，在向這塊領土的主人致意。

翎翎的血忽地熱起來。

牠不知道爲什麼，覺得牠早就在等待這一天。

牠拍動翅膀，飛快向雌雕衝去。

過路的雌雕張起脖頸上的羽毛，一邊慌慌張張地躲避，一邊大聲鳴叫。這是在警告：「我是借道路過，已向你致意。躲開！沒有禮貌，我就不客氣了！」

翎翎彷彿是聾子、瞎子，看不到也聽不到，依然風馳電掣般直衝過去。

過路的雌雕「刷」地向上飛去，飛得比翎翎還高。牠惱怒起來，準備搏鬥。牠也正年輕氣盛。

雕與雕間的空中搏鬥，也像空軍的空戰，從高處打擊對手比較有利。

翎翎飛到了雌雕的前下方。

雌雕就要俯衝，忽然看到胸前有塊紅疤的雄雕抓著旱獺，拍動翅膀，像直升飛機一樣懸停在半空中！過了幾秒鐘，那傢伙才發出一串瘋狂的嘯叫，垂直跌落了下去。

雌雕看得目瞪口呆，心「呼」地跳到了嗓子眼。

「這個醜傢伙是怎麼回事？」牠不明白，「什麼地方出了毛病？」

飛行中的鳥忽然失去速度，那是很可怕的。弄不好，死神就腳跟腳來到身邊了。

漂亮的雌雕急速拐個彎兒，開始繞著翎翎飛快盤旋下降。

牠不喜歡眼前這隻雄雕，卻又不能不爲這個傢伙的命運擔心。

風在耳邊呼嘯，大地高速向翎翎撞過來。翎翎有點頭暈，可仍然興奮不已。

接連兩年了，牠都渴望見到異性。每當開春的時候，牠都覺得，血液中似乎多了些什麼東西，這東西使牠不能自已。

二百米，一百米……大地就在眼前了，翎翎就要摔成一團血肉模糊的肉餅了！「嘎，嘰呀！」雌雕發出焦急的叫聲。

聽到叫聲，翎翎有些得意。牠壓了壓長長的尾羽，於是，跌落變成了俯衝……倏地，牠用力拍起翅膀，「刷」地衝上高空。

牠的翅膀尖幾乎拍到山坡上的石頭。

地面上騰起一團灰塵。

過路的雌雕驚訝地大叫一聲，也隨著飛起來。牠看見，那隻雄雕在上面垂下頭，正偷偷地看牠。

原來那傢伙什麼事兒也沒有。

牠又喜又惱。惱的是，牠爲這個醜傢伙幾乎嚇破膽。喜的是，這不怕死的年輕傢伙還真有兩下子。

「唧兒——唧兒！」雄雕在一朵高高的白雲邊上歡快地叫了。

俏麗的雌雕轉個彎兒，要飛走。

這是隻到處遊蕩的年輕雌雕，還沒有家。沒有成家以前，所有的雌雕都沒有領土。牠們這兒過一天，那兒過一天，只有當牠們看中哪隻雄雕的時候，才定居下來。

翎翎急了，久久的等待就要這樣結束嗎？牠慌忙俯衝下來，在雌雕的前上方拋下了爪中的旱獺。

沒有誰教過翎翎這樣做，這是本能。

所有的雄金雕向異性求婚時，都會捕獲一隻獵物作爲見面的禮物。

今天巧了，翎翎正好剛剛捕獲了一隻獵物。

旱獺還活著，慌亂地在空中蹬腿扭腰。雌雕不想接受翎翎的禮物，可牠也不好飛走。怎麼能讓饋贈白白掉落下去呢？那樣就太失禮了。牠急忙飛過去，一個翻身，抓住了墜落的旱獺。

雌雕感覺到了旱獺的扭動，心裏很驚訝。沒有迅速果斷的飛行，是捕不到活獵物的。而剛才那樣劇烈的飛行，爪中的獵物竟然還完好無損，活蹦亂跳。雌雕不能不對眼前的醜傢伙刮目相看了。

翎翎很激動。牠控制不了自己的激動。牠不知道自己還該幹些什麼，只是在俏麗的年輕雌

雕面前，傻瓜似的飛來飛去，似乎在等待什麼。

一會兒，牠像片離開大樹的樹葉兒，打著旋墜落；一會兒，牠像隻嘀嗒嘀嗒搖動的鐘擺，來回飛行；一會兒，牠像支怒射的火箭，沖天而起；一會兒，牠忽然翻過身，腳朝上，背朝下，像隻戲水的鴨子……

這一連串高難度的飛行動作，有的平時做過，有的卻是第一次做。翎翎不知道該怎樣表達自己的愉悅感情，心裏有一團火。

牠受盡了苦，牠是一隻孤獨的大雕，牠渴望幸福，渴望有一個伴侶。冰冷的大石縫，那算什麼家呢？現在，一隻雌雕飛來，那樣年輕，那樣漂亮，牠怎麼能不激動呢？

翎翎不知道，牠所做的，其實也很自然。這是鷹族雄性鳥兒求偶的本能「婚飛」，誰都是這樣的。只不過，牠的翅膀更強健，飛得更出色。

在年輕的雄性面前，雌雕也很激動。牠還想趕自己的路，可又迷惘·牠的歸宿在哪兒呢？另外，這隻旱獺該怎樣還給對方呢？

牠在天空中盤旋，忘了這是人家的領地。很快，牠被翎翎超群拔俗的飛行迷住了。

雌雕不自覺地跟著翎翎飛起來。

是的，眼前的醜傢伙有一塊疤，並且缺了一個腳指頭。可這是一生下來就如此的嗎？這隻年輕的雄雕，一定吃了不少苦啊。這隻雄雕沒有氣餒——瞧牠的勇猛頑強，瞧牠煥發的勃勃英氣……

受過許多挫折和磨難，而又不氣餒的，這才是強者，才是英雄！

雌雕著迷地觀賞著翎翎，在天空中跟著翎翎亦步亦趨。牠也是一隻叱吒風雲的大雕，是鳥兒中的堂堂王者。牠知道什麼是可唾棄的，什麼才值得尊崇。

「嘰呀，嘰兒——！」

年輕的雌雕大叫了。叫聲中充滿愉快和欣慰。

翎翎又飛到了草坡上空。

牠下面，有一頭毛色棕黑，長著一對長長獠牙的大野豬。

野豬一邊愉快地哼哼，一邊拱，像個農夫在犁地。草坡已被牠犁翻一大片了。

一下雨，這一大片土就會被沖掉。

這是一片剛剛鋪上綠色的山坡。

野豬看到了大雕盤旋的影子，擡起頭，眼中射出兇惡的光。

這隻大雕，牠看到過好幾次了。

牠知道大雕在打自己的主意，牠不怕。牠怕過誰呢？牠哼哼著在山裏走，有誰敢攔擋？一隻輕飄飄的鳥，能對自己怎麼樣？

呵呵，別是瞎了眼吧。

野豬哼哼兩聲，像在示威，小尾巴甩了幾甩，又低頭拱起來。

這片草坡甜茅草根不少。大地剛剛復甦，這東西正是脆嫩多汁的時候。

翎翎聽到了野豬哼哼，仍然在草坡上空兜來兜去。

牠的確想捉一隻大傢伙，送給雌雕——牠的妻子。可牠飛來飛去，轉了許多地方，看到的大傢伙只有這麼一頭野豬。

牠也可以捉隻鳥，或是逮幾個螞蚱。但那樣做，覺得對不起妻子。

妻子實在是太辛苦了。

年輕俏麗的雌雕只在翎翎的懸崖石縫中住了一夜。第二天，便開始忙碌著築巢。懸崖石縫給過翎翎許多慰藉，但對於要生兒育女的大雕，委實小了一點兒。

雌雕選中了一棵高高的大榆樹。

這棵樹長在一處山坡上，離翎翎居住過的那個小山村不遠。這兒還沒有被開墾，溝溝峁峁長滿了小樹和灌叢。

翎翎有點兒不安，這兒離人太近。但看到雌雕堅決的目光，也只好同意了。

這棵榆樹很高。在這一帶，還沒有比它更高的樹。

築巢主要由雌雕來做。雌雕也沒築過巢，可牠天生就會——這也是本能。牠知道該選用多粗的樹枝，知道大大小小的樹枝該怎樣放置。

雕築巢不用膠水也不用釘子，樹枝不合適或者放不好，風吹樹搖，巢就非散架不可。

這真是個疲憊不堪的活計。雌雕不停地在山間飛來飛去，找口吃的，喝口水，然後便是不知疲倦地找樹枝。

樹枝並不都合適，有的還長在樹上。修整這些樹枝，折斷這些樹枝，要費很多力氣和時間，並且常常弄傷喙爪。雌雕像個伐木工人，在樹上，在地上，「邦邦邦」地用喙啄，用爪扭，毫無怨言。

翎翎過意不去，陪年輕俏麗的妻子飛來飛去。牠想搬運樹枝，可只搬了兩趟，雌雕便不許牠做了。

因爲，每次運回樹枝，都應該安放在巢的一個合適位置。而雌雕也必須飛回來，看一看下次需要什麼樣的樹枝。

翎翎真懊喪，只好來打獵。

可是，這隻大野豬，好捉嗎？這傢伙足有二百多斤，一身都是力氣。莫說大雕，就是狼豹，見了這傢伙，恐怕也要繞開走呢。

翎翎偏偏翅膀，要飛走。飛出不遠牠想到辛苦的愛妻，又翹翹尾巴，盤旋起來。

打獵真不好打。自己這塊領土太貧瘠。沒有遮天蔽日的野鴨群，沒有肥嘟嘟的大雁，旱獺和兔子也很難看到……

妻子勞累一天，能讓牠再去捉螞蚱老鼠嗎？

「得捉大傢伙！」翎翎思考來思考去，下了決心。捉到野豬，足夠妻子飽飽地吃到把巢築好。「可是，怎麼才能捉住這隻一身橫肉的傢伙呢？」

牠還得想想。

現在的翎翎，已不再是剛剛飛入山野時的那個愣頭愣腦的毛小子了。牠眼裏閃動著誰也捉摸不透的光，在大野豬上空轉了一圈又一圈。

一隻大雕貼著山飛過來。

這隻大雕頭頸金黃，翅膀上的羽毛閃著琥珀色的光澤。牠提著一段粗粗的樹枝，用力拍動翅膀，飛得很低。

「啣兒！」那是自己的妻子，翎翎很高興。

雌雕沒有回答。牠飛得很快。距野豬不遠了，牠一個俯衝，丟掉了握在爪中的粗樹枝。

粗樹枝沒了枝葉，有十幾、二十斤重。這東西像顆炸彈，翻滾著向野豬落去。「啪！」沒砸中，落在野豬一旁，只差一點點。濺起的泥土，飛射了野豬一頭一身。

野豬「嗷」地叫一聲，「嗖」地轉過身。牠嚇了一跳。雌雕沒有拉起來飛走，隨著樹枝，牠「噗噗噗噗」，拍著翅膀落了下去。

翎翎吃了一驚，頸上的翎倒豎起來：妻子怎麼了？這太危險了。

雌雕落在野豬身上，爪尖深深抓進了這巨大傢伙油亮的皮肉。野豬嗷嗷咆哮著，邊跳邊張開大嘴，一甩頭，咬向背上的雌雕。

雌雕看到野豬血紅的大嘴伸過來，慌了，擡爪一躲，被顛簸下來，就落在野豬旁邊。

野豬向雌雕撲去。雌雕心慌意亂，想飛上天，一時搧不動翅膀，只好像麻雀似的跳著躲避。

牠後悔了。剛才牠在搬運樹枝，遠遠看到翎翎在野豬頭頂急旋，知道翎翎在打野豬的主意，連想也沒想便撲了下來。

「嘰啊，嘰啊！」雌雕慌張大叫。

野豬小眼睛放出光，喉嚨一顫，「咕嚕」咽下一口唾沫。牠覺得，馬上就要弄到一頓大鳥肉吃了。

野豬追逐著，張開了大嘴……「嗵！」牠頭上忽然像被敲了一棍。眼前一黑，一個野馬失蹄，跪下了。

等眼前清亮起來，牠看到，被追趕的大雕跟著另一隻雕，飛上了天空。

野豬暴跳如雷，只恨自己沒生兩隻翅膀。牠眼睛通紅，張著大嘴，一隻蹄子抽筋似的刨地，把腳下剛解凍不久的土地刨出一條深溝。

兩隻大雕在空中會合了。

翎翎瞪了雌雕一眼。牠覺得雌雕太冒失。但對妻子的勇敢，也不能不佩服。有誰敢落到那麼碩大兇猛的野豬身上呢？

野豬在地面「嗷嗷」叫陣。這傢伙還不願善罷甘休。雌雕怒氣沖沖地看著野豬，很爲剛才的狼狽相羞愧。突然，「刷！」牠又俯衝下去。

翎翎沒來得及阻擋。牠的念頭一轉：好，事情既然這麼開頭了，就試著幹下去吧。野豬除了力大蠻橫，也沒什麼大不了的。一隻雕對付不了，兩隻雕不一定打不過！牠稍稍遲延了一瞬，也俯衝下去。

野豬見大雕衝下來，喜出望外，四蹄用力一蹬，那麼沈重的身軀竟然一下子跳到了空中。

牠張大骯髒的嘴巴，露出黃黑的牙齒，迎著狂風般撲下的大雕，直衝上去。陽光下，牠滿身的鬃毛油亮發光。

雌雕有點驚訝，拍了一下翅膀，像一股風掠過了野豬。

「膽小鬼！」野豬鄙夷地合上嘴。可是，當牠四肢剛落地還沒站穩時，腦後一冷，又一陣風吹到，「嗵！」挨了一腳。

「嗷——！」野豬一個鯉魚打挺蹦起來，直向飛高了的鳥影兒咬去。哪裏能咬到呢？牠咽了一肚子涼氣。

野豬從來沒有吃過這樣的虧，氣壞了。

雌雕看看翎翎，真是佩服得五體投地。要這樣打的話，野豬再雄壯也得被折騰得筋疲力盡。「刷！」雌雕一翻身，又撲下去。

碩大沈重的野豬再次迎頭跳起來，一點兒不想躲避。

翎翎正高興牠這樣。

野豬和雕，一方在地下，一方在天上，蹦來跳去，衝上衝下，打得驚心動魄，熱鬧異常。

野豬記不清跳起多少次，摔倒多少次。牠頭昏腦漲，身上鮮血淋漓。加上汗和土，像剛剛在骯髒的泥窪中打了滾。

更讓野豬怒火中燒的是，牠挨大雕踹，卻一下也沒咬著大雕。牠站住腳，瞪著天空，忽然一扭身，躥到了一棵大樹下。

牠不傻，要喘口氣，休息一下再戰。

雌雕又俯衝下來。野豬屁股靠著大樹，擡頭望著大雕，身上騰起一團團乳白色的蒸氣。

雌雕偏偏翅膀拐了彎。如果衝過去抓野豬，翅膀會撞在樹上。

怎麼辦呢？大樹成了野豬的保護傘。雌雕急得「唧哇唧哇」直叫。

翎翎也很著急：不能讓野豬緩過勁來，必須趁熱打鐵。對付這樣的大傢伙，不把牠拖垮，是難取勝的。翎翎盤旋著，低頭審視著下面的大樹和野豬，片刻，叫一聲，斂翅落了下去。

雌雕聽到叫聲，看到翎翎的眼睛，明白了，急忙又振翅俯衝。

野豬兇狠地盯著翎翎。牠看出，這隻胸脯有疤的雕是個頭兒。現在，這隻雕落在頭頂的樹枝上，威脅實在太大。該怎麼對付呢？牠咬著牙打主意。這時，空中傳來翅膀劃過空氣的呼嘯聲。牠剛扭過頭，立刻感到脊背上刀割一般地痛。

翎翎夫妻就這樣，一個引開野豬的目光，一個乘機襲擊，連連得手。

野豬痛得渾身抖。但牠搆不著翎翎，只能揚著頭又跳又蹦。牠喉嚨裏翻滾出嗚嗚的聲音，進行恫嚇。可是，翎翎微微張開翅膀，緊緊盯著牠，沒有飛走的意思。沒多久，野豬「噗」一下跳離大樹，撒開四蹄逃起來。牠怕大雕再來一下。

兩隻雕狂風般地飛來飛去，纏繞著一隻逃跑的兇悍野豬。野豬跳起落下，落下跳起，且打且逃。牠不斷地遭到襲擊。

野豬的力氣和膽魄愈來愈小。牠身上又添了許多傷口。老傷口也在不斷被撕大、加深……牠覺得喉嚨愈來愈小，胸膛裏愈來愈憋悶，四肢則愈來愈像抽了筋，斷了骨，軟綿綿地使不上勁兒。現在，牠連招架之功都沒有了，只能撒腿狂逃了。

此時還怎麼能逃得掉呢？

翎翎和雌雕也感到疲勞。特別是雌雕，牠還沒有經歷過這樣激烈的戰鬥。可翎翎鼓舞著牠，勝利鼓舞著牠。那頭不可一世的潑悍傢伙，雖然還不時跳起來要張嘴咬牠，但那雙小眼睛已露出畏懼了。牠們緊追不捨，不斷地進行襲擊。

黃昏時分，傷痕累累的野豬終於「撲通」倒下了。牠嘴吐白沫，再也喘不過氣，四肢僵硬，脖子痙攣，連腿也懶得再蹬一蹬。

翎翎落下去，啄瞎了野豬的眼睛。

當野豬的血泉水般湧出時，翎翎暗自驚異：牠和妻子配合，竟然有這麼大的力量。

一個星期過去，大榆樹上的新巢建成了。

翎翎臥在大樹樹權支撐的新家裏，看著星光閃閃的夜空，身子隨著巢在風中搖來蕩去，就像臥在小船上，又舒服，又愜意。

空氣很新鮮，散發著土地和嫩草的芳香。

雌雕依偎在牠旁邊，和牠一起抵禦早春夜裏還刺肌砭骨的寒風。

翎翎很激動。成家以來，牠始終很愉快，覺得自己的苦難到頭了。

牠感激妻子。這是個又勤勞又勇敢的好伴侶。幾年來，自己命運坎坷，受盡折磨，有誰關心過自己，給過自己一點兒溫暖呢？

誰願意永遠和苦痛相伴？翎翎滿足地閉上了眼睛。

大榆樹的枝條在巢旁搖擺。這些枝條長出了許許多多灰綠色的小疙瘩。要不了多久，這些小疙瘩將綻開來，舉起一片片翠嫩的小葉，釋放出一串串數也數不清的榆莢。

扁扁的、圓圓的小榆莢，是大榆樹的種子。

大自然中的所有生物，誰不希望自己的生命能長久延續、自己的種族能繁榮興旺？

不久，雌雕開始產蛋了。

年輕的雌雕縮著脖子臥在窩巢中，臉憋得通紅。

聲。

翎翎一會兒站在大樹梢頭，警惕地看看周圍，一會兒跳回巢邊，溫存地「唧啊唧啊」叫幾聲。

牠看出，雌雕下蛋很不好受。可是，牠不知道該怎樣幫妻子的忙。

雌雕臥一會兒便站起來，焦躁地在巢裏轉圈圈兒……牠這是初次產蛋，一點兒經驗都沒有。每當翎翎跳下來對牠叫，牠就「唧兒唧兒」發出輕微的呻吟。

翎翎聽得出，這呻吟中不僅有痛苦，也有難以抑制的興奮。

這恐怕是每個即將做母親的都會有的特殊心情吧。

翎翎也很高興。可牠心裏也油然升起一種沈重感。

牠就要當爸爸了。作爲雄雕，牠有責任保護孩子們，養活牠們。牠還要教給牠們飛行和狩獵。牠希望牠們都有強大的翅膀，而沒有自己小時候那麼多的坎坷和折磨。

可是，自己的領地愈來愈難狩獵。

環境變化太大了，獵物愈來愈少。其他大雕都飛走了。

翎翎在巢旁跳來跳去，牠不能不感到時時襲來的不安。

雌雕總算產下了蛋。翎翎看著幸福大叫的妻子，看著閃爍出美玉般光澤、掛著絲絲血痕的蛋，更加感到擔子沈重。

雌雕隔幾天產一個蛋。在這期間，夫妻倆比翼齊飛，一同出去狩獵。

這一天，牠們只捉了幾隻老鼠。看看日落西山，一前一後飛回了家。

牠們沒有吃飽。老鼠不少，這幾年這種東西愈來愈多。不過，大雕捉這種小玩藝兒，耗費時間也太多。

「唧兒，唧兒！」雌雕叫了。牠仍然很興奮。牠樂意這樣跟著翎翎飛。收穫不大沒關係，還有明天呢！打獵就是這樣，靠不住的。要不然，人的老祖宗爲什麼會由狩獵轉向畜牧和種植呢？

牠們飛臨大榆樹上空。

意想不到的事發生了！

牠們的巢一片狼藉。牠們的寶貝蛋被啄成碎片，蛋清和蛋黃灑在壘巢的木棒上。巢裏，還有一攤攤鳥屎以及群鳥打架啄落的黑色羽毛。

這是烏鴉的羽毛。

翎翎急急忙忙落下去，雌雕幾乎是在俯衝。

翎翎落到巢邊，片刻，又一躍騰上天空。牠的眼睛噴射著怒火，翅膀鼓起一股股大風。雌雕沒飛起來，牠嗓音沙啞，「唧兒唧兒」哀叫，在巢裏轉來轉去，把破碎的蛋殼啄起放下，放下又啄起。

這幾個蛋是大雕的命根子。牠們不僅僅是翎翎和雌雕血肉的一部分，還是雕家繁榮的希望啊！翎翎和雌雕簡直氣瘋了。

這肯定是烏鴉幹的。烏鴉很喜歡偷別的鳥兒的蛋，甚至會把別的鳥的雛鳥也啄死吃掉。

但是，這群該死的烏鴉在哪兒呢？

翎翎在晚霞湧動的長空疾飛，圈子愈盤愈大。

夜幕徐徐降下的天空沒有一隻鳥影。波浪似的群山升起如煙似霧的暮靄，籠罩遮蔽了一切。

天黑了。

這個時候還能到哪兒找烏鴉呢？

翎翎漸漸冷靜下來。

「唧兒！」翎翎落回巢邊，對雌雕柔聲叫了一聲。

一場令兩隻大雕悲傷欲絕的災禍之後，牠們搬了家。

這是一棵大楊樹。這棵樹沒有老榆樹高，並且離小山村更近了一點兒。但這一帶除了大榆樹，只有這棵楊樹適合築巢了。

牠們不能再住在原先那個巢裏了。那天晚上，雌雕便開始拆毀那個千辛萬苦建築成的家。翎翎無可奈何，那個刺激實在是太大了。

雌雕又開始下蛋。當產下的兩枚雕卵孵出兩隻小雕時，翎翎和雌雕都長長吁出一口氣。

雌雕疲勞不堪。連續的築巢、生蛋，築巢、生蛋，再加上幾十天坐巢孵化，牠像大病一場，精神萎靡，身上的羽毛都脫落了。

雌雕身體損傷太大，兩隻小雕也需要充足的食物。牠們比別的雕雛出世晚，發育必須在秋天時趕上別的雕雛，不然，冷酷的冬天到來時，牠們會死掉。

翎翎苦不堪言。

牠單身一個時，吃飽肚子已很不容易。現在，牠要養活一家子。而環境，又比過去惡劣多了。

翎翎不怕吃苦。問題是，牠吃了許多苦，能爲妻兒提供些什麼食物呢？

螞蚱，蚯蚓，老鼠，有時也有兔子。現在兔子不多，而且，即使能捉一隻兔子，也不過僅夠大雕一頓的食物。

小雕唧兒唧兒地叫餓。看到翎翎歸來，一齊把嘴伸過來，張得老大老大……目睹瘦弱的孩子，翎翎的心怎麼能不針扎似的痛呢？

這是痛苦嗎？不，不，這是一種愉快的痛苦，幸福的痛苦，只是，必須想辦法，必須想辦法了……

翎翎終於找到目標了。牠發現一隻大狼必經之路，於是，決定冒險了。一天拂曉，牠落在一塊石頭上，準備偷襲。

星星在一顆顆隱去，夜色在一點點消退。群山黑黝黝的影子，漸漸清晰起來。翎翎面前的山谷，也能看清一點眉目了。

叢生的荊棘中，有一條若隱若現的小道。小道曲折狹窄，剛剛能容下一頭驢一樣大的野獸經過。

「怎麼那傢伙還不來呢？」

翎翎換了換腿，依舊站著，心裏有些焦躁。

這個爸爸很愛自己的孩子。爲了孩子，牠恨不得撕下身上的肉。

那是多麼可愛的兩個小傢伙呀！

牠們一個大，一個小。小的，是雌雕最後一個蛋孵出的。可牠們全都很活潑，眼還沒睜開，渾身淺灰黃色的絨羽濕漉漉的，就跌跌撞撞想站起來。牠們嘴很大，喙邊像鑲著一圈黃黃

的石罅，朝天仰著，「唧兒唧兒」地叫。好像是在喊：「爸爸，快讓我吃點兒，我要飛，我是大雕！」

如果不是雌雕趕快用翅膀把兩個小東西蓋住，翎翎真要抓著牠們到天上兜一圈兒。

兩個小傢伙食量奇大。剛剛餵過食物，轉眼便又餓了。可牠們長得也真快，剛剛出殼十幾天，身體就長大了一倍。彷彿，牠們也知道自己出世晚了，必須和大自然搶時間。

是哩，一定要讓孩子們活下去，一定要讓牠們趕上別的小雕！

一隻大黑螞蟻爬到翎翎腳上，咬了一口。翎翎急忙挪挪，換了個地方。牠昂起頭，伸長脖子看了看谷口。

這兒離山谷口很近。

晨風悠悠吹起來，草叢濕漉漉的，只把高的野蒿子沈重地搖擺著，放出新鮮的藥香。一棵矮矮的酸棗樹，挺著長有長刺兒的枝子，在翎翎腳下的大石頭上劃：一道，兩道……

「喀吧！」什麼地方的一根枯枝折了。

翎翎精神一振，急忙蹲得更低了一些。

傳來了不緊不慢的腳步聲。

翎翎張開翅膀，頸子上的羽毛倒豎起來。

一個灰影晃晃悠悠出現在山谷口。

翎翎猛然躥了出去。牠自己也不知道是怎麼躥出去的，有點兒身不由己。牠早就在等待這個時刻了。牠的心、牠的身體，早就像彈簧一樣壓縮得緊緊的，現在控制彈簧的機件猛一下鬆開了。

灰影被重重踹了一腳，「嗷」地嚎叫一聲，向前一躥，摔倒在地。

這是一條吃得肚子圓滾滾的大灰狼。

狼沒料到會遭到襲擊。以往，都是牠襲擊別的野獸。狼覺得有些窩囊……牠腦袋裏嗡嗡響，眼前昏花一片。當牠感覺到有個龐大的黑影又鋪天蓋地般壓過來時，便急忙跳起，張開了大嘴準備將對方撲倒在地。但是，「嗵！」牠脊背上又被重重踹了一腳。

後半身有些麻，簌簌的像過電……狼顧不得這些，咆哮一聲，硬拖著後半身團團轉起圈兒。牠的血腥大口張向空中，獠牙利齒劃出一道道寒光，喉嚨裏滾動著嗷嗷的聲音。這聲音粗啞可怖，令人心顫。

狼要拚命了。

翎翎沒有怕，牠爲這一時刻已經偵察了好幾天，準備了許多年。牠的眼睛和爪子，在一次次的挫折和苦難中淬了火，蘸了鋼……在狼頭頂低低轉了一圈兒，大雕飛遠了。接著掠過草木，如風似電，又一下子出現在狼面前。狼還沒來得及轉回腦袋，「嘭！」大雕的爪子擊到了。

像一根鐵棍擊打在狼的腦門上。

狼跌倒了。

狼看清了大雕，可就在這時，狼腦袋裏出現了空白，黑乎乎的世界像大海邊的潮水「呼」地向後退去。疼痛消失了，主意沒有了。在身體碰到大地的一剎那，牠一個鯉魚打挺，又跳向空中。牠的大嘴張得極大，「嗷——嗷——」向仇敵可能存在的方向亂咬。

這只是狼的本能。

翎翎不怠慢，這時候絕不能給狼喘息的機會。就在狼嗷嗷亂咬亂叫的蹦跳中，牠斂翅落在狼旁邊。看準了，「嘭！」巨喙敲在狼耳根上。乘狼在地上亂滾，一爪按住狼頭，一爪抓進狼咽喉，發力一撕……血，腥熱的狼血，冒著蒸氣，噴泉似的澆灑在翠嫩的草葉草莖上。

沒有蟲鳴鳥叫，周圍死一樣寂靜。

翎翎跳向一旁，探出頭，緊緊盯著狼……牠有點兒不相信：勝利就這樣順利降臨了？

世界上有許多大雕。在這些大雕中，有幾隻能像翎翎一樣，敢於孤身襲擊狼，並且是那樣的順利呢？

翎翎是英雄，翎翎是豪傑！

如果鷹的家族裏有歷史書的話，是應該記上這麼一隻大雕的。

翎翎獵到了第一隻狼以後，牠捕狼上癮了。

這不僅僅是因爲獵獲一隻狼，一家老小就有了幾天的食物，還有，獵狼也使牠享受到了異乎尋常的歡樂。

生與死的周旋，智與勇的較量，怵目驚心的追逐，懾魂裂魄的吼叫撕咬，這一切一切，都深深刺激著牠，吸引著牠。

翎翎覺得，這才是牠——一隻大雕應該有的生活。

牠對狼的習性愈來愈熟悉，捕狼的經驗愈來愈豐富。牠成了這一帶山區中狼的剋星、狼的閻王！

可是，牠只是鳥獸中的強者，大自然中的強者。在世界上，在所有的動物中，人比牠更強大。

很快，翎翎不能再捕狼，牠爭得的生存空間又失去了。

人們築起了小高爐。

這是一個熱氣騰騰的年頭。人們成群結隊，漫山遍野到處跑：修築道路，砍伐樹木，架設電線，開礦炸山……各個山村裏，鑼鼓敲得震天響。

人們家裏的鐵鍋菜刀、錘子斧頭，甚至門上的鐵鎖，都被收去了，說是要大煉鋼鐵。山谷裏、山坡上，人們修築了一個個土饅頭似的東西，整天噴煙吐火。這就是所謂的小高爐。有了這個東西，白天，山裏濃煙滾滾；夜裏，天空火紅一片。

鳥獸都嚇跑了。連狼這種膽大狡猾的東西，也退到了誰也不知道的地方。

翎翎一家也很惶恐。牠們的食物更少了。

小雕還不會飛。

這一天，翎翎從早晨一出獵就有些心神不寧。轉了半晌，什麼也沒捕到，就匆匆往回飛。

牠原本想捕一隻獨眼狼。

昨天夜裏，牠聽到了獨眼狼的嗥叫。

獨眼狼只有一隻眼睛，是翎翎的老對手。這傢伙兇狠得很，咬吃過翎翎的一根腳指頭。幾年來，牠又磨練得狡猾異常，成了這一帶狼的頭兒。現在，別的狼跑了，牠不跑，還在這片山區出沒。有時，還闖到雕巢附近窺探。

昨天夜裏，這傢伙大約是想牠的雛兄雛弟了。

已經能看到那棵高高的山楊樹了。

翎翎降低了高度，牠忽然看到山楊樹下有一群人，正比比劃劃地說什麼。翎翎吃了一驚，「刷」，又飛起來。

大雕頸上的翎兒全都倒豎起來。

牠對人沒有好印象。牠胸脯上的疤痕仍舊光禿禿的，沒長羽毛。

雌雕在巢裏。

雌雕張著茶褐色的大翅膀。翅膀下，兩隻小雕左衝右突，急得唧唧直叫。雌雕看到了翎翎，擡擡頭，又急忙伸出脖子，緊緊盯住樹下的人。

翎翎稍稍放下心來。人到樹下不久，妻子和孩子還好。

「動手吧，村裏還等著咱哩。」一個人說。

樹下的人都拿著扁擔和繩子，有幾個還提著斧子和鋸。

「這叫幹什麼哩？把家裏的菜刀鐵鍋收起來，就能大煉鋼鐵？」一個人發著牢騷。

「瞎胡鬧吧……前村出鐵我去看了，那哪是鐵，純粹是礦渣……」

「說這些有什麼用？幹吧，幹吧……咱村已經落後了，等著狗日的給咱開鬥爭會？」

兩個年輕人挽挽袖子，掄起斧子。「嘟！嘟……」山楊樹枝枝梢梢振動起來。

雌雕急了，唧兒唧兒叫著，豎著頸翎兒站起來。兩隻小雕高興了，「噗噗」鑽出雌雕翅膀，就要往巢邊跑。雌雕只好攬回牠們，求援似的看看天空，又臥下了。

翎翎眼裏噴出了火。

這些人怎麼了？明明知道樹上有雕巢，巢裏有小雕大雕，偏偏要砍這棵樹！雕一家住在這兒，妨礙到誰了嗎？

砍了前山砍後山，難道非要把這片山區砍光？沒了樹，都變成荒山禿嶺，對人有什麼好處？

翎翎想不到，牠心神不安，竟是因爲家中要遭到這樣的災難。

「刷！」牠怒衝衝，暴風般衝了下去。

「雕！……看雕！」一個人擡頭看到翎翎，急忙大喊。

人們「呼啦」一下子，躲到了大樹後面。

大雕挾雷攜電，從人群面前衝過去。樹下掀起一股狂風，一片煙塵。

「好傢伙，真厲害！」有人揉著眼睛驚呼。

「你毀牠的窩，牠還不厲害？淨幹這事！」有人喘過一口氣，嘟噥。

「來了，又來了！拿扁擔揍牠個小舅子！」有人揮著手，大喊。

「嗷，呵！」「嗷，呵！」砍樹的人們舉起扁擔，一邊高叫一邊揮舞。

翎翎不得不飛起來。

砍樹的人們叫喊了一會兒，又開始幹活。他們分成兩組，一組輪班砍樹，一組舉著扁擔防備雕。山楊樹的枝梢，又簌簌顫抖起來。

翎翎在天上盤旋，看看驚慌的雌雕和不懂事的小雕，看看不停揮動利斧的人，心急如焚。必須阻止他們，必須！看拿扁擔的人疏忽了一點兒，牠又「刷」地衝下去。還在半空中，牠就收攏了翅膀。

這很危險，衝擊卻快多了。

拿扁擔的人驚覺過來，翎翎已到了眼前。大家慌了，呆了……拿扁擔的膽大點兒，迎頭向翎翎掃了一扁擔。

翎翎尾羽一偏，在空中打了個滾。扁擔到了，要往回收了，牠一把抓住扁擔，「啪」地展開翅膀。事出意料，那人一鬆手，扁擔被翎翎抓上天空。

砍樹的斧頭停止了。

翎翎又閃電般衝下來，遠遠便鬆開了爪子。

「噭呵，噭呵」，人們齊聲驅趕。待看到扁擔像一條惡龍，從天空翻滾著撞將下來，又慌了……在亂滾亂爬的人們屁股後面，那條扁擔「咣」一聲砸在地上，折成了兩截。

「好狗日的，這雕成精了！」山楊樹下驚魂甫定，人聲喧嘩，「砍，非把這樹砍倒不可。」「二狗子，回去扛你那槍來……」

但是，人們還是停住了手。翎翎撲下來，落在山楊樹最低的那根樹枝上。舉著扁擔的人搆不著翎翎，翎翎也撲不下來，雙方僵持住了。

翎翎在山楊樹枝上張著翅膀，挪來走去，瞳孔中跳著火苗兒。

「哎，喂——別砍了！別、砍、了！」遠遠，有個人氣喘吁吁跑過來。

翎翎眼尖：這人只有一條胳膊，臉上有一條長長的疤痕。

砍樹的人們不敢鬆懈，照樣揮著扁擔。待來人跑近了，才有人說：「雕爺，上頭有指示。」

「指示？……你狗日的就知道上頭指示，你雕爺的話算不算指示？」來人氣喘吁吁地解開扣子，掀起衣襟搧起來。

砍樹的人們笑了。

「雕爺，還用得著你來？這雕跟老虎差不多。」有人指指地上的斷扁擔，「差點兒傷了人哩。」

砍樹的人們七嘴八舌，給來人說起來。

一條胳膊的人一面聽，一面不住地擡頭看雕。翎翎見過這人——搬到這兒，這人來過幾趟。牠總覺得，牠跟這人有點兒什麼關係。

牠跟怒視其他人一樣，也咄咄逼人地怒視著這個人。

「這是你們自找的。」一條胳膊的人不掮衣襟了，說話的聲音嗡嗡響，像銅鐘，「回家吧。要不是我聽到消息，這窩雕得毀在你們手裏。」

「回家？」砍樹的人們又嚷嚷起來，「小高爐還等著咱擔回柴草，點火哩。」

「就這棵樹大。山後莊也砍了棵有雕窩的樹。光那雕窩，就拉了兩大車柴。」

「咱知道你喜歡雕，可現在是大辦鋼鐵，一切得爲這個讓路。」

一句話把一條胳膊的人惹火了：「滾你娘的蛋吧！小兔崽子，唱高調還輪不著你！我看你那不是大煉鋼鐵，是糟蹋咱這山水。」

山楊樹上「嘭」地掉下來一件東西，就掉在人們面前，把人們嚇了一大跳。

翎翎也吃了一驚。人們光說話不砍樹了，牠的怒氣小了些。

這是一隻狼頭。是小雕啄剩的。

「唧兒唧兒！」樹上雕巢裏，傳來小雕的哀叫。大約是小雕亂掙亂動，受到了雌雕的痛啄。

砍樹的人們面面相覷。

「看見了嗎？」雕爺餘怒未消，指著地上的狼頭嚷，「昨天夜裏，村裏的小牛叫狼咬死了，你小崽子思想好，怎麼不見你去爲民除害呢？」

人們回過神來了。

「雕爺，咱有啥辦法？這是上頭的差遣呀。」有人說。

「啥辦法？你小子幹壞事的時候，辦法多著哩！那是誰給你想的？」一隻胳膊的人站在樹前，挺著胸脯，滿臉怒容，「回去吧。回去給村裏說，就說我不讓砍。要砍，先把我老漢砍了。」

砍樹的人沒辦法，你看我我看你，站了一會兒，垂頭喪氣地走了。

「偷著砍也不行！誰砍了我找誰拚命！」一條胳膊的人衝著走遠的人們喊。

翎翎鬆了一口氣。

噴煙吐火的小高爐像個怪物，肚子大得沒有底。

一棵棵大樹被它吞進去了，一片片灌木被它吞進去了。一道道山坡變得光禿禿，一條條山溝變得光禿禿。

聰明的、兩條腿的人不知怎麼變蠢了，心甘情願受那種大肚子怪物的驅使，狂熱地上山下溝，揮動著鋸子和斧頭。秀麗的山川變顏色了，幾十天中，像掉光了頭髮、撕碎了衣服。

當然，首先倒楣的，還是大自然中的植物和動物。

人們變得愈來愈不可理解。

天氣也變得愈來愈古怪。

連續悶熱了一個多星期。

這天下午，西北天際湧起山也似的烏雲。

烏雲下一片昏黃。這是播沙揚土的大風在橫行。

眩目的紫藍色閃電，像巨大的鞭子，在烏雲和風中揮動，驅趕牠們。烏雲一邊躲閃，一邊奮力翻湧；大風則揚起鬃毛，像千萬匹馬一樣在天地間飛馳。氣溫奇怪地下降了，空氣中隱隱有一種不祥的魚腥氣。

翎翎正在捕獵，一陣腥風吹亂了牠的羽毛。牠看看天空，急急拍翅飛回，落在山楊樹上。

牠惦記著兒子。

小雕已經開始練習飛行了。

小雕一天一個模樣，長得很快，出殼才三個多月，已經長成半大雕了。

這兄弟兩個虎頭虎腦。吃飽了，搖搖擺擺走到巢邊，「啪啪」拍打起翅膀。

通常，小雕拍翅要拍幾個星期，翅膀才有力。可昨天，翎翎的大兒子拍了一會兒翅膀，忽然鬆開了緊緊握住巢邊木棒的爪。

翎翎正好在家，看到這一幕，牠和雌雕都愣住了。

那個小冒失鬼想飛卻還很害怕，離開巢不知該怎麼辦了。一邊驚慌地胡亂拍翅，一邊扯直嗓子拚命大叫。

雌雕「刷」地飛出去，想抓住牠。可又怕傷著牠，不敢伸爪子。只好嘰呀嘰呀叫著，在小雕上面飛。

小雕在離山楊樹不遠的荒草叢邊著陸。小身子重重頓了一下，一個踉蹌，一頭栽進草叢裏。

「唧兒，唧兒唧兒！」小雕害怕極了，一邊撲翅掙扎，一邊叫痛。

雌雕趕快落下去，一爪扳過兒子。翎翎也心懸懸的，焦急地飛過去。

小雕沒有受傷，只是翅膀和腦袋上掛了幾根草葉。見父母在身邊，牠不怕了，眨眼看著周圍新奇的世界。一會兒，推開母親，搖搖擺擺自己走起來。

這是牠出生以來第一次落到大地上。

翎翎看著傻兒子，又驚又喜，「噗！」縱身飛上了天空。

萬里長空又要增添一對堅強的翅膀了！

翎翎在天空翻滾俯衝，大聲鳴叫，不知該怎樣才能抒發自己的興奮之情。幼雕站住腳，小腦袋左歪右歪看著空中，「啪、啪啪！」牠也拍起翅膀。塵土飛揚起來，把牠身後的母親湮沒了。

雌雕心裏甜絲絲的：這是牠的兒子！牠昂起頭，吸了一口氣。大樹上傳來了「唧兒唧兒」的鳴叫，牠抱起小雕，縱身飛回樹上。

巢邊，一隻小雕在翻滾。牠也想飛起來，但剛一鬆爪，身體就翻向一側，這使牠不得不又急急抓住巢中的木棒。

這隻小雕是雌雕最後一個蛋孵出的。

牠先天不足，一側翅膀的羽毛下，骨骼又細又小。這樣，牠這一輩子也許都飛不起來。牠的父母是雕，不是醫生，看不出這種情況。

雌雕看看打滾的兒子，慈愛地一伸翅攬過來。翎翎從雲端落下，弄明白這個孩子也想飛，更是興奮不已。

牠以爲，一隻會飛了，另一隻也就快了。只要讓孩子們吃飽，不愁牠們飛不上天。

今天，牠就想給孩子們多找點兒食物，最好是能捉住那隻獨眼狼。

山楊樹嘩嘩搖擺起來。

狂風來得很快。眨眼間，周圍便到處是飛揚的草屑和塵土。大楊樹搖擺得愈來愈劇烈，樹冠幾乎倒下地。樹枝碰撞樹枝，發出「啪啪」的聲音，似乎隨時都有可能甩折碰斷。

烏雲佈滿了天空，上下不停地翻動。眩目的閃電擊穿烏雲和空氣，發出刺鼻的硫磺味兒。雷聲像千萬張鋼板在抖動，轟轟隆隆，震耳欲聾。

雨點兒打下來了。雨點兒是渾黃色的，很骯髒，硬幣一樣大小，劈劈啪啪砸在樹上地上，冒起一縷縷黃煙。

雛巢吱吱咯咯響，隨著山楊樹搖來蕩去，就像滔天巨浪中的一隻小船。雌雕緊緊按著兩隻小雕臥在巢裏，牠怕牠們站不住腳。

牠到過很多地方，從來沒見過這樣的狂風。

翎翎的心稍稍寬鬆了一點兒。

「喀嚓！」大楊樹的一個枝子折了。翎翎急忙一跳，沒被斷枝掃著。牠跳到巢邊，「唧兒唧兒」叫起來，想給雌雕小雕一點兒安慰。

雨點頃刻變成了瓢潑大雨，彷彿早就急不可耐。風小了些，煙塵消失了，四周黑乎乎的，像到了夜晚。

閃電在樹旁盤旋，雷聲在頭頂炸響。無遮無攔、直傾直下的雨水冰涼冰涼，澆得翎翎睜不開眼。

「啪！」有個什麼東西一亮，從翎翎眼前閃過，砸在楊樹下漫流的雨水中。

翎翎急忙伸伸腦袋：天啊，一塊核桃大的冰疙瘩，把樹下的泥水砸得四處飛濺。

冰雹！

這是冰雹呀！

翎翎眼瞪圓了，頸上的濕翎兒「刷」地豎起來。

牠見過冰雹。北方山區常有冰雹。那一年，玉米粒般大的，冰雹打下來，山裏便遭了災：樹葉被砸落了，小草被砸折了，山果被砸得稀爛……一群小鳥兒翅斷頸折，亂七八糟躺在一棵大樹下！

現在，這冰雹可是核桃般大呀。

這可是千年百代都不曾遇到的。

翎翎如臨大敵。牠的家、牠的妻子孩子都面臨著死亡的威脅。牠想喚起妻子趕快躲避，可這風，這雨……帶著孩子飛走是不可能了。

翎翎兩翅微微張開，腦袋憤怒地仰向風狂雨驟的天空。火苗兒在牠的瞳孔中迸射，牠要尋找那個拋擲冰雹的傢伙拚命！

可是，那個傢伙是誰，又在哪兒呢？

大雨如瀑，白茫茫的遮蓋了一切。天空烏雲滾滾，無盡無休地湧來，又無盡無休地馳走。大風像千萬頭猛獸一樣吼叫，樹枝和大山都受到它狂暴的搖撼，卻誰也扯不住它。閃電眩目刺眼，一閃即逝，留下的只是更暗的世界和響徹環宇的雷聲。

翎翎失望了，牠不知道該同誰去廝殺。牠焦躁地搖搖頭，把水珠甩得四散亂飛。當又一塊冰疙瘩飛下，把牠眼前的一根山楊樹枝「哢嚓」一聲砸折時，牠急忙伸張門板般巨大的翅膀，罩在了雌雕和孩子們身上。

牠慚愧，牠無可奈何：只能這樣保護牠們了。

雌雕的羽毛也早被澆了個透濕。牠緊攬住小雕們，罩在翅膀下，沒敢睜一睜眼。牠忽然感到身上的雨水小了，並且有些暖和。牠擡起了頭，「啣兒！啣兒！」叫了。

翎翎使勁兒按了按牠。大雨如注，小雕們被沖著了，驚慌地叫起來，雌雕只好又臥下。

雨幕中，冰疙瘩愈來愈稠密。「乒乒乒乒」，樹枝斷了，灌木折了……黑乎乎的山野裏，跳蕩著死亡和恐怖。

「轟隆！」不知哪兒傳來了山崖崩塌的巨響。

「喞兒，喞兒！」翎翎又叫了。聲音雖然顫抖不止，但憤怒的嘯鳴，仍然充滿雄性的豪壯，充滿永不屈服的信心。

小雕們不叫了，安心臥在爸爸媽媽的翅膀下。

雷聲隆隆，電光燁燁。山楊樹下，渾濁的水流載著枯枝落葉，推著寒光閃閃的冰塊，滾滾流淌。

雌雕打獵歸來了。

牠爪中抓著一隻小鳥。

天氣很好。晴空萬里，水洗過一樣碧藍。白雲悠悠，像一群群信步吃草的綿羊。

「可惜不是綿羊。」雌雕歎了口氣。

兩隻小雕正在巢邊「啪啪」練習拍翅，看到雌雕落在巢中，扭身撲向媽媽。雌雕收攏翅膀，沒有理睬小雕，擡起頭柔聲向翎翎叫起來。

翎翎蹲在巢邊葉子零落的山楊樹枝上，縮著脖頸，羽毛蓬鬆，失去了往昔的風采。聽到雌雛叫，睜開了眼睛。

從小雕的歡叫聲裏，翎翎已知道妻子歸來了。只是牠不願意動。牠不能耗費太多的精神，破傷處正痛得牠發抖。

牠的脊背被冰雹打破了幾處。最嚴重的是翅膀——一根骨頭折了。

「唧兒，唧兒！」雌雕看翎翎睜開眼，抓著小鳥走過來。兩隻小雕跟兩隻軲轆似的跟在後面，歪著小腦袋，搶著啄媽媽腳下的小鳥。

翎翎心裏感到溫暖。牠感激地看看雌雕，又緩緩閉上了眼睛。

牠也很餓。在養傷的時候，有這樣一隻小鳥也是好的。可小雕正在學飛行、長身體，雖然雌雕歸來兩次，餵過了牠們，但「半大小子，吃死老子」，此時，恐怕又早餓了。

「唧兒，唧兒！」雌雕撞撞翎翎，柔聲喊。

翎翎縮頸蹲著，沒有動也沒再睜眼。

「唧兒唧兒！」雌雕不肯罷休，又撞了撞翎翎。

一天了，不吃點東西怎麼能行呢？

翎翎「霍」地睜開了眼睛，滿臉怒容。牠耷拉著翅膀站起來，挪得離巢遠了點兒，又慢慢蹲下了。

雌雕看著翎翎，無可奈何，只好把小鳥給了大兒子。大兒子高興極了，唧唧叫著，轉身跳開，一邊跳一邊伸長脖子吞小鳥。

小兒子跟在後面，又叫又喊。

雌雕知道，兩個孩子確實早餓了。

牠很難過。由於臥巢太久，牠的翅膀軟了，眼睛也失去了往日的尖利。牠打獵實在不行，飛了一天，累得不得了，小雕沒吃飽，丈夫還餓著。

獵物在哪兒呢？山野裏到處是斷枝殘葉，一片劫後的淒慘景象。

「丈夫如果健壯，肯定不會這樣。」雌雕歎了口氣，「自己實在是不中用！」

第二天，雌雕很早就出巢了。

牠想抓一隻狼。拂曉，是狼歸巢的時候。

昨天傍晚，匆匆飛過一條峽谷，瞥見一隻毛色蒼灰的老狼，正蹲在一片亂石中仰頭打量牠。那狼一隻眼睛綠光幽幽，另一隻眼睛卻是一個空空的黑洞。樣子好可怕，也好可憎啊……這一帶，就這麼一隻狼了吧！

這隻狼的巢穴，恐怕就在峽谷附近。

「捉到這隻狼，」雌雕想，「丈夫和孩子們就有充足的食物了。」

雌雕很勇敢，可牠不知道，牠不是翎翎，牠不如翎翎了解狼。

峽谷就在下面了，雌雕落在山坡上。

就在雌雕眼巴巴等候獨眼狼歸巢時，獨眼狼悄悄出現在牠的身後。

獨眼狼好狡猾、好陰險……搏鬥中，俏麗的雌雕受了重傷。牠的翅膀被咬了一口，胸脯上的肋骨被踩折兩根。

還好，雌雕很機靈，及時從狼爪狼牙下掙脫，飛上了天空。

牠大口大口喘氣，身子總是向一側傾斜……大雕似乎不是在飛，而是在空中跟頭軲轆地翻滾。

牠艱難地揮動大翅膀。那翅膀似乎太大了，揮不動。並且，翅膀除了通電似的麻木，沒有其他感覺。

不能再打下去了，牠必須趕回山楊樹。那兒有牠的家，有牠的孩子和丈夫。「也許，休息一下就好了。」那樣，就又能飛出去，爲孩子和丈夫奔波。

至於獨眼狼……那東西算不得什麼。雌雕堅信，只要養好傷，牠有朝一日一定能把那東西打個一敗塗地，拎來做孩子和丈夫的食物的。

牠的翅膀愈來愈痲木，愈來愈僵硬。心跳得很快，而胸中又痛又悶，彷彿什麼地方堵住了……勉強飛過小山村，便再也飛不動了。

「找一棵樹，快，快落下去喘口氣，」雌雕焦急地掃視身下的大地。牠覺得自己馬上就要墜落。牠只能落到樹上，落到高處。不然，牠會被小山村裏的人捉住。

村旁的山坡山谷光禿禿的，一些矮小的灌木和莊稼根本支撐不住大雕這樣的鳥……好不容易，前下方出現了幾根橫亙在空中的金屬線。

雌雕眼黑了，胸膛憋悶得要炸開。再也沒有選擇的餘地，「這兒，就這兒，容我落腳喘口氣。」牠像一個游泳游得實在太疲勞了的人看到一塊漂浮的木頭，迫不及待，翻跟頭似的撲了過去。

「翙翙、孩子們，對不起，你們又得挨餓了。」雌雕很羞愧，當牠艱難地撲搧著翅膀，終於抓住金屬線時想。

兩條腿的人架起的金屬線發出嗡嗡的響聲，裏面似乎有什麼在不安分地奔突。美麗的雌雕聽不見，也感覺不到，或者聽見、感覺到了也沒勁兒再飛起來。「劈劈啪啪」，晴朗的早晨，忽然閃過一道道眩目的電光。

空氣中彌漫開一股燒焦羽毛的氣味兒。

一大一小兩隻雕影，像兩隻鴨子蹣跚著，繞著一棵高高的大楊樹轉圈兒。

星星多起來。月亮不大，也不圓，像一塊被誰咬了幾口的燒餅，扔在天邊。

「嗷嗚——」，遠遠地，有野獸在叫。

大雕站住了，小雕也站住了。伸長脖子傾聽一會兒，又搖搖擺擺轉起來。

這是翎翎和牠的小兒子。

孩子餓壞了。雌雕失蹤以後，沒有誰獵食，父子兩個已兩天沒有吃到一口食物。翎翎領著孩子轉，看看楊樹下的草叢裏還有沒有過去吃剩掉下的殘渣。

翎翎不敢領著小雕遠離山楊樹——現在是黑夜。牠一邊轉一邊咻咻吸氣、嗅……。雕是夜盲眼，今夜雖有月光，月光也不明亮，只能看個大概。找食物得靠鼻孔。

翎翎只有這麼一個兒子相依爲命了。

牠的大兒子——那隻剛剛能飛幾步的小雕，在下午的塵暴刮起以前，受不了饑渴的折磨，也受不了失去媽媽的痛苦刺激，神志昏昏地飛走了。

孩子是突然拍起翅膀的，翎翎來不及阻攔——要追，卻一跤栽下了樹。

翎翎昏了過去。牠那隻受傷的翅膀，骨頭徹底斷了。

牠的心也在流血。可憐的孩子，還能回到爸爸身邊來嗎？

牠的另一個兒子——翅膀有殘疾的小兒子，不知什麼時候也栽下了樹。

翎翎想哭，鳥兒沒有眼淚；想叫，又怕剩下的這個兒子傷心。牠胸膛裏憋悶得厲害，像有煙、有火，要燒、要炸……

今後的日子怎麼過？翎翎頭腦昏昏沈沈。牠怎麼也想不到，曾經打敗了狼，打敗了野豬，一場冰雹，卻把牠的歡樂幸福的家打了個七零八落。天氣怎麼會變得這樣壞呢？牠不清楚。但牠隱隱約約覺得，這和人們亂砍亂燒樹木有關係。

牠恨人，對人的惡感又增長了許多。

山野裏靜悄悄。

山那邊，天空微微發紅。那是土饅頭似的怪物蹲伏著，還在噴煙吐火。

破燒餅似的月亮愈來愈暗淡，就要下山了。

「嘰兒，嘰兒！」兒子在後面叫。叫聲有氣無力，如泣如訴。聽著兒子的叫聲，翎翎的心哆嗦起來。

兒子太餓，也太累。小小年紀，怎麼受得了這樣的苦？在山楊樹周圍轉了這麼長時間，還沒有給孩子找到一口吃的。

翎翎站住了，擡頭看看黑黝黝的山坡下面，牠決定冒險走遠一點。

山楊樹長在山坡上，那場冰雹大雨，把樹周圍的殘渣碎屑沖得乾乾淨淨，都沖到山坡下面去了。

父子兩個歇了一會兒，蹣跚著離開了大楊樹。

「啣兒！」翎翎輕聲鼓勵小雕。牠不能把乂睏又累的小雕單獨留在樹卜。.

「嗷嗚」，猛然間，就在離山楊樹不太遠的地方，響起一聲陰森森的長嚎。

「啣兒，啣兒！」小雕害怕了，跟頭軲轆地趕上爸爸，一下子靠在爸爸耷拉著的翅膀上。

「嘎！」翎翎痛叫一聲，全身劇烈顫抖起來……

滿身傷痕的翎翎跟死了一樣，直挺挺地躺著。偶爾吹過的小風翻動起身上亂蓬蓬的羽毛，牠一點兒也不知覺。

翎翎殘缺不全的腳蹬了蹬，又蹬了蹬……垂死的翎翎慢慢睜開了眼睛。牠的腦子裏一片空白，現在像電視機按下開關，漸漸「刷刷」響著出現了顏色。

這是在一間屋子裏。

「屋子？」翎翎是一隻野雕，幾年來，風餐露宿，山崖曠野，早已習以爲常。當金黃色的瞳孔裏映出一間有樑有檁，煙火熏黑的屋子時，牠驚悸了。

怎麼回事？不是跟獨眼狼搏鬥嗎？爲什麼做了人的俘虜？

牠急忙拍動翅膀想站起來，可做不到。只是腳可憐地劃了劃，身體轉了半個圈。牠這才發現，自己被捆得像個粽子。那隻傷了的翅膀被木板夾著，捆得尤其結實。

翎翎憤怒了，金黃色的瞳孔變得血紅。牠努力擡起脖子，轉動起來……牠不想傷害人，卻也不能忍受侮辱。當一個人影闖進眼簾，牠猛地伸出頭頸，霹靂閃電般啄了過去。

那人「啊」了一聲，一屁股坐在地上。

「嘿，還這麼大火氣？你可是重傷在身哪！」

聲音很熟悉。翎翎看清了——是獨臂人。火氣小了些。獨臂人見大雕的眼光柔和了一點兒，才艱難地用獨臂撐著，後退一步，重新站了起來。

「我是一條胳膊，你也是一隻翅膀了。」獨臂人眼裏閃著慈愛同情的光，「不過，你比我強，嘿，不簡單，不簡單。」

他由衷地讚歎。

翎翎依然怒氣衝衝，緊盯著他。

「啊，你是嫌捆綁了你？」獨臂人搖搖頭，「唉，慘哪。這是爲了養傷，爲了救命……

三四天你一直昏迷不醒。」

翎翎忽然想起了兒子。呀，兒子在哪兒？小雕在哪兒？

「啷兒啷兒！」牠慌忙轉動脖頸，柔聲地叫。腳也開始亂蹬，身體又陀螺似的轉起圈兒。屋子裏除了獨臂人，便是草堆和鍘刀。屋角，還有一個安著鍋的竈，竈下忽隱忽現閃著火苗兒。

——這是緊挨著牲畜棚的一間貯藏室兼飼料製作室。

翎翎沒看到小雕，牠一分鐘也不能停。掙扎著，要走，要去找兒子。可牠只能轉圈兒。牠開始彎回脖子，「喁喁」地啄捆縛在身上的繩子，啄夾住翅膀的木板。這很痛，牠渾身顫抖。但痛也要啄，牠顧不得。

「噯、噯！」獨臂人急得舞著雙手嚷，可他不敢阻止大雕——他也阻止不了。「不能啄，不能啄！……你是想找小雕嗎？」他忽然明白過來。

獨臂人走了。旋即，又進了門。他彎下腰，將一把羽毛放在離翎翎不遠的地方：「喏，看看吧，老子英雄兒好漢呀！」

他的口氣中透著敬佩，也透著惋惜。

這是一把柔軟稚嫩的羽毛，有脖頸上的尖翎兒，也有脊背上的圓片絨毛……圓片絨毛也是金燦燦的。翎翎不啄了，使勁吸起氣來。牠嗅到了一股最熟悉的氣味兒，也嗅到了可怖的血腥。

像有風吹過，翎翎的羽毛在哆嗦。突然，「嘎！」牠大叫一聲，腳一蹬，昏死過去。

獨臂人嚇了一跳，慌忙俯下身摸摸大雕的胸膛。胸膛中那顆不屈的心似乎失去了控制，「嗵嗵嗵嗵」跳得無法數清點兒。「唉，可憐！」獨臂人歎口氣，急急出了門。

當獨臂人帶著獸醫回到貯藏室來的時候，空氣中彌漫著一股濃郁的烤肉香氣。大雕不在屋當中。牠啄開了捆縛的繩子，啄掉了夾持翅膀的木板，把包紮傷口的紗布拋得到處都是。地上灑著斑斑點點的血，這血一直灑到竈口。

遍身傷痕的大雕把腦袋扎進竈火中，活活地燒死了自己。

獨臂人瘋了，一腳踹塌了鍋竈。那個獸醫——一個年輕人，急忙把大雕拽出來，一邊搓手，一邊說：「好香，好香！好像烤雞……」

小狗汪汪

小汪汪沒有家了，牠的主人扔下牠回城了。

汪汪想牠的主人，主人在哪兒呢？

汪汪不知道。

牠只是急惶惶地走，走，走……

汪汪不怕千里萬里，關山重重，只要有一口氣，牠就要尋找他。

汪汪開始了漂泊。

小狗汪汪

沒有家多難過呀！

小汪汪沒有家了。

汪汪是條白底黑花、兩隻耳朵軟軟耷拉下來的小公狗。

說小汪汪小吧，牠的個子可不小了。狗長得快，才一歲多一點兒，汪汪的個子就跟大狗差不多高了。說汪汪大吧，牠畢竟到這個世界上才一年零二三個月，懂得什麼呀？

如果是人，這麼點兒，還在媽媽懷裏吃奶呢！

可小汪汪沒有家了，牠的主人——一個插隊的知識青年，扔下牠回城了。因爲火車上不讓帶狗，城裏也不准養狗，他只好扔下汪汪自己走了。

汪汪想牠的主人，出發找他去了。

汪汪的主人在哪兒呢？

汪汪不知道。

牠只是急惶惶地走，走，走……

中國的面積這樣大，有高山，有大河，有廣闊的平原，有連綿的沙漠，有成百上千座城市，有天上星星一樣多的村莊，汪汪應該到哪兒去找主人呢？

汪汪不知道。

一開始，汪汪一邊找一邊嗚嗚地哭。到後來哭得沒了勁兒，便只是走、走、走……

汪汪是條小狗，不懂人的話，不知道也不會打聽主人去的那個城市的名字。汪汪沒上過人的學校，不會看地圖，不知道也弄不清楚主人去的那個城市的位置。

大地上刮來刮去的小風兒，你帶著汪汪主人身上的氣味兒嗎？汪汪的鼻子可靈了，牠能聞出來呀！天上飛來飛去的鳥兒，你們帶著汪汪主人說話的聲音嗎？汪汪的耳朵可靈了，牠能聽出來呀！

告訴汪汪吧，告訴汪汪吧！

小風兒不說話，鳥兒們匆匆飛去了。牠們幫不了汪汪的忙。

小汪汪只有靠自己了。牠到處跑，到處走，牠要找到自己的主人，要找到自己的家！

餓了，在鄉鎮豬圈旁或城鎮垃圾箱裏找點兒吃的；天黑了，在人家的屋簷下或山野的石頭旁蜷縮一夜；颳風了，下雨了，牠頂風冒雨，成了土猴兒、泥猴兒；落葉了，下霜了，牠哆哆嗦嗦，奔跑著取暖……牠不怕吃苦，也不怕受累，只有一個心願：就是走遍天涯海角，也要找到自己的主人。

是這個心願支持著汪汪，給了牠那麼大的勁兒和活著的勇氣呀。

牠忘不了主人。

牠剛斷奶的時候，他就抱來了牠。他餵牠玉米麵粥，給牠東跑西顛地撿骨頭，給牠洗澡，給牠梳理身上的毛，還扶著牠兩條前腿，教牠站起來做操……他下地幹活帶著牠，到生產隊開會帶著牠，串村逛集帶著牠，甚至睡覺也帶著牠……記得有一次，他不知道牠吭兒吭兒地叫是要去撒尿，還緊緊把牠摟在被窩裏，牠尿了他一胸脯、一被頭，氣得他大罵起來。可是，罵著罵著，他又笑了……

現在，那個和牠相依爲命的人忽然找不到了，這如何不叫牠感到孤寂、失落和悲哀呢？熱愛和忠於主人，是狗的優良品性。汪汪不怕千里萬里、關山重重，只要有一口氣，牠就要尋找他。

汪汪開始了漂泊。

狗是雜食性的。肉、骨頭、玉米粒兒、昆蟲、人們扔在垃圾堆裏的爛瓜果，都成了汪汪的食物。這些東西中，有許多汪汪從來沒有吃過。牠那個年輕的主人總定時餵牠，不允許牠自己找東西吃。可是現在，爲了活命，爲了找到主人，汪汪只好看到什麼吃什麼了。

天氣暖和的時候，日子還好過。食物幾乎到處都有，只要不怕費力氣，哪兒也能找到一口吃的。但天氣一冷，田野裏的食物就愈來愈少，似乎被那捲地而來的北風，一點兒一點兒地都刮跑了。汪汪的肚子愈來愈難以填滿，不得不愈來愈多地依靠村莊和集鎮。牠鑽牛棚，跳豬圈，夾著尾巴在飯館旁徘徊……和牛搶吃料豆，和豬搶喝泔水，眼巴巴地期待著飯館裏掃地笤帚下的食物殘渣。

汪汪多像一個討飯的孤兒啊。

一天，牠跑進了一個村子。

汪汪在村裏轉了一大圈，注意地看人們的腳，人們的臉。牠不怕人，人們更不怕牠。牠太瘦了，本來就長得不凶，現在更沒有一點兒威風。騎自行車的男人過來了，牠急忙躲到一邊。擔筐子的女人過來了，牠也急忙繞開去。一個小娃娃迎面走過來，伸出胖胖的小手拍牠的嘴巴。後面跟著的老太太急了，急忙吆喝孩子——其實，她不吆喝也沒關係，汪汪早就衝小娃娃搖起了尾巴。

汪汪在村裏轉遍了，沒有嗅到主人的氣味兒，沒有聽到主人的聲音，沒有看到主人的影像。

牠的心酸了。但這也沒什麼，這樣的事物碰得太多了。肚子咕咕叫起來。它抬頭看看太陽，已經過了頭頂正中間的位置。天很冷，西北風刮著，必須找點兒吃的才好趕路。

拐過彎，村邊上，有一座豬圈。兩頭肥豬在圈裏嗚兒嗚兒地小聲哼叫，拱得食盆咣咣地

響。汪汪在圈旁坐下來。牠知道，豬餓了，在喚主人餵食。而再過一刻，主人是會提著刷鍋水和其他吃剩下的東西，來餵牠們的。

汪汪有點兒冷。這是餓的。如果肚裏有點兒食物，身上就會暖和起來。牠眼巴巴地看著豬圈旁不遠的那座院子。不知爲什麼，牠斷定那座院子裏的人就是這兩頭豬的主人。牠跟豬一樣，也在急切地盼著那座院子裏走出個人來。

人們都還在家裏吃飯或者閒聊，村莊裏靜悄悄的。

終於，一個胖胖的、矮矮的大嬸出來了。這大嬸有五十歲了吧，臉上一塊塊的肉緊繃繃的，擠得鼻子和眼睛越發顯得小了。她端著一個冒著熱氣的粗瓷盆子，像隻鴨子似的扭著大屁股。「嘩——」她把刷鍋水倒進了豬食盆。

刷鍋水很清淡，漂著一些油花和菜葉。此外，還有一些剩小米乾飯團子，沈在水底。兩頭豬很聰明，呱呱嗒嗒地搶著撈米飯團子。汪汪著起急來，喝這樣的刷鍋水，撒兩泡尿就完了，無論如何支持不了一下午的。牠在豬圈旁急得站起，坐下，坐下，又站起。驀地，牠跳進豬圈，和豬們搶撈起米飯團子。

牠不能眼看著豬們把飯團都撈了去，牠還要到處奔波找主人。這兩頭豬已經肥得流油了，少吃一口半口算得了什麼？友誼，爲了友誼，看在汪汪沒了家、可憐巴巴的份上，就讓汪汪吃點兒殘湯剩飯吧。

兩頭豬早看到了這條瘦狗，沒想到牠竟會跳進圈來搶食。這可是從來沒有過的事。兩頭豬不滿地哼唧著，用圓滾滾的屁股撞，用滴著刷鍋水的嘴巴拱，要把汪汪趕出去。牠們容不下汪汪，不願意分一點兒食物給汪汪。

汪汪被兩頭豬擠來撞去，身上的毛也被猪拱得骯髒不堪。牠不計較這些，只是大口小口搶著從食盤裡撈米飯吃。到了這個地步，向人家乞討活命，還能講什麼尊嚴？牠被豬撞痛了，也只是唔唔地叫兩聲，聲音裏充滿了哀求。那意思是：好兄弟，給我一點兒吃的吧。我能吃多少呢？……胖主人肯定會給你們再加點兒食的。

可是，兩頭豬並不懂狗的語言。

胖大嬸在豬圈外看著。一開頭，她有些驚訝。漸漸地，臉上的橫肉愈繃愈緊，小眼睛也射出了惡毒的光。她悄悄摸起豬圈外一根鋤頭把粗的短木棍——這棍是用來給豬攪拌食物的，平時就豎在豬圈外，她猛地揚起了短胳膊。

她不願意別人沾她一點兒光。

汪汪慘叫一聲，撲通倒在了豬圈裏。牠只顧搶撈飯團子了，沒留神胖女人的舉動，棍子打在了牠頭上。牠的四條細腿可憐地顫抖起來，魂兒也忽忽悠悠地離開身軀，不知飛到哪兒去

了，一口刷鍋水泡過的剩飯粒，從牠微微張開的嘴裏，緩緩滾了出來。

兩頭豬嚇壞了，蹬開四蹄亂擠亂踏，躲到了豬圈角落裏，緊緊挨在一起，驚恐地看看汪汪，看看胖主人。牠們想不到，事情會有這樣一個結果。

汪汪傷害到誰了？

難道，因爲一口剩米飯，就要奪去汪汪的命？

汪汪也是一條生靈，是條生靈啊！

汪汪的主人，你在哪兒？你知道汪汪在爲你受怎樣的苦嗎？

人們說，狗有九條命，貓有十二條命。動物的生命力很強。

汪汪沒有死，漸漸緩醒過來，魂兒又回到了牠的軀體裏。

胖大嬸見把狗打倒了，也嚇了一跳。她想不到自己的手竟這樣重。看看周圍，沒有人，就急急忙忙爬進豬圈，把汪汪抱出來，扔到了村外河灘上。

她怕惹事。

現在，農村裏的狗不多了。幾乎所有的狗都是有主的。「打狗看主人」，這條瘦狗雖然陌生，但住的也不會太遠。三鄉五里的，非親即故，低頭不見擡頭見。因爲人家的狗吃了一口豬食，就把人家的狗打死，今後怎麼見人？要是人家找上門來，罵罵咧咧，或者碰上個有勢力的，訛自己一傢伙，那就更要吃不了兜著走了。

胖大嬸不知道，汪汪的主人早把汪汪扔了，她其實用不著費這樣的力氣。

胖大嬸也不知道，汪汪在河灘上躺了半晌，幾乎凍僵，又悠悠地喘過一口氣來。

天快黑了，西北風呼嘯著掠過楊樹梢，吹過堤壩，在沒有人跡的河灘上打滾。汪汪努力站起來，晃晃身軀，想抖掉身上的塵土和草屑，卻又撲通摔倒了。牠患了嚴重的「腦震盪」，頭痛得厲害，像有千萬根鋼針在扎，一晃身體，眼前便金星亂舞，天旋地轉。汪汪閉著眼睛喘了口氣，又掙扎著站起來，定定神，搖搖晃晃地邁開步，默默地踏上了路。

牠還要去找主人。

冷風吹得汪汪渾身哆嗦，可牠一點兒也不想吃東西，「腦震盪」使牠直想嘔。牠垂著尾巴，爬上河堤，在寒風中，在就要落到地平線下的夕陽中，向另一個村莊走去……

從這兒以後，牠再也不敢跟人家的豬搶食了。豬吃過食後，盆底剩下的那些骯髒的殘湯，盆邊被豬踩過的殘渣，牠也很滿足。

汪汪更瘦了。

天氣一天比一天冷。小河結冰了，土地凍得像塊鐵板，用爪子刨刨，只能刨出幾道白印。

汪汪的「腦震盪」漸漸好了，牠幾乎跑遍了主人插隊的這個地區，熟悉了每個人的面容，可就是怎麼也找不到牠要找的那個人。汪汪有些失望，有些煩躁，決定走得更遠一些。

牠走進了一片山區。這時已是隆冬季節。

山區村落稀疏，村子也小，在這兒不大容易找到食物。汪汪是條看家的小狗，不會打獵，在山野裏也很難弄到吃的。爲了早一點兒找到主人，牠又不願意把時間和力量過多地花在尋找食物上。於是，牠的肚子空癟的時候就更多了。牠忍饑挨餓，在高山深谷間跑上跑下，拜訪每一個村莊，察看每一個院落。

一天，濃雲密布，西北風愈刮愈緊、愈刮愈大。天早早就黑了下來。汪汪跑進一個小山村，牠打算在這個村子裏過夜。

牠在村裏轉了一圈兒，沒有發現主人的蹤跡，便在豬圈旁尋了點兒凍成冰塊的剩豬食，草草填填肚子，轉身跑到了村邊的一片空場上。

這是個打麥場。平坦坦的場子上矗立著幾個頂著帽兒的麥田堆。那帽兒是泥和著麥稭抹成的，這使麥田堆看起來像一個個大蘑菇。汪汪一進村就看見了牠們。牠跑過去，兩隻前爪在一個垛上又撕又扯，牠要掏個洞。數九寒天，肚子裏又沒什麼食物，在漫漫長夜裏，不想這個法子，是會被凍成冰棍兒的。

洞快掏成了，牠已經感受到了洞裏的溫暖。忽然，「嗚——汪、汪、汪！」一陣兇猛的咆哮在牠屁股後面響起。汪汪嚇了一跳，急忙頂著滿頭麥梗從洞裏退了出來。

天還不算太黑。眼前，一頭小牛犢般高大的黑狗，正對著牠狂叫。黑狗的耳朵向後抿著，頸毛膨起，四爪有力地抓著地面，結實，尖利的犬牙，從張開的大嘴裏閃出一縷縷嚇人的光。

汪汪膽怯了，靠在麥田堆上瑟瑟地抖，發出嗚兒嗚兒的討饒聲。跟這條雄壯的大狗相比，牠太瘦小、太瘦弱了，根本不是對手。大黑狗似乎只消一撲、一甩頭，牠的脖子就會被扯斷，頃刻間嗚乎哀哉。

從村中又跑來許多狗，團團圍住汪汪，一齊跟著黑狗狂叫。這些狗中有許多實際上已和汪汪見過面了，汪汪在村裏轉的時候和牠們打過招呼，這時候還來湊什麼熱鬧？

「嗚兒，汪？」

可憐的汪汪顫聲地問。

「嗚——，汪，汪！」

大黑狗威嚴地回答。

「嗚——，汪、汪、汪！」

「汪汪！」

群狗一齊跟著起哄。

「嗚兒，汪、汪！」

汪汪乞求起來。牠明白了，大黑狗是要牠滾蛋。但這樣冷的天，牠一條外地來的狗，「人」生地不熟，能到哪兒去過夜呢？

「嗚——，汪、汪！」

大黑狗不答應，一邊叫，一邊又向前走。

「嗚，汪、汪、汪！」

群狗知道，大黑狗下「最後通牒」了，小瘦狗再賴著不走，就有好戲看了，不由得都瘋了似的吼起來——牠們中的許多雖然和汪汪打過招呼，但那是出於一隻過路狗的禮貌。牠們不知道牠還要在村中過夜。現在，牠們必須幫著狗頭兒維持狗族的規矩。

「嗚兒，汪、汪！」

汪汪幾乎是哀嗥了。

大黑狗無動於衷，群狗圍得更緊了。汪汪無奈，只好顫抖著，慢慢順著麥田堆後退，然後猛然跳出群狗圈子，一路哀叫著消失在黑暗中。

有什麼辦法呢？汪汪知道，大黑狗是在履行狗頭頭的職責。狗們有規矩，哪個村的狗群都有自己的活動「疆界」。狗們是決不允許外群的狗在自己的疆界內築窩的。狗頭頭是憑自己的勇敢、堅決和其他優良品質獲得狗群擁護的，在執行狗群規矩方面，特別嚴。

可是，在這樣一個寒冷漫長的冬夜裏，又是在山區，汪汪怎麼能孤零零地露宿在野外呢？

夜深了，風勢似乎弱了一些，鵝毛般的雪片從天空灑落下來。

汪汪突然哆嗦起來。這不完全是凍的。牠聽到了幾聲狼叫。那叫聲淒厲、陰森，長久地在山野間迴蕩，讓牠毛骨悚然。牠還從來沒有聽到過這種可怕的叫聲。天黑，眼睛看不遠；天冷，鼻子也不大管用。牠只好把注意力完全集中到耳朵上，不時在雪中把僵硬的耳輪轉上幾轉。

汪汪在一條山路旁躲來躲去，一會兒鑽進掛著雪的枯草叢，一會兒跳到蓋著雪的山石後。牠覺得，無論藏到哪兒，也不安全。

雪愈下愈厚了。

到後半夜了吧？

汪汪又冷又疲乏，眼睛再也睜不動了。瞅瞅路旁的茅草叢，又一次鑽了進去，牠想臥下打個盹兒。牠正用凍麻木的腿兒扒些茅草鋪到身下，前面山路上忽然傳來一陣輕微的踏雪聲，汪

汪不由得猛地抬起了頭。

天哪，已經很近了。

透過雪花和夜色，一隻高大的、灰黃色的野獸來到了跟前。那野獸站住了，眼睛像墳地裏閃動的磷火，直直地看著汪汪。

狼？狼！這是一隻狼。

汪汪沒見過狼。但離得這麼近，牠聞到了狼身上那股讓牠心顫不已的獸腥氣。而狼打量牠的那股眼神，也透著貪婪和殘忍——大黑狗也很凶，但大黑狗的眼神裏只有凶，沒有邪惡。看那東西的眼神，不僅僅要咬死牠，還要嚼碎牠的骨頭和皮毛！

汪汪腿顫起來，不知怎麼發出一連串驚叫，「呼」一下竄出草叢，向村裏奔去。

可是，晚了。

汪汪沒跑出多遠，迎面便又走來一隻狼。這狼垂著尾巴，沈著地一步步向汪汪逼近。牠早已抄到了汪汪後面，把牠的退路堵死了。

「嗚兒，汪！」

汪汪頭暈了，趕快收住腳，翻著跟頭滾下小路，向一旁的大山爬去。前後都有狼，牠慌得看不清路了。

狼們一躍，也緊跟著向山上爬去。

狼們算計得很準，牠們不怕小瘦狗爬山。牠們的腿比狗的長，爬山的本領比狗強得多，更何況小狗是那樣虛弱，又是在這樣一個大雪封山的夜裏！

兩隻狼「咽咽」地吞咽涎水。

汪汪呼哧呼哧地蹬緊腿，向山上爬。身後，狼的喘氣聲愈來愈近。彷彿，狼嘴裏的熱氣已噴到了尾巴上。牠更慌了，四條腿哆哆嗦嗦，愈來愈軟……牠想再加快點兒腳步，那腳卻很難從積雪中拔出來。忽然，前腿被什麼一絆，跌倒了，骨碌碌地從山坡上滾了下去。

牠閉上了眼睛。

身後，積雪中露出一根枯灌木枝。

兩隻狼瞪圓了眼睛。牠們還弄不清發生了什麼事。當汪汪帶著雪煙塵霧飛快地滾到眼前時，牠們聳起脖子上的毛，「啪」地跳開了。片刻之後，魂兒才回到牠們身上，急忙一躍，連滾帶滑地向汪汪追去。

小狗雖瘦，但在寒冷的雪夜裏，能找到這樣的食物也就很不錯了。牠們觀察了很久，現在，豈能這樣讓牠逃走？

山坡上的雪很厚，汪汪骨碌碌地滾下來，沒受重傷，只是背上被露出雪來的石頭碰破了幾塊皮，在潔白的雪地上留下了一行紅紅的血點子。

一叢茅草把汪汪擋住了。

汪汪頭暈得很，一時間站不起來，只好伏在草叢裏大口大口地喘氣。兩隻狼躥下來，圍住了牠。

狼是一種很殘忍又很狡猾的動物。和別的動物格鬥，總是盯著對手的咽喉，從不亂咬。牠們知道，生命在咽喉這兒最軟弱，沒有什麼保護。

大個子狼撲上來了。這傢伙個頭大，「剎車」不容易，撲騰起來的雪粉濺了汪汪一身。這狼看看伏在草叢中的汪汪，覺得只有把汪汪翻過身來才好向喉嚨下口。牠拱了拱汪汪，沒有拱動，遲疑了一下，又拱起來。

牠覺得，這小狗已經是一口到嘴的肉了。

狼踏起的雪粉在汪汪頭上臉上融化了，冰涼的雪水使汪汪清醒了些。牠睜睜眼，看到狼在拱自己，「咽咽」地咽著口水，忽然橫下一條心，猛地一跳，「啊嗚」，一口咬住了狼脖子。

牠知道自己難逃一死，跟狼拚命了。

狼沒有想到，小瘦狗還有這麼一下子。大個子狼猛烈地甩動腦袋，想把汪汪甩開，這卻使汪汪撕大了牠脖子上的口子。狼脖子裏噴出了血，噴到汪汪頭上、身上，汪汪咬得更緊了。大個子狼惱怒了，張開大嘴向汪汪亂咬，可牠的脖子被汪汪頂著，就是咬不著。牠拚命扭回身，向汪汪齜出獠牙，於是，便和汪汪糾纏著，在茅草叢裏轉起了圈子。

雪粉飛騰起來。茅草倒了，汪汪和狼也倒了，從茅草叢裏滾到了小路上。那隻小個子狼見汪汪死不撒口，還咬著大狼脖子，衝上前就要向汪汪的咽喉下口。但牠忽然間又昂起頭，在雪夜中警覺地轉起耳輪。

村邊上，傳來了洶洶的狗吠和奔跑聲。

小個子狼害怕了，驚惶地看看村邊，又看看牠的頭兒，突地跳到一邊，夾著尾巴沿小路跑了。大個子狼也有些慌張，再也顧不得咬汪汪，掙了幾掙，站起來，拖著汪汪便跑。但汪汪吊在牠脖子上，這使牠走路磕磕絆絆。而大量血液的流失，也使牠眼前發黑、四肢無力。牠趔趔趄趄地沿著小個子狼跑的方向逃命，小路上灑下了斑斑點點的血跡和一行長長的拖拉痕印。

幾條大狗旋風般地狂叫著追上來。領頭的，就是那條讓汪汪膽顫的大黑狗。「砰！」緊隨著狗群，後面又傳來一聲槍響。槍聲在山谷中迴蕩，在這沈寂的雪夜中分外震耳。

大個子狼更害怕了，心慌意亂地加快腳步，卻一腳踩在了汪汪身上。牠猛一衝，汪汪被踩昏了，牠脖子上的肉卻也被汪汪撕下了一大塊。大個子狼痛得怪叫一聲，踉踉蹌蹌地飛逃而去。

群狗跑上來圍住汪汪，著急地搖動尾巴。牠們是看家狗，夜裏不睡覺，守護著村裏的豬圈和羊欄。巡邏中，聽到了狼嗥和汪汪的驚叫。

一個提著槍的黑影跑上來了。這是個年輕的壯漢子——村裏的民兵輪流值夜，今天夜裏輪到他了。群狗讓開一條道，大黑狗擠上前，親熱得又是搖尾巴，又是舔壯漢的手。壯漢子警惕地看看狼留下的腳印和血跡，這才踢了踢汪汪，蹲下來。

「哈嘿，真是好樣的！」

當他看到汪汪嘴中叼著的一大塊狼皮狼肉時，驚叫起來。他想不到，這條瘦巴巴的小狗竟還敢咬狼一口。大黑狗以爲主人在誇獎牠，尾巴搖得更起勁兒了。

「去你的吧……你就會舔屁股！」

大黑狗被主人推開了。但牠又湊上前去，在主人腿上蹭起來。主人笑了，拍拍牠的脖頸，撫摸起牠背上的毛。大黑狗快活地眨著眼睛，承受著主人的撫愛。

壯漢踢汪汪時，汪汪醒了，但仍然躺在雪地上一動未動。牠的力氣已經用盡了。看著幸福的大黑狗，牠心裏泛起一股又酸又苦的感覺：還是有個家好啊！牠什麼時候才能像大黑狗這樣呢？

是頭上的雪悄悄化了？汪汪眼睛周圍的毛全濕了。

壯漢子要回去了。狗群顛顛地跟著他小跑起來。

汪汪也趕快爬起來，搖搖晃晃地跟在狗群後面回了村。

大概是因爲主人撫摸了汪汪，這一回，狗群沒有趕汪汪，汪汪在麥田堆裏過了半夜。

沒有家的狗是很不幸的。

汪汪的一條腿瘸了。

仍然是這個冬天裏的事。

汪汪離開遇到狼的那個山村，還在山裏轉。這一年雪下得又多又大，山高路險，很不好走。牠便挑大路走，沿鐵路走。這兩種路一般比較寬，也比較平坦，而在這兩條路沿線，人也比較稠密，汪汪感到安全。

問題就出在這兒。

汪汪在兩條鐵軌中間踏著枕木跑，一跳一跳的，像小女孩跳方格子，很有意思。轉過一個急彎，出了山谷口，地形忽然開闊起來。雪地裏，立著一座孤零零的小房子。小房子旁邊，鐵軌分出幾條岔，向不同方向伸延開去。汪汪昂頭站在岔口，遲疑起來，牠弄不清沿哪條鐵軌走

好。忽然，鐵軌傳來一陣微微的振動。這振動通過枕木傳到汪汪腿底，牠警覺起來，急忙跑下鐵軌。

狗感受振動的能力比人強得多，牠知道，火車來了。

正當汪汪要邁出鐵軌岔道的時候，「喀嚓」一聲靠道岔上的一條鐵軌夾住了汪汪的一隻後腳，汪汪痛得大叫起來。

天很冷，鐵軌旁那座小房子的門窗關得緊緊的。汪汪一面哀嗥，一面掙扎，但這一切都是徒勞。牠拔不出腳，而小房子的玻璃窗上，一個人影閃了閃又消失了。

山谷裏，傳來轟轟隆隆的巨響。汪汪驚恐地看到，一個龐然大物喘息著拐過彎，以壓倒一切的氣勢向這邊衝過來。汪汪急了，又蹦又跳，可那冰涼的鐵軌絲毫不肯鬆動。

火車愈來愈近，挾雷掣風，彷彿整個天地間都在震盪。汪汪沒了勁兒，倒在鐵軌上縮作一團。牠明白了，一切掙扎都沒用了，不會有人來救牠的。牠閉上了眼睛。忽然響起刺耳的聲音。當刺耳的聲音消失了的時候，汪汪睜開眼，看到身後不遠的地方，停著山一樣高大的鐵傢伙。

從鐵傢伙肚子裏鑽出兩個人，一前一後跳下，向汪汪身邊跑來。

「師傅，爲條小狗停車……」

後面那個年輕人喊。

「小狗，小狗也是條命！」

前面那個人頭也不回。

汪汪想站起來，沒能做到。跑在前面的那個人來到跟前，彎腰打量牠，嘴裏噴出一團團白氣。憑那人的眼神，汪汪感到，這是牠的救命恩人，牠感激地搖了搖尾巴。

年輕人跑到了眼前。救命恩人忽然直起了腰，大叫：「多好的一條小花狗……去，去把扳道岔的那小子揪過來。媽的，他就沒長人心！」

年輕人又轉身向小房子跑去。小房子的門被踹開了，停了一刻，尖尖的岔軌「啪」地彈開來。汪汪的腳有些麻，掙了掙，沒能站起。恩人把牠抱出鐵軌，放在了雪地上。

年輕人鑽出小屋，一邊走一邊大聲說：

「扳道岔的說沒看見狗。」

「沒看見？那麼他耳朵也聾了？……這小子心眼兒壞，想看看小狗怎麼死在車輪下！」

「師傅，走吧，耽誤時間長了，再搶點就搶不過來了……喏，這是那渾蛋小子的午飯。」

年輕人把一個烤得熱乎乎、香噴噴的大饅頭，扔到了汪汪身邊。

火車轟轟隆隆地開走了。

汪汪的腳能著地了。牠一瘸一拐地又開始了自己的旅程。

汪汪的那條後腿本來就有些酸麻，被鐵軌夾了以後，疼痛了很長時間，腿上的肌肉漸漸僵硬起來，後來，就不能彎了，只能被拖著走了。

於是，在這片茫茫的大山裏，人們便經常看到一條瘦小的瘸狗，在村鎮裏和山路上到處艱難地走動。看到人，便探尋地擡起頭，眼裏滿含著期待的目光。

牠要找誰呢？

人們不知道。

地球在宇宙間飛轉……

漸漸地，雪化了，冰消了，小溪漲滿清水，唱起一支悅耳的歌。陽坡上的枯草叢裏，不知什麼時候鑽出許許多多鵝黃色的小腦袋，見了風，很快變綠了。陰坡上的樹林裏，也漸漸熱鬧起來。先是喜鵲烏鴉在綻出嫩芽的山柳樹上又蹦又叫，接著便有許多小蟲兒從土縫裏、從石頭下飛出來，繞著開了花的桃樹李樹飛舞……春天，陽光和暖的春天，又回到大地上來啦。

汪汪也許是第一個知道春天回來的。牠白天到處轉，夜裏在山野間露宿。春天的氣息，牠應該最先嗅到。

但是，汪汪的心情並不輕鬆。

牠還沒有找到主人。

當冰消雪化的山水順著叮叮咚咚的小溪流下山來的時候，汪汪也走出了那片大山，來到一條大河旁。

河水在陽光下翻著波浪，打著漩兒，匆匆流過。河面很寬，透過河面上刺眼的陽光，能隱隱約約看清對岸的樹林和村莊。但是，聽不到人的喊叫和狗的吠鳴。對岸村莊裏肯定有許多人和狗的。

河面上刮的風還很涼、很涼……

汪汪在河灘上來回走動，眼睛卻始終盯著人聲喧囂的碼頭。那兒有一隻小渡輪，忙碌地在河面上跑，把這邊的人運到那邊，把那邊的人運到這邊。這是這一帶唯一的渡河工具。

汪汪是隻很聰明的小狗。牠雖然沒見過輪船，但見人們紛紛走上這突突作響的鐵傢伙，便明白了：牠要渡過這條寬闊的大河，也必須走到這鐵傢伙背上。

可是，當牠幾次瘸著腿走近鐵傢伙的時候，都被穿黑橡皮褲子的水手攆了回來。牠嗚兒嗚兒地哀叫，可憐地搖著尾巴討好，忙碌的水手卻不理睬牠。

也許，現在人多，人家不願意。那就等等吧。

小狗汪汪

夕陽西沈了，河面上愈來愈冷。渡輪又突突地開回來靠上了碼頭。碼頭上，過河的人已經沒有幾個了。

汪汪緊張地站起來，一瘸一蹦地走了過去。牠很有禮貌，等最後一個人上了船，才走上釘著許多木條條的搭板。

「滾！」

一聲吆喝從船艙裏傳出，汪汪哆嗦了一下，站住了。一個人從船艙中鑽出來，這就是那個穿橡皮褲子的水手。

汪汪眼巴巴地看著他，嗚兒嗚兒地哀求。爲了過河，牠從早晨一直等到了現在，連食也沒敢去找一口。

汪汪的乞求讓坐船的人們都感動了。一個挎著籃子的老太太對「橡皮褲」說：

「這狗想過河哩。唉，你就讓牠上來吧。……船上有的是地方。」

「橡皮褲」瞪起了眼睛：「上來？你給牠買票？……這是運人的，不是運狗的！」

乘船的人們七嘴八舌地議論起來：

「我上午過來的時候，小狗就在這兒……可憐巴巴的，讓牠過去吧。」

「是呀，河這麼寬，水還涼得扎骨頭……」

汪汪站在搭板上，老太太從兜裏摸出一疊紙幣，正要數，「橡皮褲」把搭板抽掉了。幸虧汪汪跳得快，才沒掉進水裏。

渡輪開走了。

天黑了，渡輪靠在對岸，再也沒回來。

汪汪要找主人，這條河是必須過的。牠走下碼頭，在河灘上蹲了一會兒，毅然走進冰冷的河水中。

汪汪努力划動三條好腿，河水嘩嘩地翻著波浪，拍打著汪汪露出水面的脊背和腦袋……在岸上看的時候，波浪並不大。到了水裏，浪頭似乎高了，聲音也十分響亮，十分嚇人。

對岸的碼頭和碼頭後面的小村莊看不到了，但小村莊裏幾盞燈火從窗口透出，像幾顆充滿希望的星，向波浪中的汪汪閃爍。汪汪就盯著星火游，這是汪汪的燈塔。

汪汪會游泳──所有的狗幾乎都會游泳，這是狗這種動物的本能。汪汪游得很慢。牠很瘦弱，瘸了一條腿，又一天沒吃飯。水很涼。現在雖是春天，但河水是剛剛融化了的冰水、雪水。汪汪不怕這些，爲了找到主人，牠已經吃了許許多多的苦。

半夜的時候，汪汪游過了中流。

汪汪的力氣使盡了，身體凍僵了，頭愈來愈沈重。牠只好使勁划兩下，支持著鼻子露出水面，換換氣，然後便把全身埋進水裏。

後半夜，風大起來。在冰水中游了大半夜的汪汪，實在支持不住了。划水的動作失去了節奏，身子像墜上了秤砣，鼻子露出水面的時間愈來愈短。牠已經嗆了很多次水，每一次嗆水都使牠神昏智亂，肺部火辣辣地疼，這更消耗了牠的體力。牠已經看不清小村莊的燈火了，牠的眼睛被水泡得又酸又澀。牠只是盲目地劃動三條好腿，使自己浮在水面上……

一排排波浪還在毫不留情地打過來。

汪汪又一次嗆了水。這次嗆水使牠像開了蓋的瓶子，咕咕嘟嘟喝了許多。牠終於沈了下去，河面上出現了一個小漩渦……

天快亮的時候，也是夜最黑的時候。大河不知奔流了多遠，突然拐了個彎兒。一排波浪把一條黑影推上了河灘，這是汪汪，大河不願意收一條孤苦伶仃的冤魂，又把牠拋到陸地上來了。

沒有脈搏，也沒有呼吸，眼睛半睜著，好像死也不能瞑目……

一條正在附近覓食的小黑狗，緊張地擡起頭，彷彿嗅到了什麼，幽靈般地沿著河灘靠了過去。

小黑狗看到了躺在水邊的汪汪。牠見汪汪半睜半閉著眼睛，一動也不動，又有些害怕。當牠聽到汪汪的心還在微微地跳，又歡喜起來，急忙伸出又軟又靈活的舌頭，在汪汪身上舔起來。

動物彼此間也會相互救助。

狗沒有手，對受傷的地方，只好用舌舔。如果是外傷，狗舌頭舔去傷口上的髒東西，把傷口用唾液洗擦清爽，能促進傷口癒合。如果是內傷，狗舌頭一下一下地舔擦，也能促進血液循環，使傷處早日痊癒，這就好像按摩。

小黑狗一下一下地舔。汪汪的毛乾了，血液流動加快了。牠吐出了許多清水。當太陽又暖烘烘地照在大河上的時候，牠搖了搖尾巴，坐了起來。

小黑狗很清秀，細腰細腿，一身黑緞子似的毛，正溫柔地看著自己。汪汪的心一下子暖和了，意識到自己能回到這個陽光明媚的世界，一定和小黑狗有關。牠掙扎著站起，不顧肚子上的泥水滴滴答答地淌，圍著小黑狗嗅起來。

這是狗們的禮節。初見面的狗嗅對方，是在了解對方，也是在向對方問候。

小黑狗很高興，也上上下下嗅起了汪汪。

小黑狗把汪汪帶回了家。

小黑狗的家在村邊上。有一個門樓，門開著，門樓裏是一個很大的院子和一排青灰色的瓦房。小黑狗進了院子，回頭示意汪汪跟進來。可汪汪害怕，只是躲在門旁向院裏張望，不敢邁腿兒。

小黑狗急得汪汪叫起來。一位老太太從瓦房中間的一個門裏探出頭來：

「呵，黑妮，回來啦？……食盆裏有飯，吃去吧。」

瓦房臺階旁有一個小食盆，正冒著騰騰熱氣。小黑狗跑過去，吃了兩口，又擡頭衝大門口叫起來。老太太這才發現，門外還有一條狗。

「噢，黑妮，還有一個相好的？」老太太樂呵呵地說。又向汪汪招了招手，「喂，別藏頭露尾的了，進來吧。」

汪汪眼亮了，這老太太正是昨天傍晚要給牠買船票的那位。

小黑狗跑到門邊，拱了拱汪汪。汪汪還有些猶豫。老太太回到屋裏去了，牠才怯生生地邁進門檻。

老太太給食盆裏又加了一些剩飯，汪汪便大吃起來。

汪汪膽大了。牠看出，老太太很慈善。同時，牠身邊還有小黑狗。吃飽以後，牠在院子裏臥下來，在暖烘烘的太陽下睡著了。

中午，老太太的小孫子回來了。

這孩子戴著條紅領巾。一聽說黑妮帶回來一隻公狗，高興極了，連書包也沒放，便去找繩子。

男孩子把汪汪的脖子拴住，繩子的一頭繫到棗樹上。他怕汪汪跑了。他早就想找一條公狗，他覺得，公狗兇猛。有這樣一條狗，他會很威風。

汪汪正在睡覺，牠實在是太疲乏了。當男孩子抱住牠脖子的時候，牠醒了，掙了掙，沒有掙脫。男孩子放開牠的時候，牠又想跑，脖子已被拴住。而且，因爲這一跑，牠挨了一腳。

汪汪嗚兒嗚兒慘叫起來。

小黑狗不滿地瞪著小主人，夾著尾巴跳到了一邊。老太太在屋裏喊起來：

「你打牠幹什麼？打牠幹什麼？淨淘氣。」

小男孩梗起脖子，向屋裏喊：

「奶奶，這狗不好，是個瘸子……把牠打跑吧。」

老太太急急忙忙走出了屋。

「瘸子怎麼了？牠願意瘸？你這孩子……你要不願意養牠，就送給王爺爺，也不能打牠呀。咳，這狗大概沒有家了，怪可憐的。」

老太太這一席話，使汪汪到了另一個院子裏。

這個院子挨著老太太的家，門樓沒有老太太家的高，房子也沒有老太太家的新。院子裏住著一群雞，幾隻鴨，還住著兩個人：一個老爺爺，一個小姑娘。

老爺爺頭髮都白了，一天到晚不閑著，不是下地幹活，就是餵雞餵鴨，做飯掃院子。小姑娘跟老太太的孫子差不多大，只是腿有些瘸，這是小時候患腦膜炎的後遺症。小姑娘正在上學，也戴著條紅領巾。

老爺爺和小姑娘待汪汪很好。在門樓旁專門給汪汪蓋了一個遮風擋雨的小窩，每天準時準點兒餵牠。

可是，爺孫倆誰也不給汪汪解開繩子，汪汪只能在繩子許可的範圍內活動。稍走遠一點兒，繩子便不客氣，常勒得牠喘不過氣來。汪汪沒辦法，瞪著眼跟繩子嘔氣。但牠不是野獸，不會咬繩子，至多只會哼哼著坐下來，把前腳蹺起，摸著脖子上的繩套亂撓亂扒。

汪汪還想走，還想去尋找主人。

老爺爺和小姑娘不理解牠的心情。每當這個時候，他們便衝著汪汪笑，或者拍拍牠的腦門。汪汪的氣便一下子消了，再不撓扒繩子了。人家待牠那樣親，牠幹嗎要自找不高興？

這家的雞鴨卻受不了了。牠們忌妒汪汪忌妒得眼紅。給汪汪餵食的時候，只要主人不在旁邊，牠們便一窩蜂撲上去，圍住食盆，在盆裏又啄又刨，好幾次把食盆都刨翻了，弄得食物再也不能吃。汪汪還不能叫，若敢稍稍表示不滿，牠們就爪子和嘴一齊上，把汪汪打個滿臉開花。

汪汪不願理牠們。牠要對得住老爺爺和小姑娘。每逢雞鴨們撲到食盆旁邊，攪得烏煙瘴氣的時候：牠就瞇瞇眼睛，默默走開了。

後來，發生了一件事，這些雞鴨才變得和汪汪友好起來。

有一天夜裏，來了一隻黃鼠狼。

黃鼠狼是一種長著一身黃毛的小野獸。腿兒短，身子細長，拖著一條蓬蓬鬆鬆的大尾巴。這傢伙牙很尖，吃老鼠，也偷雞鴨，膽子很大。吃老鼠的時候，牠對人類有益。但偷雞鴨的時候，人們就要頭痛了。

北方農家的院子一般都比較大，下雨時只靠大門泄出院子裏的水是不行的，人們便在院牆下築有一些流水洞。流水洞的口徑往往跟拳頭大小差不多，貓狗鑽不過去，黃鼠狼卻能自由出入。牠的腦袋很小，還有把渾身的骨頭縮到一起的本事。

黃鼠狼鑽進院子，便在牆根下伏起來。這兒比較黑。

這一夜是上弦月。還不到半夜，月亮就下山了。

汪汪正伏在窩裏打盹兒，忽然聽到一陣輕微的嚓嚓聲，急忙睜開了眼睛。院子裏黑乎乎的，很安靜。瓦房的門緊關著，老爺爺和小姑娘睡得很沈。雞鴨們有的縮著脖子臥在柴堆上，有的就用翅膀夾著腦袋，臥在院子地上。牠們也都在酣睡。汪汪看了一會兒，沒發現什麼，又閉上了眼睛。

黃鼠狼開始行動了，牠已看清院子裏的形勢。

牠知道這一帶人們的習慣。天熱的時候，爲了讓雞鴨多下蛋，不生病，便不再把雞鴨趕進又悶又熱的窩裏，就讓牠們在院裏過夜。這時候，正是黃鼠狼下手的好機會。

牠也看到了門樓旁的狗窩和臥在狗窩外的汪汪。汪汪擡頭巡視院子的時候，牠嚇了一跳，伏在牆根下一動不敢動。等到看清汪汪脖子上拴著的繩子，牠又高興了。短短的繩子告訴牠，汪汪絕對撲不到流水洞這兒。

牠躡手躡腳向一隻大公雞撲去。

起露了吧？院子裏的空氣有點潮潤。汪汪皺了皺鼻子，忽然嗅到一股又臊又臭的味兒。哆嗦了一下，急忙又睜開了眼睛。這是誰？要幹什麼？汪汪豎起了脖子上的毛，但沒叫。牠不是那種咋咋唬唬、有個風吹草動就嗥個不停的狗。

糟糕，一隻黃鼠狼！眼看那隻臥在地上、守著母雞們睡覺的大公雞，就要落入黃鼠狼的口裏了。

這大公雞是雞鴨們的頭兒，刨翻食盆的是牠，帶頭啄汪汪的也是牠！

汪汪沒有想這些，呼地一下躥出去，凌空撲向黃鼠狼。牠不能見死不救！……汪汪在空中翻了個跟頭，重重跌倒在地。——這時候，繩子又跟牠開了個玩笑，拉了牠一下，勒得牠差點兒翻了白眼。

黃鼠狼哆嗦了一下，縮起了脖子。待牠看清汪汪在地上打滾，再也顧不得其他，「嗖」地一躥，一口咬住正揚起腦袋、還什麼也沒看清的大公雞，拖起來就跑。

「嗚——，汪、汪、汪！」

汪汪憤怒地咆哮起來。使勁向前伸出腦袋，把繩子掙得筆直。牠恨這不長眼的繩子，巴不得一下子把這東西扯斷。

母雞和鴨子們全醒了。這些「綠林英雄」們高聲驚叫著，暈頭暈腦地亂鑽。兩隻母雞飛上了瓦房，一隻母雞把腦袋扎進柴堆，還有一隻鴨子，摔了一跤，「嘩——」拉了一攤稀屎。

大公雞被拉到流水洞旁，怎麼拉也進不了洞。黃鼠狼沒想到，自己能鑽過的洞，大公雞卻

不行。只好又跑出來，轉轉小眼睛，貼著牆根向大門口溜。

汪汪緊盯著黃鼠狼，一邊大叫，一邊「呼」地一跳，站到了門樓下。繩子到這兒還是有富裕的。

黃鼠狼心慌了，一時沒了主意，在門樓前左躥右跳起來。

瓦房的門「吱呀」一聲響，開了，老爺爺拿著根擀麵杖跑出來。

黃鼠狼急了，乘汪汪眼一錯神兒，拖著公雞就向大門衝。

汪汪毫不怠慢，一撲，把黃鼠狼扒了個跟頭。公雞掉了，黃鼠狼「噗」地放了個屁，翻身又跑向流水洞。老爺爺趕到了，一杖劈下來。黃鼠狼忽然跳起。老爺爺愣了，黃鼠狼「哧溜」鑽進了流水洞……

黃鼠狼的屁真臭，薰昏了大公雞，薰得汪汪直想嘔。直到天亮，大門洞裏的臭氣還沒散盡。黃鼠狼的救命屁，果然有神效。

汪汪生活在幸福中。

小黑狗黑妮常來串門，陪汪汪玩。兩家本來就是鄰居，黑妮一來就是半天。

雞和鴨也不再啄汪汪。有幾次，大公雞找到了小蟲子，還咕咕地叫著，把頭點上點下，請汪汪去吃。

老爺爺和小姑娘更喜歡汪汪了。老爺爺找來幾根細細的銀針，每天給汪汪的腿上扎幾下，汪汪嚇得直叫喚。等後來發現扎針並不太痛，而牠的後腿因此漸漸有了感覺，能彎曲了，反而每天都盼著老爺爺來給牠扎針。

小姑娘有時間就來逗牠玩兒，給牠講學校裏的新鮮事，給牠唱剛學會的歌……遇上扎針，常用小手撫摸著牠的毛，安慰牠：「噢噢，不怕，爺爺是爲了救你……爺爺給我扎針，你聽我叫喚過嗎？」

爺爺笑了，小姑娘笑了，汪汪愉快地搖起尾巴。

如果世界上到處灑滿愛的陽光，那該多好！

汪汪愈來愈胖了。額頭上的皺紋舒展開來，白底黑花的毛色乾乾淨淨，無論在誰的眼裏，都是一隻威威武武、英俊可愛的小狗了。老太太的小孫子——那個踢過汪汪一腳的小男孩，也喜歡上了汪汪，有好幾次纏著小姑娘，要拿黑妮換回汪汪！

漸漸地，汪汪習慣了大河邊這個小村莊裏的生活，習慣了老爺爺祖孫倆的愛撫，頭腦中那個印得深深的影子開始淡薄了。如果不是一張紙的刺激，汪汪也許就要在這個幸福的地方生活下去，快快樂樂地過一輩子。但是，誰能想到，天下的事有時竟這樣巧呢？

原來，這個好心眼兒的王爺爺，就是汪汪那個年輕主人的親爺爺。他的老伴早死了，兒子和孫子（就是汪汪的主人），在外地工作，老爺爺自己生活在農村裏。老爺爺身邊的這個小姑娘，是三歲時被老爺爺從大河邊撿回來的。她患了腦膜炎，家裏人不要她了。老爺爺懂點兒醫道，救活了她，只是一條腿留下了殘疾。小姑娘不知道自己的爸爸媽媽在哪裏，便和老爺爺相依爲命。

這一天，郵遞員又送來了一封信。

老爺爺接過信，手直顫抖。還沒進院子，就在門樓下撕開了。信是二孫子寫來的，告訴他，他們全家生活得很好，他於一年前回到了城市裏，現在在一家菜店當售貨員，正在談戀愛，快結婚了。

老爺爺興奮不已，他把信貼在胸口上，貼了一刻，又急忙拿信湊近汪汪鼻子，讓汪汪聞。他不知道怎樣表達自己的高興才好。

汪汪嗅到那張紙上的熟悉氣味，又使勁抽了抽鼻子，信紙都讓牠吸了過去。牠哆嗦起來，「啪」地跳開去，傻了似的在院子裏又叫又蹦……呀，是他的，是牠日夜尋找的年輕主人的味兒！

汪汪脖子上的繩子早被小姑娘解開了，汪汪能自由自在地蹦了。汪汪熱血沸騰，那信紙上的味兒像烈火，燒著牠的心；像鼓槌，敲著牠的記憶之鼓……

老爺爺有些吃驚，接著又笑了。他高興，便也不以汪汪的行爲爲怪。他以爲，這是狗在撒歡——受到主人寵愛的狗，往往會因爲驚喜而撒歡的。

但他錯了。

第二天早晨，他和小姑娘發現，汪汪失蹤了。

是汪汪傻呢，還是汪汪太癡心了？……唉，誰也說不清。安逸和舒適當然好。但爲了主人，汪汪甘願拋棄牠們。

汪汪又開始踏上尋找主人的征途，日夜漂泊……

汪汪的皮毛髒了，身體瘦了，又像條野狗了。

歲月飛快流逝著，季節飛快旋轉著，倏忽間，冬天又到了。汪汪跑進了一個大城市。

汪汪到過許多鄉村，也到過許多縣城。但進大城市，這還是第一次。在這兒，牠的眼睛、鼻子、耳朵彷彿都不夠用了。

到處是人，到處是車。南來的，北往的，熙熙攘攘，躲了這邊，躲不了那邊……

汪汪決定白天休息，晚上再去找主人。

這倒不完全是因爲晚上人少、車少、空氣乾淨一點兒，在很大程度上，這是被人逼的。汪汪碰到幾回險情了，幾個人拿著棒子、繩子追捕牠，高喊著：「逮住牠，打死牠，防止狂犬病！」虧老爺爺把牠的腿治了個差不多，要不然，小命早完了。

晚上找主人當然比白天困難，但汪汪有什麼辦法？找吧，找吧，靠狗鼻子和耳朵特有的靈敏。只要空氣中有主人說話的聲音，有主人留下的氣味兒，汪汪還有把握找到他。

汪汪一條街一條街地找，一個胡同一個胡同地嗅，走到一處飯館前，站住了。飯館裏亮著燈，有幾個人在燈下大吃大喝。他們的餐桌上放著一個小壺，小壺發出一股酸溜溜的氣味兒。

這小壺裏裝的是醋。

汪汪想喝醋。

汪汪已經吃過食了，那是在一個胡同口的垃圾箱裏。

大城市的垃圾箱跟農村的垃圾坑不一樣，裏面什麼都有，簡直是個聚寶盆。單說食物，在這寒冷的冬天，也得有上百樣：什麼雞骨頭、魚骨頭、肉雜碎；什麼點心渣、髒窩頭、紅薯皮；什麼爛蘋果、白菜葉、菠菜根……還有打死的蛐蛐兒，毒死的老鼠，想吃什麼有什麼。汪汪雜七雜八吃了一肚子，胃裏很不好受。

牠中毒了。

牠吞下了一些沾染著毒藥粉的食物。那毒藥粉是一家根治臭蟲的人家倒出來的。

此刻，汪汪聞著醋味非常好聞。牠從來沒喝過醋。但不知爲什麼，牠覺得，牠要是能喝到點兒這種酸溜溜的東西，胃會好受些。

但是，這不是夢想嗎？牠是一隻狗，怎麼敢走進人的餐館呢？牠在餐館門口蹲了一會兒，眼巴巴地看著小壺。腸胃愈來愈難受，只好又垂下尾巴走開了。

狗一有病，尾巴就翹不起來了。

汪汪的頭愈來愈昏，腿愈來愈軟，腸胃也愈來愈難受，便在一個黑黑的小巷裏放慢了腳步。汪汪覺得肚子裏在翻腸倒胃。

汪汪嘔了一攤，嘴裏淌出粘粘的涎沫，掛在嘴角和下頷上。牠想喝點水。

可是哪兒有水呢？小巷黑黑的，長長的，兩邊的人家都緊緊閉著門。這是人的城市，狗的沙漠啊。

汪汪掙扎著在小巷裏走。漸漸地，神智有些昏迷，瞳孔開始散大。只有鼻子和耳朵分外地靈敏。牠把最後一點兒精力集中到了每一隻狗都認爲是最寶貴、最可靠的地方。牠要找水。牠覺得，只要有水喝，牠就會嘔。嘔了再喝，牠的命就保住了。

吃了有毒的東西，拚命喝水，拚命嘔吐，是動物自我治療的又一個方法。

一個院子裏有水管開啓的聲音。汪汪站住了，探頭嗅嗅，忽然像被迎頭打了一棒，全身劇烈顫抖起來。

牠嗅到了一股味兒，那味兒是被小風從門縫中吹出來的。

那是牠最熟悉的一股味兒，儘管這味兒已不太自然，摻雜了一些香噴噴、油膩膩的味兒，但汪汪還能分辨出來。

啊，在這兒！汪汪的心要跳出胸腔來了，牠趔趔趄趄地走上前，舉起爪子拚命撓門——小的時候，主人若把牠關在門外，牠就是這樣撓的。

門開了，一個站在院子當中的人影闖進了牠的眼底，牠筆直朝他爬了過去。開門的是個女人。這女人一聲驚叫，躲到了一邊。

是他，沒錯！儘管眼睛有些模糊，只能看個輪廓，而他也穿上了皮鞋，穿上了一身好衣裳，但他的舉止特點，牠是至死也忘不了的。

走了千里萬里，吃盡千辛萬苦，不就是爲了找他嗎？

啊，主人！呵，家！汪汪嗚咽起來。牠想不到，在這個時候找到了他。

年輕的主人終於認出了汪汪，他蹲下來，雙手摸著汪汪。汪汪渾身顫慄，覺得快要支持不住了。

「摸牠幹什麼？髒不拉唧的……你也不怕得狂犬病！」開門的那個女人驚叫著跑上來，一把拉開了主人。

汪汪聞出來了，這女人身上有主人的味兒，主人身上也有這女人的味兒。這女人是主人的什麼人？

汪汪驚疑地看看女人，又看看主人。牠不知道女人說了些什麼，竟然使主人不敢再伸手摸摸牠，牠心裏閃過一絲悲哀。

院子裏的許多門乒乒乓乓開了，走出來一些人。

主人身後有一個水管，腳下有一個臉盆。臉盆裏盛滿清水，發出潮潤潤的味兒。汪汪的腸胃火灼似的疼，彷彿就要燒斷了。牠什麼也不再想，把嘴探進盆子，大口大口喝起來——牠到家了，牠喝的是自己家的水啊！

然而，那個女人用腳一勾一掀，一盆冰冷的水一下子全扣在汪汪的頭上。

汪汪傻眼了。

院子裏的男女老少也都傻了。

小狗汪汪

「你這是幹什麼？這是我插隊時的一個夥伴，千里迢迢……」

主人不滿地拉拉那女人，那女人卻一臉鐵青。

「我不願意讓一條髒狗玷污了我的盆。」

「這狗沒有狂犬病，得狂犬病的狗怕水。」

「這狗好像吃了什麼有毒的東西，只要灌灌胃……」

「唉，跑這麼大老遠的找了來，真不易呀……」

院子裏的人們紛紛議論起來。

身上有主人味兒的女人又叫了：

「快把這東西趕走，快！我看見牠就噁心……你要不捨得趕，我去叫警察。」

「汪汪，你……你走吧，啊？乖，城市裏不讓養狗，我沒辦法。」

年輕的主人彎下腰，攤開了兩手。他見汪汪不動，又重複了一遍。

汪汪眼裏充滿了悲哀。牠聽不懂人們的話，但牠從主人的眼神和手勢上，明白了主人的意思。牠想不到，上帝竟這樣殘酷地安排牠的命運。牠不怕千難萬險地來尋找友誼和愛，到頭會是這樣一個下場。

一霎時，汪汪思想上的那根支柱「轟」地倒了。牠的心在劇烈抽搐，肝腸絞碎般疼痛。牠掙了掙，想站起來，其實只是腿腳在水泊裏顫抖了一陣兒，身體連動也沒有動。

「老爺爺，小姑娘，黑妮，我想你們……我還回得去嗎？」

汪汪張張嘴，想喊，發出來的卻是一聲微弱的慘叫。

主人出去了。等他領著警察回來的時候，汪汪咽了氣。一個年輕的警察翻了翻汪汪的屍體，發現汪汪眼角掛著兩滴晶亮的水珠。他不知道這是眼淚還是水滴。

通常，狗是不掉淚的。

黃鼠狼P先生

雞籠裏，有的雞在閉眼睡覺，有的「咕咕嘎嘎」地叫著。

P先生興奮得直眨眼……牠溜進小城要找的，就是這些雞呀！

一隻雞夠牠吃很多天。

P先生嗖嗖攀上雞籠架，牠瞄準一隻又肥又大的母雞，就要從雞籠眼擠進去。這時候，牠被後面的什麼東西銜住了。

P先生回頭一看，「喳」，驚叫一聲，霎時瞪圓了眼睛……

黃鼠狼Ｐ先生

南山山坡上有一棵一摟粗的老榆樹。

老榆樹周圍，長著一叢叢茂密的蒿草和紫穗槐。

蒿草和紫穗槐下，有一條隱隱約約的小道。

小道曲曲彎彎，通向一塊露出土的石板。

這石板，就是Ｐ先生的房簷。

一般人都不知道Ｐ先生住在這兒。

不過，這沒關係。Ｐ先生從不跟外界通信交往。牠要的就是這麼一個秘密勁兒。

假如有一天，有個人忽然找到這兒，那Ｐ先生就要倒楣了。

Ｐ先生的家還是很好的，很舒適。石板擋住雨水，洞子深，乾燥，冬暖夏涼。雖說黑乎乎的，這正適合Ｐ先生的特點。牠的眼睛在黑暗中看得很清楚。

Ｐ先生對這個家很滿意。

這個家不是Ｐ先生營建起來的。儘管牠也很會打洞。找到這個既隱蔽又堅固的地點的是兩隻田鼠。母田鼠就要生小田鼠了，牠和丈夫匆匆忙忙跑到這裏。牠們在石板下挖呀，掏呀，很快打成了一個寬敞的洞。

可是，不久，Ｐ先生抽著小鼻子找上門來了。牠和兩隻牙齒長長的大田鼠打了一架，把牠們趕跑，接著鑽進洞，找到亂滾亂爬的小田鼠，就像吃花生豆，把牠們一個一個都吃掉了。

P先生對這頓晚餐很欣賞。打個飽嗝兒，舉起兩隻小爪子擦擦臉，慢悠悠地踱出了洞。可牠剛走出三米，不，是兩米半，又回來了。

在洞口，牠轉著眼珠上下打量，又前後左右走了走，一邊走一邊抽動小鼻子……牠感到疲倦了，打個哈欠，一頭鑽進洞裏。

牠覺得這個洞比牠原來的那個要好。

兩隻老田鼠在遠遠的蒿草下，急得團團轉，直跺腳。

可這沒有用。牠們是田鼠，而P先生是黃鼠狼。

黃鼠狼，就是吃老鼠的「狼」。

天黑了，P先生懶洋洋地擡起頭，看了看洞外。

洞外黑乎乎的。洞口處一線透著綠色的亮光，不知什麼時候消失了。

P先生站起來，四爪抓地，伸了個懶腰。接著，慢吞吞地向洞口走去。

該活動活動了。

P先生有個習慣，這是牠父母傳給牠的：白天，躲在家裏睡大覺；夜裏，東跑西顛闖世

界。

牠認爲這樣生活比較好。

沿著小路，踱出蒿草和紫穗槐叢林，一股清涼的夜風吹過來。P先生深深呼吸一口，站住了。牠晃晃腦袋，噗噗嚕嚕地抖動起身上的皮毛——這既能甩掉身上的泥土，又可鬆動筋骨，是會使牠的情緒高漲起來的。

果然，牠高興了。

一彎月牙兒掛在天上。星星很稠密，並且都在不住地眨眼。遠遠近近的山巒——其實這只是些土包包。它們高度有限，坡度又很緩，可當地的人們都這麼叫它們——蒙上了一層黑藍色的紗帷，朦朦朧朧，模模糊糊。老鼠一樣的蝙蝠在夜空中滑來飛去，不時「吱」地叫一聲。一片片的荒草被白天的太陽曬得萎縮了，這時候都在挺起腰，散發出一陣陣熱乎乎的青草香。昆蟲們躲在草叢裏，「唧唧唧」地小聲鳴唱。

P先生愉快地轉動著小脖子，這兒看看，那兒望望，兩隻圓圓的小耳朵不住地搖動……過了片刻，牠顛兒顛兒地小跑起來。

山坡下不遠，是一片莊稼地。P先生打算到那兒活動活動。

眼下，莊稼開始成熟了。

「噗喇喇」，一隻什麼東西忽然從黑暗中飛起，掠過P先生頭頂，落在前面。正在跑著的P先生一點兒防備都沒有，嚇了一跳，急忙伏在地上。

P先生的愉快，霎時消失得無影無蹤。

P先生淡黃色的毛一根根豎起來，這使牠的身體驟然脹大了許多。

P先生的牙齜出來，尖尖的；鼻孔發出呼呼的聲音，像是極端憤怒的咆哮；眼睛亮閃閃……這一切，都給趴在地上的P先生平空增添了幾許威風。

可P先生前面什麼動靜也沒有了。

P先生奇怪起來：難道，那東西悄悄跑走了？

這麼一想，P先生膽子壯起來，慢慢擡起頭，轉著小眼仔細盯著前面……牠的眼睛很尖利，可看來看去，什麼也沒看到。

牠不敢大意，想慢慢退回去，繞個圈兒走。剛擡起腿，「噗喇喇」，一個黑影「嗖」地從一叢小草邊跳起，飛上了天空。

這叢小草很矮，並且只有碗口大一片。

P先生急忙伏在地上。這一回，P先生看清了，發出「噗喇喇」響聲的，是一隻又肥又大的蚱蜢。

P先生氣壞了，一躍跳起來。牠的腿兒不長，大尾巴蓬蓬鬆鬆，像一把大掃帚，可牠跑得利索極了，上坎兒下坎兒，左彎右拐，機靈靈，滑溜溜，簡直像條游躥在淺水中的泥鰍。終於，長著長長肚子的大蚱蜢，被牠撲下地，按在爪下了。

P先生的肚子大起大伏，渾身燥熱，恨不得扒下皮涼快涼快。……牠喘了很久，呼吸才均勻一些。

P先生低下頭，「啊嗚」，一口把蚱蜢叼進嘴，接著便恨恨地又咬又嚼。

牠要把蚱蜢嚼成碎末！

誰讓這傢伙沒有頭腦，把P先生嚇得失魂丟魄來著。

「咕」，P先生把蚱蜢咽了下去。「咕」，又咽了一口唾液。

「真好！蚱蜢的味道好極了！簡直就像小田鼠——不，蚱蜢還是有蚱蜢的特色！」

P先生重又興奮起來。

P先生扭頭鑽進一片茅草叢，牠還想找一隻蚱蜢。P先生把茅草叢翻弄得窸窸窣窣響……

剛剛能隱住P先生身體的茅草叢外，悄悄跑來了一條黑影。

這才是真正的危險！

可憐的P先生，牠還不知道。

P先生的家，離一座小城不遠。

小城中許多人家養著雞鴨。

為了防治偷雞鴨的狐狸和黃鼠狼，還有野貓，小城中的人們又養了許多條狗。

這些狗都長著腿……夜裏，人們的院門沒關嚴，或者忘了給狗拴鎖鏈，有些狗便溜出小城，到山野裏來溜達散心。

跟在P先生後面的，就是一條狗。

這是一隻大狼狗。耳朵尖尖，四肢粗壯，一條大尾巴彎成弧形拖在屁股後面。牠的胸前吊著一塊牌牌，這表示牠是有主人的，在有關部門登記過。

可是大狼狗的肚子癟得很，正餓得厲害。

牠的主人一天沒餵牠。

大狼狗小心地在山野裏跑來跑去，鼻子在東遊西逛的小風中仔細抽動。當聽到前面茅草叢中傳來「塞塞率率」的聲音時，牠站住了，齜出寒光閃閃的牙齒。

牠發現P先生了。

狼狗的肚子咕嚕咕嚕響起來……狼狗皺皺鼻子，悄悄地、一聲不響地湊了上去。

P先生不知道茅草叢外面的變化，還在興奮地尋找蚱蜢。牠鑽出一片茅草，又鑽進另一片茅草，小眼睛骨碌骨碌地轉，小耳朵前前後後地搖……牠希望眼前忽然又飛起一隻「噗喇喇」搧翅膀的小東西。

「咯吧」，牠背後有一根枯枝折斷了，發出響亮的聲音。

P先生不在意地扭扭頭。

這一下，牠魂飛魄散了。

牠看到一個龐大的黑影。黑影前面，是一對綠森森的眼睛，一排匕首般的牙齒。

「嘎」，P先生撕心裂肺地驚叫一聲，玩命地猛躥出去。……茅草長長的葉子劃過牠的臉，蒺藜尖尖的刺兒扎破牠的腳。

蚱蜢「噗喇喇」飛起，有的就撞在牠額頭上、鼻樑上。

牠此刻什麼也顧不得了。

弄不好，牠馬上就會成爲狼狗的「點心」。

牠恨自己。剛才，牠的警覺和聰明都到哪兒去了呢？

狼狗的耳朵抿在後頸上，撒開四條長腿，嗖嗖生風地跟在P先生後面。牠很驚訝：眼前這個腿兒短短的小傢伙，怎麼跑得這樣快？不過牠也很自信，賽跑，牠絕對不會輸給小東西。

一大一小，兩條黑影，在微弱的月光下，風一樣馳騁在山野中。

距離在縮短，縮短……後面的大黑影眼看就要踩上前面的小黑影了，忽然，大黑影狂叫一聲，猛一下原地打起轉轉。

狼狗遇到了突然襲擊。

P先生動用「秘密武器」了。

牠嚇壞了。

慌慌張張的逃竄中，牠的尾巴尖兒感受到後面黑影鼻子噴出的熱氣。只要敵人再跨上一步，P先生就嗚呼了。

緊急，萬分緊急！

P先生恍惚看到死神在向牠招手。「不能，不能跟它去！」P先生急得不得了。牠有很舒適的生活，有一個很好的家。

P先生全身動員，一擡尾巴，「噗」，擠出一個大屁。

這下好了。

大屁把大狼狗打敗了。

大狼狗一點兒防備都沒有，正張大嘴巴喘氣——假如牠憋著氣，也許就躲過這個屁了。這屁來得實在突然，牠根本來不及憋一口氣。

狼狗汪汪狂叫起來。

但牠只叫了一聲，嗓子便噎住了。

Ｐ先生的屁實在不是味兒，嗆得狼狗呼吸困難，鼻涕眼淚都流出來。更可怕的是，狼狗感到頭腦一陣暈眩，幾乎再也支持不住……牠下意識地在原地打起轉轉。

Ｐ先生逃遠了。

死神不知在哪兒消失了。

Ｐ先生也沒有料到自己的武器有這麼大的威力。一般地，撂下一個，能讓對手吃一驚，腳步放慢一些，就不錯了。……Ｐ先生連蹦帶跳，連頭也沒敢回。

狼狗可是了不得的龐然大物。

Ｐ先生沒敢回家，在山野裏一會兒向左跑，一會兒向右跑。最後，實在跑不動了。聽聽後面沒有什麼動靜，一頭扎進一叢刺兒長長的酸棗棵子下。

夜色中，酸棗的小葉兒不住顫抖。別看Ｐ先生哆嗦不止，牠實際上還是很冷靜：像這種事兒，P先生經歷多了。

牠要等一會兒再回心愛的家。牠必須等敵人走遠了，並且自己身上涼下去，沒了味兒。

這一夜，P先生蜷縮在老榆樹旁邊的秘密小洞裏，沒有再出門。

牠的屁不是隨時都有的，牠還得等身體中再造出一個。

又是一個晴朗的夜晚。

又是銀鐮刀般的月牙兒和滿天不住眨眼的星星。

P先生睡醒了，走出老榆樹旁的蒿草叢和紫穗槐叢，伸個懶腰，抖抖皮毛，情緒又振奮起來。

牠看看天，看看地，看看靜靜屹立著的老榆樹和空中飛來飛去的蝙蝠，決定再到山坡下的莊稼地裏活動活動。

那片莊稼地不小，夜裏到那兒活動的動物不少。其中，老鼠家族最活躍。田鼠、倉鼠、褐家鼠……大大小小的老鼠，簡直把那兒當成了自己的廣場、自己的食堂。

P先生欣賞自己的洞府，一個很重要的原因，就是那兒俯瞰著莊稼地，到莊稼地去很方便。

昨天晚上的那場虛驚，牠早等到脖子後面去了。

P先生可是見過世面的

再說，P先生又準備好了屁……那條大狼狗還會待在莊稼地中嗎？就是還待在那兒，莊稼地那麼大，未必會又碰上牠。

昨天，P先生只吃了一隻蚱蜢。現在，牠正餓得發昏。

P先生顛兒顛兒小跑起來。

P先生在莊稼地裏跑來跑去，一會兒工夫，捉了好幾隻老鼠。牠興奮極了，把老鼠的腿兒一隻隻「嘎吧嘎吧」咬斷，扔在一起，一隻也沒顧上吃，又顛兒顛兒地跑著去捉。

咬斷腿兒的老鼠還活著，可牠們不能溜了。

P先生打算多捉幾隻，都拖進洞。這樣，以後再逢打不到獵的時候，也餓不著了。

常言說：「天晴帶傘，飽時防餓。」P先生是懂得深謀遠慮的。

很快，P先生又看到一隻倉鼠。這東西不大，並且不肥，只要兩口，完全可以吞下去。P先生沒有嫌棄，「呼」一下撲了上去。當倉鼠在P先生嘴巴中掙扎時，P先生差點兒唱起來。

真是，自己真是太能幹了。

P先生趾高氣揚地爬過壟溝，繞過大土堆。牠的頭昂著，眼睛看著天。當牠接近牠的獵物堆時，牠忽然站住了。

牠聽到「叭咂叭咂」吃東西的聲音。

一瞬時，P先生的心「咚咚」地跳起來。

一開始，P先生聽到的是吃東西的聲音。當牠兩眼轉成平視，牠看到一條龐大的黑影。

這是昨天追牠的那條大狼狗！

這條大狼狗正站在牠的獵物堆旁，津津有味地吞吃折了腿的老鼠。

「狗也吃老鼠？」P先生驚訝得差點兒摔個跟頭。

不過，更多的是氣憤。由於氣憤，P先生的毛兒都豎起來，稀疏的幾根鬍子得得直抖。而鼻孔，竟「呼呼」地發出了聲音。「你怎麼敢吃我的東西！」P先生想衝過去，咬狼狗一口。

無奈四條腿不聽使喚，邁不動。牠正要責罵腿兒，大狼狗扭過頭，向這邊瞥了一眼。

P先生魂飛魄散了。氣憤和驚訝霎時不知溜到哪兒去了，牠閃電般扭回身，沒命地奔逃起來。

這一回，P先生的腿很好使喚。

P先生跑得風一樣快，倉鼠在嘴前面劇烈地搖來擺去，牠就這麼一隻了，捨不得丟掉。

Ｐ先生在山野中繞來繞去，跑得氣喘吁吁的了。這才搖搖耳朵，聽聽後面……後面靜悄悄的，只有昆蟲們在草叢中淺吟低唱。

Ｐ先生站住了。

「這麼說，狼狗沒追來？」Ｐ先生納悶。

沒有使用屁，Ｐ先生覺得有點兒沒勁。

Ｐ先生放下倉鼠，喘了口氣。倉鼠沒有死，微微睜開小眼睛，飛快看一看，急忙又閉上了。Ｐ先生很精明，早發現倉鼠的狡猾了，怕牠溜走，趕忙又叼起來。

倉鼠不大，不過無論如何也比昨天那隻蚱蜢分量重。

Ｐ先生安慰自己。

Ｐ先生沒有想到，這個夏天，像這樣的遭遇，牠又接連碰到了幾次。

大狼狗似乎對這塊莊稼地愈來愈感興趣。

這可不是好事情。Ｐ先生精神緊張，好幾次都考慮到搬家。

但是在冬天以前，Ｐ先生一直沒有下定決心。因爲，大狼狗並沒有接近老榆樹。而這個家，好處實在太多了。另外，隨著接觸的增加，狼狗好像不如過去那麼可怕了。

Ｐ先生遇到狼狗，都是在莊稼地裏。而每次遇到狼狗，都見那傢伙在東尋西嗅、左撲右跳，捉老鼠——捉老鼠的狼狗還有什麼可怕的呢？

P先生甚至漸漸覺得狼狗有點兒親切。

「狼狗那麼大的個子，牙齒尖尖，怎麼會捉老鼠呢？是不是吃錯了藥？」有時候，P先生這樣想。

不過，牠仍然遠遠地躲著狼狗。

狼狗也追過P先生幾次。但牠追得並不認真。只要P先生尾巴一翹，牠就趕快站住了。另外，如果P先生肯丟下拖著的或叼著的老鼠，狼狗也會收住腳。

秋天來了，莊稼熟了。

玉米、穀子、高粱，南山腳下的莊稼地蕩金搖彩。長長的玉米葉兒間伸出一尺多長的玉米棒棒；半人多高的穀子使勁支撐著金鈎似的大穗兒；修長的高粱擎著一支支紅豔豔的「火把」……小風兒滾過這片莊稼地，立刻沾染上醉人的芳香。

莊稼地的主人高興了，莊稼地裏的動物也高興了。

老鼠們很忙碌，喜氣洋洋地在田地裏進進出出。牠們老老少少一齊出門，在莊稼地裏會餐，然後把成熟的果實拖進洞……牠們這樣做時很自然，很大方，彷彿這一大片莊稼是牠們耕

種長出的，牠們完全有理由這樣收穫。

牠們把時間抓得很緊，不管晴天陰天，不管白天黑夜，而且也不再管有沒有危險。牠們知道秋天的後面是冬天，好日子一般都不會長的。

P先生也很忙……牠雖然不是哲學家，可是也感受到了冬天的威脅。

牠緊張地捕鼠，把老鼠腿兒折斷拖回洞。牠從穀子地裏鑽出，又跑進玉米地……P先生雖然很累，精神卻很愉快。牠的肚子總是圓滾滾的，毛兒又光又亮。

這一天夜裏，P先生潛伏在一棵粗壯的紅高粱附近。

牠一動不動地趴在黑暗中，那身淡黃色的毛皮，和黃色的土地，以及地上的枯高粱葉，幾乎融合在一起。牠前面，那棵高高的紅高粱上，不時響起「嘁嘁喳喳」的聲音。

這不是風在刮動葉子，不是。這是兩隻田鼠爬上高高的高粱稈兒，在用長長的牙咬高粱穗兒。

P先生有經驗。知道等一會兒高粱穗折了，掉下來，兩隻田鼠也會跟著爬下來。當田鼠們拖著沈重的大穗子，費力地向鼠窠爬動的時候，牠就該出擊了。

四周一片靜寂，如林的高粱稈之間，瀰漫著清新的馨香。

忽然，什麼地方「嘩啦」響了一聲。

高高的高粱稈上頓時動靜全無……只過了一會兒，「噗噗」兩聲，兩團黑影從高粱稈上跳下來，落到了地上。

這是那兩隻田鼠，牠們要逃！

P先生有些急，但牠只是眼睜睜地注視著田鼠，仍然趴著沒動。牠預感到周圍的黑暗中，一定還隱藏著一隻什麼動物。田鼠就是受到這隻動物的驚擾的。

果然，「嘩啦啦」，一條龐大的黑影從高粱稈間跳出來。

這又是那條狼狗。

牠就躲在P先生旁邊，幾棵葉兒密密的高粱後面。

不過，牠沒有看到P先生，牠也在尋找田鼠。

田鼠你東我西，沒命地奔逃起來。

大狼狗先是追左邊的，又拐向右邊。牠拿不準，不知道追哪隻田鼠好。這只有一瞬，當兩隻田鼠都跑遠，牠清醒了，死死攆起向左跑的那隻。

狼狗隱沒在急急搖擺的高粱棵後面，危險過去了。P先生輕輕吁出一口氣，頸子上豎起的毛兒漸漸倒伏下來。沒等窸窸窣窣的聲音消失，牠向右一拐，顛兒顛兒地去尋找向右跑的那隻

田鼠。

牠看得很準，這隻田鼠才是一隻大田鼠。

P先生左聞聞，右嗅嗅，躡手躡腳繞過一棵棵高粱，不敢弄出一點兒聲音……牠估計田鼠沒有跑遠，正躲在什麼地方窺探。

田鼠狡猾得很，受驚後，如果沒有誰緊追不捨，離開危險區便停下來，轉著耳朵傾聽周圍的動靜。

P先生剛邁上一道田埂，果然發現那個賊頭賊腦的東西。牠就躲在田埂下，低低伏在地上。P先生剛一擡腿，牠急忙「嚓嚓啦啦」地猛跑起來。

P先生沒有放過牠，緊緊地跟在後面。田鼠在高粱地裏繞來繞去，東逃西竄，接二連三翻了幾個跟頭。牠巴不得一下子甩掉利索精悍的P先生，可牠肚子大，腿兒短，高粱地裏坑坑窪窪，很不平坦。田鼠急得眼珠都要瞪出來。「吱」，牠慘叫一聲。

牠又摔了個跟頭。剛爬起來，還沒躥出去，就被P先生一口咬住了。

P先生很興奮，放下縮成一團的田鼠，想再逗逗牠。田鼠渾身抖個不停，癱在地上，怎麼也站不起來。P先生鼻子裏呼呼兩聲，跺跺腳，田鼠還是不跑也不跳。P先生覺得沒意思了，一口叼起田鼠，猛烈晃了晃腦袋。

牠要甩暈這個稀泥般的軟骨頭，然後吃掉牠。

這個時候，P先生腰上被誰拱了拱，熱乎乎、軟綿綿的。

P先生扭了扭頭。……「喳」，牠嚇得嗓音都變了。

那隻大狼狗！那隻大狼狗不知什麼時候跑到身邊來了。

大狼狗沒捉住向左跑的那隻田鼠，又尋右邊這隻來了。

P先生「噗」地放了個大屁。

牠太緊張，在大叫一聲的同時，不知怎麼就擡起了尾巴。

這一回，這個秘密武器沒發揮作用。

一團臭氣在P先生身後不遠處翻滾膨脹起來。

大狼狗向後跳了一步，怔怔地看著P先生。P先生也沒跑——牠忘了逃了。

田鼠掉在P先生和狼狗中間，這是P先生大叫時鬆嘴掉落的。

田鼠哆嗦了一陣，看看狼狗，看看P先生，慢慢地爬起來。

田鼠不知看出了什麼，膽子大了。

狼狗用眼角的餘光看到田鼠，尖尖的大耳朵搖了搖。……田鼠爬出兩步，剛要竄，大狼狗一伸頭，「啊嗚」一下子把田鼠叼了起來。

Ｐ先生嚇了一跳，狼狗的動作快如閃電。牠剛要跳開，見狼狗叼起田鼠，急了，忽然一躍，一口銜住田鼠露在狗嘴外面的部分。

在這同時，Ｐ先生不知那兒來了膽子，「啪」，舉爪在狼狗臉上重重地拍了一下。

牠搧了狼狗一個大嘴巴。

大狼狗嚇了一跳，眼睛吧嗒吧嗒直眨……牠也只是這麼眨眼睛，沒有跳，也沒有咆哮。

Ｐ先生的嘴和鼻子緊緊挨著狼狗的上下嘴唇，全身站起來，像吊在狼狗的腦袋下。

黑暗的高粱地裏，氣氛緊張而又有趣……

Ｐ先生漸漸清醒了。牠有些莫名其妙，怎麼會和一隻可怕的大狼狗這樣摽著……但牠仍然不願意放棄嘴裏叼著的田鼠，這是牠獵獲的。另外，牠也看出，大狼狗的眼睛裏沒有兇惡。

一陣小風掠著地皮吹過，地上的高粱葉子掀了掀，發出刷啦刷啦的響聲。Ｐ先生身後的那團臭氣淡了，滾走了。

大狼狗也完全清醒了。牠猛擺了一下頭，想把田鼠奪過去。

Ｐ先生離開地，被甩得飄起來，但Ｐ先生沒鬆口。剛落回地面，也用力向後一掩……田鼠被撕開了，五臟六腑一咕嘟落在地上。

P先生急忙看了看大狼狗，大狼狗也正在看P先生……倆傢伙愣一愣神兒，只一剎那，便「啊嗚啊嗚」，各自吃起自己嘴裏的那一半田鼠。

P先生像做了個夢。

牠怎麼也想不到，牠這輩子竟然能搧狼狗這個龐然大物一個巴掌，接著便和狼狗分吃一隻田鼠。

牠更想不到，吃完田鼠，那隻滿嘴尖牙的大獸舔舔嘴，嗅嗅牠，搖搖尾巴便轉身離開了。

天氣真好。小風兒清清爽爽，高粱地裏一片成熟的醇香。

P先生摸摸自己的臉，又捋捋自己的鬍鬚。牠覺得世界真好，活著真有意思。

這一夜，牠是連蹦帶跳跑回老榆樹下的洞裏的。牠對牠那個冬暖夏涼的家感情更深，更不願意搬動了。

秋天裏，P先生漸漸弄清楚，大狼狗幾乎是天天來這片莊稼地尋田鼠的。而每次來，大狼狗的肚子都很癟。

這使P先生又自豪又生氣。

自豪的是，自己選擇的食物確實味道不錯，竟然能吸引住大狼狗。

生氣的是，大狼狗天天白天把肚子餓得緊貼脊背，晚上來和自己搶吃的……牠那肚子，一次得裝走多少隻老鼠呢？

P先生恨不得再和狼狗打一架。

可狼狗個大力猛，牙尖爪利。P先生雖然有勇氣，看到狼狗，四條腿還是不肯向前。

好在秋天短暫，山野裏的老鼠爭先恐後往莊稼地跑。這些東西不顧生死，殺一批又來一批。狼狗吃得不少，P先生也沒餓著肚子。

不過，P先生真正對大狼狗有了好感，還是在牠坐了一次「飛機」之後。

這架「飛機」是一隻雕鴞。

雕鴞是貓頭鷹家族中最大的一種。樣子和貓頭鷹差不多，並且也在夜晚活動。不同的是，牠不光吃老鼠，還捉兔子和野鴨。這傢伙個大嘴也大，捉到鼠，「啊嗚」一口，就能吞進肚子。

雕鴞羽毛蓬鬆柔軟，在夜空中飛行，一點兒聲音都沒有。

這是個細雨霏霏的夜晚。

穀子已經收割了，南山腳下的田裏只剩下高粱和玉米。北風吹來了，深秋的夜晚，枯黃的茅草和蒼老的高粱玉米葉子，沈重地搖晃著，發出又悶又澀的「嘩嘩啦啦」聲，讓人感到蕭條和寒冷。

這場雨時大時小，已經下了好幾天。高高的蒿草和紫穗槐叢下，彌漫著濕漉漉的黴味兒。

P先生在冬暖夏涼的洞裏躲著，見雨小了點兒，急忙出門去尋點兒吃的。

牠儲存的那幾隻老鼠，早吃光了。

天很黑。山野裏，只有飄曳的雨絲不時發出一線銀亮的光。

P先生一跌一滑地在泥濘的山野裏小跑。牠那身漂亮的淡黃色「毛衣」，沾濺上許多泥漿。地上的積水浸濕了牠的肚子和腳。寒氣像針扎一樣，直透肺腑。P先生顧不上這些，埋頭緊竄。牠想快一點兒弄到一口吃的。

穀子地只剩殘渣了，經過這裏，牠忽然覺得一陣冷風吹過，脊背上痛起來。P先生沒在意，以爲是穀渣扎了一下，正要再加快腳步，四爪已離地了。

P先生扭扭身子，想下去……牠發現一對大爪抓著牠，正把牠提向深不可測的漆黑夜空。

「這是怎麼回事？」P先生「吱吱」地大叫。

泥水順著四條腿和尾巴，滴滴答答滴落下去。P先生扭動著，掙扎著，怎麼也使不上勁兒。牠擡擡頭，天！牠的頭頂上是兩隻巨大的翅膀，正上上下下地拍動。

這是一隻鳥！

一隻大鳥把P先生從地上拎起來，拎到了空中。

P先生使勁向上伸長脖子，想咬大鳥肚子，可脖子不夠長。P先生扭頭想咬大鳥的腿，可大鳥抓著牠的脖頸，牠腦袋只能扭一個很小的角度。P先生慌了，全身動員，肌肉繃緊，「噗」，射出一個大屁。可這屁沒用，一團臭氣完全射向後下方。

「完了，完了！」P先生急得六神無主，脊背發涼。

這一回，再也住不成那個洞了。

這一回，有可能一去不回頭了。

只說是我和大狼狗相識了，這塊莊稼地中再也沒有危險。沒想到才過了幾天平安日子，大禍卻又從天而降！

P先生恨不得咬自己一口。牠忘了祖傳的小心謹慎，竟然大意到這種程度。

P先生是頭一回坐「飛機」，一點兒對付的辦法都沒有，只好耷拉下腦袋，等著大鳥收拾。

正當P先生自怨自艾、被大鳥歪歪斜斜提到玉米稈頂那麼高時，玉米地邊上忽然躍起一條黑影。那黑影很利索，很強悍，跳得很高，「啪」一爪擊在雕鴞胸脯上。

「唴」，雕鴞大叫一聲，天女散花般掉下許多羽毛。一個後滾翻，從空中墜落下去。

P先生也摔在地上……牠很機靈，打了個滾，一骨碌爬起來，連看也沒看發生了什麼事，撒腿竄進玉米地。P先生逃得快極了，泥水四處飛濺，風在耳邊呼嘯，有幾次一頭撞在玉米稈上，牠翻身爬起來，悶著頭還跑。

牠這是撿了一條命呀！

有了機會不逃，那才是天字第一號傻瓜。

不過，P先生到底不是一般人物。牠後來還是把玉米地邊發生的事，摸了個一清二楚。

第二天夜裏，牠又到那兒去了一趟。

牠看到地上拋著許多羽毛，也看到了泥水中印著的許多熟悉的腳印。

羽毛肯定是那隻大鳥的……那大鳥大約也是饑餓難忍，趁雨小些出來找食。只是，由於蓬鬆的羽毛濕了，搧空氣不得力，短時間裏飛不了很快很高，這就讓P先生有機會撿了條命。

泥水中的腳印是大狼狗的。

P先生嗅得出大狼狗的氣味。

這位仁兄大約也是餓得受不住，出來找食的。

牠聽到P先生的尖叫，豎起耳朵。接著齜出牙，「嘩嘩啦啦」地鑽出玉米地。當大鳥提著P先生歪歪斜斜飛過來，就要飛過頭頂的時候，牠用足力氣，一下子猛躥起來。

於是，P先生得救了。

雕鴞在泥水中掙扎。大狼狗由於跳得太高，落地時也翻了個跟頭。當牠爬起來，雕鴞也站起來，擺好了戰鬥的姿勢。

雕鴞翅膀微微爹開，羽毛蓬鬆，「哢哢」地怒叫，隨時準備躍起。狼狗個子龐大，論力氣，雕鴞決不是對手。但牠也是初次看到這麼大的鳥，一時不敢輕舉妄動。

於是，黑暗的山野裏，霏霏的細雨中，一獸一鳥，你盯著我，我瞪著你，面對面相持起來。

也許是大鳥終於認識到自己的力量不如對方，也許是細雨飄零，大鳥怕羽毛愈來愈濕，相持了一會兒，大鳥「嘎」地大叫一聲，乘狼狗吃驚地眨眼的時刻，「嗖」一下飛起來，飛走了。

戰鬥結束了。

沒有血，沒有奔跑廝咬。根據玉米地邊上的痕跡，P先生只能這樣想。

不過，牠仍然非常感激大狼狗。

大狼狗雖然吃過牠的老鼠，卻很仗義。在這種關鍵時刻，在這個要命的時候，大狼狗跳起來了。

夠朋友！嘿。

從那以後，雕鴞再也沒來過這片莊稼地。

從那以後，P先生捉到老鼠，只要看到大狼狗走過來，總是自願丟下老鼠，讓給狼狗吃。

不過，好景不長。

冬天降臨了，P先生又恨起大狼狗來。

下過幾場秋雨，天愈來愈冷。

老榆樹的葉子掉光了，但是密密層層的蒿草和紫穗槐的葉子還在，秋風一打，都已乾枯了。P先生出入這個「叢林」，不小心碰上蒿草和紫穗槐的稈兒，稈兒一碰撞摩擦，葉兒就「嘩嘩啦啦」變成碎片，紛紛揚揚飄落下來，像下雪。

P先生睡覺的時間短了。

夜愈來愈長，P先生捕食活動的時間便也愈來愈長。牠翻山越嶺，東跑西顛，到處找吃的……P先生胃口好得出奇，總是想吃，總是吃不飽。夏天老鼠多的時候，沒有這種情況。

P先生瘦了。

大狼狗到山野裏來得愈來愈少。後來，乾脆再也見不到牠的腳印——山野裏草木蕭疏，莊稼收割完了，老鼠都藏起來，不再露面，大狼狗還來幹什麼呢？

P先生真孤獨。捕食的時候，時時會想起大狼狗。

對孤獨，P先生並不真害怕。雖然也有點兒不舒服，但終究可以慢慢適應。最讓P先生害怕的，還是饑餓。胃中沒有食物的那個勁頭，常常整天整天地折磨牠，讓牠心煩氣躁，讓牠頭重腳軟，讓牠眼黑耳鳴……天寒地凍，沒有食物，P先生會有一天永遠爬不出牠那個洞的。

P先生憂心忡忡。有一天下了雪，寒風吹在身上跟刀割一樣。牠跑下南山，溜進小城裏。

到小城來需要極大的勇氣。

小城裏有一座座四棱四角的房子。這些房子中住著沒有尾巴、只用兩條腿走路的人。這些人可厲害得很，連牛和馬那樣龐大有力的獸——甚至連大狼狗這樣兇悍殘忍的獸，也必須對他們俯首貼耳。像P先生這樣的小獸，他們更不放在眼裏。

不過，像P先生這樣的小獸，他們倒也很喜歡——捉住這樣的小獸，他們便喜笑顏開地剝下牠的皮。

P先生戰戰兢兢，貼著牆根溜。溜幾步，伏在地上停一停，聽聽周圍的動靜……周圍幾個院子中有狗在叫，在「嘩啦嘩啦」抖鎖鏈。P先生不在乎這個，牠已經熟悉狗了。牠怕的是院子裏響起咯吱咯吱的踏雪聲。

那是人的大腳掌踩響的。

另外，P先生還需要尋找另一種聲音。那聲音是牠喜歡的，是召喚牠到小城來的動力。

P先生溜進一座大院子。

牠是從門縫下鑽進去的。

院子很大，門也很大。門大就不好關嚴。

院子裏停著一輛汽車，一台小拖拉機。

P先生伏在門邊地上聽了聽，院子裏很寂靜，只有雪花落地時發出的輕微聲音。P先生吁了一口氣。

牠悄悄地跑到汽車下，停了停，仔細搖搖小耳朵，又向北邊靠牆的一座大屋子跑去。

那座大屋子的玻璃窗裏亮著燈。

P先生要尋找的聲音，就是從那座屋子裏傳出來的。

P先生溜到門邊，門緊關著，一點兒縫隙也沒有。P先生有些急，在門邊跑過來跑過去……忽然，牠嗅到一股熱乎乎的臊味兒，順著牆根飄過來。P先生抽抽小鼻子，尋過去，小鬍子樂得顫起來。

那邊牆根下，有一個拳頭般大的排水洞。

P先生的肚子咕嚕咕嚕響，腳也凍得麻木木的。牠伏在排水洞邊聽聽，裏面除了牠喜歡的那種聲音，似乎沒有禿尾巴的人的聲音。P先生急不可耐，放開膽子，一頭鑽了進去。

嘿！大屋子裏真亮。屋頂和牆壁上的電燈，把大屋子照得像白天一樣。燈光裏，一排排鐵絲編織成的雞籠矗立著。雞籠裏，羽毛雪白、冠子鮮紅的雞，有的在閉眼睡覺，有的「咕咕嘎嘎」地叫著，把頭伸出籠，啄吃著面前雞食槽裏的食兒。

P先生興奮得直眨眼……牠溜進小城要找的，就是這些雞呀！

一隻雞夠牠吃很多天。

牠拖得動雞。牠有辦法拖雞……P先生不再猶豫，哧溜從排水洞鑽出來，向最近的一排雞籠跑去。牠知道，雞是沒有尾巴的人養的，牠要有雞吃，就必須勇敢並且果斷。

眾多的雞「咕咕嘎嘎」地驚叫起來。

P先生嗖嗖攀上雞籠架，身手矯健又靈敏……牠瞄準一隻又肥又大、剛剛睜開眼、還不明白發生了什麼事情的母雞，就要從雞吃食的籠眼擠進去。這時候，牠被後面的什麼東西銜住了。

P先生回頭一看，「喳」，驚叫一聲，霎時瞪圓了眼睛。

P先生正在一隻大狼狗的嘴裏。

P先生使勁掙了掙，沒掙脫，又擡起尾巴來……牠忽然發現大狼狗並沒有用力咬牠。再仔細看看，樂了。

P先生沒有動用秘密武器。

這隻狼狗是老相識。

大狼狗只是鬆鬆地叼著P先生的脊背。要不然，P先生的小脊樑骨早「咔嚓」一聲斷了。

P先生更劇烈地掙扎扭動起來，這使牠的皮膚很痛……老相識沒有放牠，一直到把牠叼離雞籠，才把牠放在地板上。

P先生真高興，喘了口氣，晃晃小尾巴，圍著大狼狗轉起圈兒。一邊轉，一邊仰頭嗅大狼狗的腿和肚子。

這真是他鄉遇故知啊。

大狼狗也很高興，眼光分外柔和。牠蹲坐下來，不時轉動腦袋，嗅這個會放屁的小朋友的腦袋和脖頸。

P先生忽然想起，大狼狗之所以在這裏，大約也是想吃一隻雞。牠不轉了，一躍而起，又「嗖嗖」地攀上雞籠架。

送大狼狗一隻雞，P先生著實有點兒心疼。不過，老友重逢……何況，人家還救過自己的命！

好在這兒的雞真多。

就在P先生又要鑽進雞籠的時候，牠又被銜起來。

銜住P先生的，還是大狼狗。

「吱」，「喳」，P先生一邊扭動一邊大叫。牠的意思是：別管我！自己人，何必客氣！

可大狼狗就是不放牠。

P先生扭來扭去，皮毛又痛起來……P先生生氣了。哪有這樣客氣的？你不吃雞，我還要吃哩！牠又扭了扭，見狼狗還是不放，便猛一仰身轉體，舉爪在大狼狗嘴巴上抓了一把。

P先生的小爪子也是很尖利的。

大狼狗嚇了一跳。牠的嘴被抓破了。牠下意識地合攏嘴巴……當P先生「吱」地大叫一聲的時候，牠又急忙鬆開了。

來。

「撲通」，P先生摔到地上。

P先生爬起來，閃電般逃竄出去。大狼狗顧不得嘴痛，「汪汪」地叫著，跟在後面追趕起來。

P先生腿短，沒有大狼狗跑得快。牠不敢攀雞籠架，怕因此耽擱時間。但牠會拐彎抹角，滑溜得像隻泥鰍……P先生在一排排雞籠架間左衝右突，引得大狼狗急急惶惶，東碰西撞。

一排排雞籠架搖晃起來。雞嚇壞了，「咕咕嘎嘎」大叫。

一瞬間，雞房裏像翻了天。

雞房的門邊有個小房間。

「嘎吱」，小房間的門開了。

一個年輕人走出來。

這是養雞人。

「怎麼回事，賽虎，嗯？」年輕的養雞人喊。

大狼狗愣了愣。牠叫賽虎。P先生趁機攀上雞籠架，並且「嗖嗖」地攀到最高層。「哧溜」，P先生擠進了雞籠。

幾隻雞大叫大嚷，忽啦啦圍住了P先生。牠們一邊叫，一邊張開翅膀，在P先生頭上身上亂啄亂鵮。有一隻甚至還伸出爪子，又抓又撓。P先生不和雞計較，抱著腦袋在雞腿間鑽來鑽去。

牠聽到沒有尾巴的人的喊聲，必須得躲一躲。不然，牠就要被剝皮了。

牠恨死大狼狗了。

這不僅僅是因爲大狼狗把牠追得氣喘吁吁，昏頭昏腦。而且，從人的喊聲裏，牠忽然意識到，牠錯了！

大狼狗是和人一溜兒的。

大狼狗是爲人看護雞的。

怪不得大狼狗死死地叼住P先生，不讓P先生捉雞吃……這麼多雞，老朋友九死一生冒險來了，竟然一點兒面子也不肯給！

P先生正暈天暈地地在雞籠裏亂轉，大狼狗找來了。這傢伙扶著雞籠站起來，張開大嘴狂叫。看到這張嘴，P先生更頭暈了。

沒尾巴的人循著狗叫聲找過來，吃了一驚。但是，接著，他笑了。

「喂，是你呀？怎麼不捉老鼠吃了……噢，明白了。沒關係，我餵你。」

養雞人笑吟吟地拍拍大狼狗，大狼狗不叫了，「嗚兒嗚兒」地哼起來。接著，伸出血紅的大舌頭，舔了舔嘴巴上被抓破的地方。

那大舌頭上滿是肉刺兒。這肉刺兒尖利得很，在骨頭上用力一舔，骨頭便被舔得白光光的了。

在人和大狼狗面前，P先生的膽子都要嚇破了。牠眼花繚亂，緊緊地跟著雞轉。一會兒鑽到雞腿襠間，一會兒扎向雞翅膀下……

「賽虎，看住牠，不要讓牠跑了……我去拿個籠子。」養雞的年輕人下了命令。

其實，P先生哪還跑得了呢？牠早忘了那個拳頭大的排水洞在哪兒了。

不過，當養雞人把P先生趕進另一個眼兒密密的鐵絲籠子時，P先生沒忘牠的秘密武器。牠「噗」地撂下一個屁，把雞籠裏的那幾隻母雞都熏昏過去了。

賽虎躲到一邊，養雞人捏住了鼻子。

P先生有了個名字。

這是年輕的養雞人給起的。

他說：「你這小東西真了不得……這樣吧，爲了好稱呼，我就叫你P先生吧。P是英文字

母『P』，不是漢字『屁』。這樣叫你比較文雅。」

於是，P先生成了黃鼠狼中第一個有了名字的「有名人物」。

不過，P先生自己對叫什麼都無所謂。因爲第一，無論這個屁還是那個P，這都是人的文字。P先生對這些文字是擀麵杖吹火——一竅不通；第二，P先生現在也沒有雅興，牠正害怕得不得了。牠怕養雞人剝牠的皮。

剝皮肯定是很難受很難受的。

春天時，P先生沒住進老榆樹下的那個洞府之前，曾經溜進過小城一次。那一次，牠發現好幾戶人家的房簷下，都有同類的皮掛在那兒風乾。同類的骨頭和肉都沒有了，眼睛是兩隻黑洞。皮筒子裏塞的大約是穀草，鼓鼓囊囊，卻輕飄飄的，在小風中搖來擺去。

P先生看著皮筒子，覺得很可怕。牠猜想牠的同類被剝皮時，一定痛得嚎叫不止。要不然，皮筒子上的嘴巴，怎麼都張得那麼大呢？

人，真殘忍！P先生脊樑骨中直往外冒涼氣。

不過，眼前這個養雞人似乎很和善，臉上總是笑嘻嘻的。……起碼，捉住牠兩天了，直到現在也沒有剝牠的皮。

養雞人很忙碌，不是在雞籠架間跑來跑去，就是在小屋裏看書。累時，也會蹲到P先生籠前來，和P先生說幾句話。

「啊，P先生，在這兒住得愉快嗎？你的家在哪兒啊？」

P先生的家在哪兒，P先生是絕對不肯說的。這是最高機密，畫圓圈兒的機密。不過，P先生也不怕泄密。牠的話，人不懂。——其實，人說的是什麼，牠也不知道。

至於住在這兒愉快不愉快，如果不是P先生害怕，牠應該是很愉快的。這兒比蒿草和紫穗槐叢中的那個家還暖和。住在這兒，P先生口福也不錯。養雞人餵雞的時候，從沒忘記給牠端一小杯水，然後，扔進一截豬腸子。

對於P先生來說，豬腸子的味道好得很。

當然，P先生也並不總是害怕。

雞就在牠身邊不遠。雞的氣味和叫聲，常引得牠發愣。這時候，牠就忘了被剝皮的危險，嘴角邊垂下長長的口水。

什麼時候，能捉一隻雞啃啃呢？

P先生漸漸不害怕了。

有吃有喝，有笑臉有慰問，再膽小的也會膽大起來。

這一天，養雞人還滿足了牠想吃雞的願望。

他端來一隻蓋著蓋兒的小洋瓷碗。

「你好，P先生！」年輕的養雞人笑吟吟的，「早想吃雞了吧？喏，來吧。」

他掀開小碗兒的蓋兒。嘿，一隻雞頭！

P先生小眼兒放出光彩，在籠子裏「噗噗」地跑一圈，又「噗噗」地跑一圈兒……

可是，P先生狼吞虎咽地吃下雞頭不久，肚子就痛起來。

P先生的腸和胃使勁兒翻騰，不住地抽搐。接著，「哇哇」地嘔吐個不住。吃下的雞肉一股腦兒吐出來了，肚子裏存著的、上一頓吃下的豬腸子也嘔了個乾淨。……P先生直嘔得上氣不接下氣，眼淚也滾出來。

養雞人仍然笑瞇瞇的。他一邊洗刷P先生和籠子，一邊問：「怎麼，雞肉味道不好？沒關係，沒關係，下一頓咱們不吃雞頭了。」

第二天，養雞人又端來了小洋瓷碗兒。這一回，盛的是雞脖子。P先生餓腸轆轆，迫不及待地撲上去，連撕帶扯，好一陣大吃大嚼。

當P先生咬碎最後一塊小骨頭，舉起前爪，心滿意足地捋那幾根長長的鬍鬚時，牠又嘔吐了。

天昏地暗，P先生真難受啊。

第三天，第四天，第五天，養雞人仍然給P先生雞肉吃。而且從雞翅膀過渡到雞大腿，說是要讓P先生把整個雞吃遍。P先生漸漸膩了，夠了，甚至害怕起來——每一次吃完雞肉，牠都要翻腸倒胃，嘔吐個天翻地覆，冷汗淋漓。牠聞不得雞肉味了，連根雞毛也不願再看見。當養雞人拿了幾根雞毛塞進籠子，P先生又哇哇吐了。這一回，吐的都是黃綠色的膽汁。

P先生瘦了，瘦得皮包骨頭。養雞人長長吐了口氣，說：「P先生，我可以放你出籠了。不過，現在是冬天，野外食物不好找。你看，我給你安排個有老鼠的地方怎麼樣？」

P先生可憐巴巴地瞪著小眼睛，沒說話。不過，牠現在迫切需要老鼠。只要能給牠一隻老鼠，別看牠不懂也不會說人話，牠也一百二十個同意。

P先生被送進一間大倉庫裏。

這是個盛放雞飼料的大倉庫，到處放著大缸、鐵桶和席子圍成的囤。大缸、鐵桶和囤子裏，堆滿了已經加工和未經加工的飼料：有玉米粒兒，也有玉米麵；有青草，也有青草粉；有魚乾蝦皮，也有魚蝦末……大缸、鐵桶和囤子，一個挨一個，

只給人留下一點點進出的空隙。

養雞人走了，大狼狗也走了。倉庫門關得嚴嚴的，倉庫裏黑下來。P先生好奇地打量周

圍，不住地打噴嚏。倉庫裏什麼味兒都有，使P先生鼻孔癢得厲害。當牠適應了這些氣味的時候，牠興奮起來。

牠分辨出，倉庫裏有老鼠。P先生對老鼠的味兒最熟悉。

老鼠的味兒濃郁得很，這說明，這兒的老鼠多得不得了。……P先生發現了個秘密：原來，老鼠們冬天並沒有都躲起來。

P先生的小鬍子不住地顫動，四條腿微微地抖。……這是高興的。經過這麼多天的折騰，P先生餓壞了。

牠在一口大缸邊蹲下來，全身肌肉緊緊繃著，像一個悄無聲息、然而一觸就要蹦起的大彈簧。

老鼠出來了。先是在一個看不到的地方，傳來窸窸窣窣的響聲，接著，一口大缸的缸沿上出現一個小小的黑影。黑影站起來，像人似的晃著腦袋左看右看。……P先生沒有動。牠知道這小傢伙不過是個小偵察兵。

「吱，吱。」小老鼠在缸沿上跳了跳，尖聲叫了。

果然，倉庫裏立刻熱鬧起來。

到處是窸窸窣窣的響聲，到處是興高采烈的鼠叫。地板上，缸沿上，鐵桶邊和囤尖上，一下子湧出許許多多的褐家鼠、小倉鼠……大老鼠大得像隻貓，肥老鼠肥得像個球。老鼠們呼兒喚女，你追我趕，暫態在倉庫裏掀騰起一片片灰塵。

這兒簡直是個老鼠王國！

P先生驚訝得差點兒掉了下巴。牠急忙矮矮身子，更低地伏在大缸下。這兒的老鼠比牠想像的還多！……冬天沒有食，山野中的老鼠也摸到小城裏來了。

一隻老鼠跑過來，P先生出擊了！

像虎撲進羊群，像鷹追趕山雀，被嘔吐弄得腸胃空空的P先生，在倉庫裏風一樣地奔來奔去，左撲右咬。

老鼠們慌了，牠們還沒遇到過這樣的劫難。

飼料粉「噗」地飛起來，玉米粒兒嘩嘩淌出囤兒。「吱吱」的慘叫聲不絕於耳，玩兒命逃竄的黑影，捲起一溜溜風……

有的老鼠聰明，專揀桶與桶、缸與缸間的縫隙鑽。但P先生腦袋小，身子細，鑽這些縫隙，一點兒也不慢。

有的老鼠機靈，專向桶上爬、缸上跑。但P先生爪子尖，腳兒緊，飛簷走壁的功夫，一點

兒也不含糊。

有的老鼠兇狠膽大，被追得緊了，敢突然停下來向P先生齜牙咧嘴，「吱吱」咆哮。但P先生絕不是好惹的，牠是專門治老鼠的「狼」！

有的老鼠被咬死了，有的老鼠被踩死了，有的老鼠慌慌張張，一頭撞在牆上缸邊撞死了。……當倉庫裏只剩下P先生氣喘吁吁的呼吸聲時，地上躺了一堆老鼠。

P先生想起了家，想起了老榆樹下的洞府。……這麼多的老鼠，牠怎麼運回去呢？P先生發愁了。

P先生發狠地吃，吃得肚兒圓圓。當牠打著飽嗝兒，再也吃不下去的時候，倉庫的燈忽然亮了。

門開了，養雞人和大狼狗出現在門邊。

養雞人滿臉歡喜，止不住地叫：「P先生P先生，你可立了大功了。……哈哈，就是嘛，這才像隻黃鼠狼嘛！」

大狼狗也滿臉歡喜，直奔成堆的死老鼠……這一天，主人沒餵牠。

P先生呢？見門開著，大狼狗和養雞人走過來，就一溜煙兒跑了出去。外面，天已經黑了。

P先生跑回了南山坡上的家。牠與這個家闊別多日了。不過，牠只在這個家中親熱了三天。牠抵擋不住饑餓的侵襲，抵擋不住遍地老鼠的誘惑。三天後，不得不又告別這個秘密的、自由自在的家，偷偷潛回小城。

這一回，P先生是熟門熟路。跑進小城中的那個大院，便直奔盛放飼料的大倉庫。路過養雞房時，雖然聽到了咕咕嘎嘎的叫聲，嗅到了熱乎乎的臊味兒，可牠連眼珠也沒轉一下。牠的胃腸又抽搐起來……牠不敢放慢腳步，不然，又會嘔吐起來。

大倉庫的門關著。可是P先生很順利地溜了進去——牠發現，倉庫門下多了個洞，這洞似乎是專門留給牠進出的。

倉庫裏的老鼠沒有減少，不知從哪兒又跑來一批。這裏要什麼食物有什麼食物，在冬天，像這樣的好去處是不多的。

在這個冬天，P先生一點兒也沒瘦。大狼狗也是肥嘟嘟的。P先生和大狼狗重新成了好朋友。

老鼠很多，P先生又很能幹，捉到的老鼠吃不了，便總是給大狼狗留幾隻。大狼狗也真仗義，估計P先生要下山來了，牠便跑到城邊去接牠。當P先生吃飽喝足、要打道回府時，牠就

護送P先生，爲P先生鳴鑼開道。

小城裏的狗不少，但這些狗都惹不起大狼狗。

P先生在寒夜中的街道上溜達，覺得真是愜意，真是威風。

P先生的膽子愈來愈大。當老鼠們漸漸害怕起養雞場，一聽到大倉庫就哆嗦時，P先生把鄰居家的小院也列爲自己的獵場了。當鄰居家的糧囤米缸也很少再受到老鼠騷擾時，牠又把整個小城的捕鼠工作包攬起來。

小城裏的居民都知道P先生不吃雞，專門治老鼠。他們中的許多人都見過P先生的尊容。……他們看到P先生，都急忙給P先生讓路，並且趕快回家打開院門，哈著腰請P先生進去。如果有哪一條狗不識相，膽敢衝出來向P先生吠一聲，主人便會狠狠踹牠一腳，踹牠個天昏地暗，一連翻了幾個跟頭。

滿城都在叫「P先生！P先生！」P先生這才知道自己有了姓名。牠不會回答殷勤叫牠的人，但牠會馬上回過頭，看叫牠的人一眼。那人便覺得自己很光榮。……也有人對P先生不恭敬，不過這樣的人不敢公開對P先生下手。而P先生很機靈，牠能從那人的眼睛看到那人的心裏。遇到這樣的人家，P先生便不進去，讓這樣的人家成爲老鼠的樂園吧。

小城裏歡聲笑語多起來，P先生的屁閑得厲害。

春天來臨了，養雞場的年輕人家裏多了一面錦旗。這是全體小城居民送的。春天過去之後，年輕人被邀請到許多城市做報告。聽他報告的有市長，有農民，有專家，也有學生。小城也在街頭大喇叭中播放了年輕人的報告——他報告的題目是：《我怎樣讓狗捉耗子，黃鼠狼不吃雞》。

P先生當然也聽到了這個報告。不過牠聽不懂人的話。只是在大喇叭中聽到幾次「P先生」這個名字的時候，才擡起頭，疑惑地眨眨小眼睛……

P先生仍然很愉快。

又一個冬天降臨了。P先生乾脆從南山坡的老榆樹下搬出來，搬到養雞場的倉庫裏。牠搬家很好搬，一點兒不費勁兒。

在這個冬天，P先生發現，小城裏又多了幾隻P先生……

風雲動物文學

獅王退位以後

作者 朱新望
出版者 風雲時代出版股份有限公司
出版所 風雲時代出版股份有限公司
地址 105台北市民生東路五段一七八號七樓之三
網址 http://www.books.com.tw
電子信箱 h7560949@ms15.hinet.net
服務專線 （〇二）二七五六—〇九四九
傳真 （〇二）二七六五—三七九九
郵撥帳號 一二〇四三二九一
執行主編 劉宇青
封面設計 蕭麗恩
法律顧問 永然法律事務所 李永然律師
北辰著作權事務所 蕭雄淋律師
版權授權 新蕾出版社
出版日期 二〇〇七年十月初版
定價 新台幣二八〇元
總經銷 成信文化事業股份有限公司
地址 台北縣新店市中正路四維巷二弄二號四樓
電話 （〇二）二二一九—二〇八〇
行政院新聞局局版台業字第三五九五號
營利事業統一編號二二七五九九三五

國家圖書館出版品預行編目資料

獅王退位以後／朱新望 著. -- 初版. -- 臺北市：
風雲時代, 2007.09
面；公分

ISBN-13: 978-986-146-392-6 (平裝)

857.63　　96014005

The Sorrow of Lion King